L'ÉTÉ DE LA VIE

J.M. COETZEE
Prix Nobel de littérature

L'ÉTÉ DE LA VIE

TRADUIT DE L'ANGLAIS (AFRIQUE DU SUD)
PAR CATHERINE LAUGA DU PLESSIS

ÉDITIONS DU SEUIL
25, bd Romain-Rolland, Paris XIVe

Ce livre est édité par Anne Freyer-Mauthner

Titre original : *Summertime*
Éditeur original : Viking, New York
ISBN original : 978-0-670-02138-3
© J.M. Coetzee, 2009

Cette traduction est publiée en accord avec
Peter Lampack Agency, New York

ISBN 978-2-02-100029-0

© Août 2010, Éditions du Seuil pour la traduction française.

Le Code de la propriété intellectuelle interdit les copies ou reproductions destinées à une utilisation collective. Toute représentation ou reproduction intégrale ou partielle faite par quelque procédé que ce soit, sans le consentement de l'auteur ou de ses ayants cause, est illicite et constitue une contrefaçon sanctionnée par les articles L.335-2 et suivants du Code de la propriété intellectuelle.

www.editionsduseuil.fr

Carnets
(1972-1975)

22 août 1972

Dans le *Sunday Times* d'hier, un reportage sur Francistown au Botswana. La semaine dernière, en pleine nuit, une voiture, modèle américain de couleur blanche, s'est arrêtée devant une maison dans un quartier résidentiel. Des hommes portant des passe-montagnes ont sauté du véhicule, ont enfoncé la porte à coups de pied, et se sont mis à tirer. Après quoi, ils ont mis le feu à la maison et sont repartis. Des cendres, les voisins ont tiré sept corps carbonisés : deux hommes, trois femmes, deux enfants.

Les tueurs semblaient être des Noirs, mais l'un des voisins les a entendus parler afrikaans entre eux et était persuadé que c'étaient des Blancs badigeonnés en noir. Les victimes étaient des Sud-Africains, des réfugiés qui avaient emménagé il y a quelques semaines à peine.

Le ministre des Affaires étrangères d'Afrique du Sud, contacté pour commenter l'incident, a fait savoir par l'intermédiaire d'un porte-parole que ce reportage n'était pas « confirmé ». Une enquête sera faite, dit-il, pour établir si les personnes décédées sont bien des ressortissants sud-africains. Pour ce qui est des militaires, une source anonyme nie que les forces armées aient été impliquées. Ces meurtres seraient à considérer comme une affaire interne à l'ANC, symptôme des « tensions permanentes » entre factions.

Ainsi, de semaine en semaine, sont mis au grand jour ces contes qui arrivent des frontières, des massacres suivis de froides dénégations. À la lecture de ces reportages, il se sent souillé. C'est pour trouver ça qu'il est revenu ! Pourtant, y a-t-il un endroit au monde où se cacher, pour ne pas se sentir souillé ? Se sentirait-il plus propre dans les neiges de Suède, lisant de loin des nouvelles de ses compatriotes et de leurs dernières frasques ?

Comment échapper à cette infamie ? La question n'est pas d'aujourd'hui. Vieille question qui ronge et taraude sans relâche, et laisse une plaie qui suppure. *Agenbite of inwit*, remords de conscience.

« Je vois que l'armée fait de nouveau des siennes, dit-il à son père. Cette fois, c'est au Botswana. » Mais son père est trop prudent pour mordre à l'hameçon. Quand son père prend le journal, il va tout droit aux pages sportives, et saute tout ce qui touche à la politique – la politique et les massacres.

Son père n'éprouve que dédain pour le continent qui s'étend au nord de chez eux. Des *bouffons*, c'est le mot dont il qualifie les chefs d'État africains : des tyrans au petit pied qui savent à peine écrire leur nom, et que des chauffeurs mènent de banquet en banquet dans leurs Rolls, affublés d'uniformes d'opérette clinquants de médailles qu'ils se sont décernées. L'Afrique : continent de crève-la-faim sous la houlette de bouffons sanguinaires.

« Ils sont entrés de force dans une maison de Francistown et ils ont tué tout le monde, persiste-t-il malgré tout. Ils les ont exécutés. Y compris les enfants. Regarde. Lis l'article. C'est en première page. »

Son père hausse les épaules. Son père ne sait trouver de vocable assez vaste pour contenir son dégoût, d'une part vis-à-vis des truands qui massacrent des femmes et des enfants sans défense, et d'autre part envers les terroristes qui font la guerre depuis leurs abris au-delà de la frontière. Il résout le problème en se plongeant dans les résultats des matches de cricket. Cette réaction à un dilemme moral ne va pas loin ; mais sa réaction à lui – des crises de rage et de désespoir – vaut-elle mieux ?

Jadis il pensait que ceux qui avaient échafaudé le rêve d'un ordre public à la sud-africaine, qui avaient mis en place le vaste système des réserves de main-d'œuvre, des passeports pour circuler dans le pays, des townships satellites des villes, avaient fondé leur vision sur une tragique erreur de lecture de l'histoire. Ils avaient commis cette erreur de lecture, parce que, nés dans des fermes écartées ou dans des petites villes de l'arrière-pays, isolés par une langue qu'on ne parle nulle part ailleurs dans le monde, ils avaient mal évalué l'échelle des forces qui, depuis 1945, avaient balayé le vieux monde colonial. Pourtant, dire qu'ils avaient mal lu l'histoire est en soi une erreur d'interprétation. Car ils n'ont fait aucune lecture de l'histoire. Au contraire, ils ont tourné le dos à l'histoire, l'ont rejetée comme un paquet de calomnies concoctées par des étrangers qui méprisaient les Afrikaners et fermeraient les yeux s'ils étaient massacrés par les Noirs, tous jusqu'au dernier enfant et à la dernière femme. Seuls, sans amis, à la pointe lointaine d'un continent hostile, ils ont érigé leur État-forteresse et se sont repliés derrière ses murs : là ils pourraient entretenir la flamme de la civilisation occidentale jusqu'à ce que le monde finisse par retrouver ses esprits.

C'était le discours qu'ils tenaient, à peu près, ces hommes à la tête du Parti national et de l'État sécuritaire, et, pendant longtemps, il a cru que leurs propos venaient du cœur. Mais plus aujourd'hui. Il en est venu à penser que leurs harangues pour sauver la civilisation n'ont jamais été rien d'autre que du bluff. Le patriotisme est de la poudre aux yeux et en coulisses, à l'heure qu'il est, ils se livrent à de savants calculs pour savoir combien de temps les choses vont durer (les mines, les usines) avant qu'ils aient à plier bagage, qu'ils passent tout document compromettant à la déchiqueteuse, et prennent l'avion pour Zurich, Monaco ou San Diego, où, sous couvert de sociétés holding du nom d'Algro Trading ou de Handfast Securities, ils se sont acheté il y a des années des villas et des appartements pour assurer leur avenir après le jour du Jugement (*dies irae, dies illa*).

Selon cette nouvelle façon de penser, revue et corrigée, les hommes qui ont envoyé l'escadron de la mort à Francistown n'ont pas une vision erronée de l'histoire, et encore moins une vision tragique. Loin de là. Il est fort probable qu'ils rient sous cape de ceux qui sont assez bêtes pour avoir quelque vision que ce soit. Quant au sort de la civilisation chrétienne en Afrique, ils s'en sont toujours moqués comme de l'an quarante. Et c'est sous la botte de sales types de cette engeance qu'il lui faut vivre !

À développer : la réaction de son père aux temps qui courent comparée à la sienne : leurs différences et leurs similarités (qui l'emportent de loin).

1er septembre 1972

La maison qu'il partage avec son père date des années vingt. Une partie des murs est en briques cuites, mais la plupart sont en briques de tourbe, et sont maintenant tellement imprégnés de l'humidité qui monte du sol qu'ils sont pourris et commencent à s'écrouler Isoler les murs de cette humidité serait un travail d'Hercule ; le mieux que l'on puisse faire est de ménager autour de la maison une dalle de ciment imperméable en espérant que peu à peu les murs sécheront.

Il consulte un manuel de bricolage et d'entretien dans lequel on explique que pour chaque mètre de ciment il lui faudra trois sacs de sable, cinq sacs de gravier et un sac de ciment. S'il prévoit une dalle de dix centimètres tout autour de la maison, d'après ses calculs, il lui faudra trente sacs de sable, cinquante sacs de gravier et dix sacs de ciment, ce qui demandera six voyages chez le fournisseur, six chargements d'un camion d'une tonne.

Au bout de la première demi-journée de travail, il se rend compte qu'il a fait une erreur de calcul calamiteuse. Soit il a mal lu les instructions dans le manuel soit, dans ses calculs, il a confondu mètres cubes et mètres carrés. Il lui faudra beaucoup plus de dix sacs de ciment, en plus du sable et du gravier, pour poser une dalle de quatre-vingt-dix mètres carrés. Il lui faudra faire beaucoup plus de six voyages pour se procurer les matériaux ; il va devoir sacrifier bien plus que quelques week-ends.

De semaine en semaine, avec une pelle et une brouette, il mélange le sable, le gravier, le ciment et l'eau ; il coule la dalle par sections successives, verse le ciment liquide, l'aplanit. Il a mal au dos, ses bras et ses poignets sont si raides que c'est à peine s'il peut tenir un stylo. Mais ce labeur surtout l'ennuie. Pourtant il n'est pas malheureux. Ce qu'il est en train de faire, c'est ce que les gens comme lui auraient dû faire depuis 1652, c'est-à-dire le sale boulot. En fait, une fois qu'il ne pense plus au temps qu'il sacrifie à la tâche, le travail se met à lui procurer un plaisir particulier. Une dalle bien posée, cela existe et chacun peut voir que c'est du travail bien fait. Ces sections de dalles qu'il coule dureront plus longtemps que son bail de locataire, elles dureront même peut-être au-delà du temps qui lui est imparti sur cette terre ; dans ce cas, d'une certaine manière, il aura trompé la mort. On pourrait passer le restant de ses jours à poser des dalles, et chaque soir sombrer dans le plus profond sommeil, éreinté par un honnête labeur.

Combien de ces ouvriers dépenaillés qu'il croise dans la rue sont les auteurs secrets de travaux qui leur survivront ; routes, murs, pylônes ? Une sorte d'immortalité, une immortalité avec ses limites, n'est pas si difficile à s'assurer, après tout. Pourquoi alors s'entête-t-il à noircir du papier, avec le vague espoir que des hommes qui ne sont pas encore nés prendront la peine de le déchiffrer ?

À développer : sa promptitude à se lancer dans des projets mal conçus ; la hâte avec laquelle il abandonne un travail de création pour une activité qui ne demande aucune réflexion.

16 avril 1973

Ce même *Sunday Times* qui, parmi des récits circonstanciés des folles amours d'enseignants et de gamines dans de petites villes de province, parmi les photos de starlettes boudeuses en bikinis exigus à l'extrême, nous sort des révélations d'atrocités commises par les forces de sécurité, rapporte que le ministre de l'Intérieur a accordé un visa à Breyten Breytenbach pour lui permettre de revenir au pays natal rendre visite à ses parents cacochymes. Il s'agit, dit-on, d'un visa pour raison de famille ; il est valide pour Breytenbach et sa femme.

Breytenbach a quitté le pays il y a des années pour s'installer à Paris et, peu après, il a brûlé ses vaisseaux en épousant une Vietnamienne, c'est-à-dire une non-Blanche, une Asiatique. Non seulement il l'a épousée, mais, à en croire les poèmes où elle apparaît, il est passionnément amoureux d'elle. Néanmoins, dit le *Sunday Times*, le ministre compatissant autorisera une visite au pays de trente jours durant laquelle la prétendue Mme Breytenbach sera traitée comme une personne blanche, une Blanche provisoire, une Blanche honoraire.

Dès leur arrivée en Afrique du Sud, Breyten et Yolande, lui séduisant et basané, elle d'une beauté délicate, sont harcelés par la presse. Au zoom on les surprend à tout instant dans leur vie privée, lorsqu'ils pique-niquent avec des amis ou s'ébattent dans un ruisseau de montagne.

Les Breytenbach se montrent en public lors d'un colloque littéraire au Cap. La salle est bondée de curieux venus les reluquer. Dans son discours, Breytenbach qualifie les Afrikaners de peuple bâtard. C'est parce que ce sont des bâtards, et honteux de l'être, dit-il, qu'ils ont concocté leur programme abracadabrant pour contraindre les races à vivre séparées.

Son discours est accueilli par un tonnerre d'applaudissements. Peu après, avec Yolande, il reprend l'avion pour Paris, et la presse du dimanche retrouve son régime ordinaire : nymphettes coquines, infidélités conjugales et meurtres perpétrés par l'État.

À creuser : l'envie des Sud-Africains blancs (les hommes) qui voudraient avoir la liberté de courir le monde, et pouvoir profiter au lit, sans entrave aucune, d'une belle compagne exotique.

2 septembre 1973

Hier au soir, à l'Empire, le cinéma de Muizenberg, un film de jeunesse de Kurosawa, *Vivre*. Un bureaucrate empâté apprend qu'il a un cancer et qu'il n'a plus que quelques mois à vivre. Il reste abasourdi, ne sait quoi faire de sa peau, ni vers quoi se tourner.

Il invite sa secrétaire, jeune femme pleine de vie mais sans rien dans la tête, à prendre le thé. Comme elle s'apprête à quitter le salon de thé, il la retient, s'accroche à son bras. « Je voudrais être comme vous ! dit-il. Mais je ne sais comment m'y prendre. » L'indécence de cet appel au secours la dégoûte.

Question : Quelle serait sa réaction si son père allait s'accrocher de la sorte à son bras ?

13 septembre 1973

Un cabinet de recrutement auquel il a donné ses coordonnées lui téléphone. Un client recherche un expert pour des conseils sur des questions de langue, rémunération à l'heure – est-ce que ça l'intéresse ? *Des questions de langue de quelle sorte ?* demande-t-il. On ne peut le renseigner sur ce point.

Il appelle le numéro qu'on lui donne et prend rendez-vous à une adresse à Sea Point. La cliente a la soixantaine, une veuve dont le mari est passé de vie à trépas en disposant de l'essentiel de ses biens considérables en fidéicommis dont l'administration est confiée à son frère. Scandalisée, la veuve a décidé de contester le testament. Mais les deux cabinets d'avocats qu'elle a consultés lui ont déconseillé d'entreprendre cette démarche. Le testament, disent-ils, est en béton. Néanmoins, elle refuse de baisser les bras. Les avocats ont mal lu le libellé du testament, elle en est convaincue. Elle abandonne la voie juridique, et cherche maintenant à se faire assister par un expert en questions linguistiques.

Au-dessus d'une tasse de thé, il lit attentivement le testament. Le sens est parfaitement clair. La veuve reçoit l'appartement de Sea Point et une somme d'argent. Le reste de la succession de son mari est placé en fidéicommis dont les bénéficiaires sont ses enfants d'un premier mariage.

« Je crains de ne pouvoir vous être d'aucun secours, dit-il. Le libellé est sans ambiguïté et ne donne lieu qu'à une seule interprétation. »

« Et ça, là ? » dit-elle. Elle vient se planter derrière lui, et d'un doigt rageur lui montre un passage du texte. Elle a la main fine, marquée de taches brunes ; elle porte au majeur un diamant serti dans une monture tape à l'œil. « Le passage qui dit : *Nonobstant ce qui précède*. »

« Il est dit que si vous pouvez prouver que vous avez des difficultés financières, il vous est loisible de demander de l'aide au fidéicommis. »

« Mais ce *nonobstant* ? »

« Cela veut dire que ce qui est dit dans ce paragraphe stipule qu'une exception peut être faite à ce qui est dit plus haut et l'annule. »

« Mais cela veut aussi dire que l'administrateur du fidéicommis ne peut faire obstacle à ma demande. Que veut dire *faire obstacle*, si ça ne veut pas dire ça ? »

« Il faut comprendre l'expression *Nonobstant ce qui précède* comme un tout. Vous ne pouvez en isoler les composants. »

Elle lâche un grognement d'impatience. « Je vous emploie comme expert en anglais, pas comme juriste, dit-elle. Le testament est rédigé en anglais, avec des mots anglais. Que veulent dire ces mots ? Que veut dire *nonobstant* ? »

Elle est folle, se dit-il. *Comment est-ce que je vais me sortir de là ?* Mais, bien sûr, elle n'est pas folle. Furieuse, oui, et tenaillée par la cupidité : furieuse contre son mari qui a échappé à son emprise, cupide car elle en veut à son argent.

« Voici comment je comprends cette clause, dit-elle. Si je fais une demande au fidéicommis, personne, pas même mon beau-frère, ne peut y faire obstacle. *Non obstare* – ne pas faire obstacle : il ne peut s'y opposer. Sinon pourquoi utiliser ce mot ? Vous voyez ce que je veux dire ? »

« Je vois ce que vous voulez dire. »

Il quitte la maison avec un chèque de dix rands dans la poche. Une fois qu'il aura fait son rapport, son rapport d'expert, auquel il joindra copie certifiée conforme du diplôme qui le rend expert pour élucider le sens des mots anglais, y compris *nonobstant*, il recevra les trente rands qui lui sont dus pour ses émoluments.

Il ne soumet pas de rapport. Il renonce à l'argent qui lui est dû. Quand la veuve téléphone pour savoir où il en est, il raccroche sans un mot.

Les traits de son caractère qui se dégagent de cette histoire : (a) intégrité (il refuse de lire le testament comme elle veut qu'il le lise) ; (b) naïveté (il manque une occasion de gagner un peu d'argent).

31 mai 1975

L'Afrique du Sud n'est pas à strictement parler en guerre, mais c'est tout comme. Du fait que la résistance s'est durcie, l'état de droit a peu à peu été suspendu. La police et ceux qui mènent la police (comme des chasseurs mènent leur meute) ne connaissent plus d'entraves à leurs agissements. Les informations, à la radio et à la télévision, ne rapportent rien d'autre que les mensonges officiels. Pourtant le show minable et sanguinaire s'essouffle. Les cris de ralliement d'antan – *Défendons la civilisation blanche et chrétienne ! Honneur aux sacrifices des ancêtres !* – sont sans conviction. Nous, ou eux, ou eux et nous ensemble sommes arrivés en fin de partie, et chacun le sait bien.

Pourtant, tandis que les joueurs d'échecs méditent leurs coups pour prendre l'avantage, des vies humaines continuent à être anéanties – anéanties et évacuées. Comme certaines générations ont pour destin d'être détruites par la guerre, on dirait bien que le destin de la nôtre est d'être broyée par la politique.

Si Jésus s'était abaissé à jouer les politiques, il aurait pu devenir un homme clé dans la Judée romaine, un gros bonnet. C'est parce que la politique le laissait indifférent, et qu'il ne s'en cachait pas, qu'il a été liquidé. Comment vivre sa vie en dehors de la politique, ainsi que sa mort : voilà l'exemple qu'il a donné à ses disciples.

Bizarre qu'il en arrive à considérer Jésus comme un guide. Mais où se tourner pour en trouver un meilleur ?

Mise en garde : son intérêt pour Jésus doit être tenu en lisière pour éviter que cela tourne au récit d'une conversion.

2 juin 1975

La maison d'en face a changé de propriétaires, un couple, plus ou moins de son âge, qui a deux enfants et une BMW. Il ne leur prête pas attention jusqu'au jour où on frappe à sa porte. « Bonjour, je m'appelle David Truscott, je suis votre nouveau voisin. J'ai oublié mes clés. Est-ce que je peux téléphoner de chez vous ? » Et puis, comme s'il lui revenait quelque chose : « Mais est-ce que je ne vous connais pas ? »

Tout d'un coup, on se reconnaît. En effet, ils se connaissent. En 1952, David et lui étaient dans la même classe, en sixième, au collège Saint-Joseph. Lui et David auraient pu monter de classe côte à côte durant leurs études secondaires. Sauf que David a dû redoubler sa sixième. Il n'était pas sorcier de voir pourquoi il devait doubler : en sixième on commence l'algèbre, et David ne comprenait pas les rudiments de l'algèbre, les rudiments étant que x, y et z étaient là pour nous libérer de l'ennui de l'arithmétique. Et en latin, David n'a rien pigé non plus – le subjonctif, par exemple. Tout gamin qu'il était, David, c'était clair, réussirait mieux ailleurs qu'à l'école, loin du latin et de l'algèbre, dans le monde réel, à compter des billets dans une banque ou à vendre des chaussures.

Malgré le fouet qu'on lui administrait régulièrement pour ne comprendre rien à rien – punitions qu'il prenait stoïquement, même si parfois ses lunettes s'embuaient de larmes –, David Truscott persévéra au collège, poussé sans doute par ses parents. Tant bien que mal il fit sa sixième, monta de classe en classe jusqu'en terminale ;

et le voilà, vingt ans plus tard, pimpant et prospère, et il s'avère qu'il est si préoccupé par des questions d'affaires que lorsqu'il est parti le matin il a oublié ses clés et, comme sa femme a emmené les enfants à un anniversaire, il se retrouve à la porte.

« Et tu travailles dans quelle branche ? » demande John, dévoré de curiosité.

« Le marketing. Je travaille pour le groupe Woolworths. Et toi ? »

« Oh, je suis entre deux boulots. J'enseignais dans une université américaine, et maintenant je cherche un poste ici. »

« Bon. Faut qu'on se voie. Il faut que tu viennes boire un verre et tailler une bavette. Tu as des enfants ? »

« L'enfant, c'est moi. Je veux dire, j'habite avec mon père. Mon père se fait vieux. Il faut s'occuper de lui. Mais entre. Le téléphone est là. »

Ainsi David Truscott, qui ne comprenait ni x ni y, a réussi dans le marketing, est devenu marketeur, alors que lui, qui était à l'aise avec x et y, et beaucoup d'autres choses, est un intellectuel au chômage. Qu'est-ce que cela donne à penser sur la façon dont va le monde ? La réponse la plus évidente est que la voie qui passe par l'algèbre et le latin ne mène pas à la réussite matérielle. Mais on peut y voir bien plus encore : comprendre les choses est une perte de temps ; si on veut réussir dans la vie, être heureux avec sa petite famille, avoir une belle maison et une BMW, on ne devrait pas essayer de comprendre les choses mais se contenter d'additionner des chiffres, ou presser des boutons ou Dieu sait quoi, ce que font les gens du marketing et qui leur vaut d'être grassement récompensés.

Toujours est-il que David Truscott et lui ne se rencontrent pas pour boire un verre et tailler une bavette, comme promis. Si par hasard, en fin de journée, il débarrasse le jardin de devant des feuilles mortes lorsque David Truscott rentre du travail, en bons voisins ils se saluent d'un geste de la main ou d'un signe de tête d'un côté de la rue à l'autre, rien de plus. Il voit davantage Mme Truscott, petite bonne femme pâlotte qui passe son temps à tarabuster les enfants pour les faire monter et descendre de la deuxième voiture; mais on ne la lui présente pas et il n'a pas l'occasion de lui parler. Il y a beaucoup de circulation dans Tokai Road, c'est dangereux pour les enfants. Les Truscott n'ont aucune raison de traverser pour aller jusqu'à lui, et lui non plus n'a aucune raison d'aller jusqu'à eux.

3 juin 1975

De là où les Truscott et lui habitent, on n'a qu'un petit kilomètre à faire vers le sud pour se retrouver devant Pollsmoor. Pollsmoor – personne ne prend la peine de dire « la prison de Pollsmoor » – est une maison d'arrêt entourée de hauts murs, de barbelés et de miradors. Autrefois l'établissement se dressait seul sur un terrain de sable et de broussailles. Mais au fil des années, timidement d'abord, puis avec plus d'assurance, les lotissements de banlieue se sont subrepticement rapprochés, si bien qu'aujourd'hui, cerné par des maisons bien alignées d'où sortent chaque matin des citoyens modèles qui partent jouer leur rôle dans l'économie nationale, c'est Pollsmoor qui est une anomalie dans le paysage.

Que le *goulag* sud-africain dresse sa silhouette obscène au beau milieu des banlieues blanches et que l'air que respirent les Truscott soit passé par les poumons de mécréants et de criminels ne manque pas d'ironie. Mais pour les barbares, comme l'a souligné Zbigniew Herbert, l'ironie est comme le sel : cela crisse sous la dent avec une saveur éphémère ; cette saveur disparue, il reste la brutale réalité. Que faire de la brutale réalité de Pollsmoor lorsqu'on ne jouit plus de l'ironie ?

À développer : les fourgons cellulaires qui passent par Tokai Road pour aller vers les tribunaux ; des visages entrevus, des doigts accrochés au grillage des fenêtres ; ce que racontent les Truscott à leurs enfants pour expliquer ces mains et ces visages, où se lit tantôt le défi, tantôt le désespoir.

Julia

Dr Frankl, vous avez pu lire les pages des cahiers de John Coetzee que je vous ai envoyées. Elles portent sur les années 1972-1975, les années, à peu près, où vous étiez en relation avec lui. En guise d'introduction à votre histoire, je me demande si vous avez des commentaires sur les pages de ces cahiers. Y reconnaissez-vous l'homme que vous avez connu ? Reconnaissez-vous le pays et l'époque qu'il décrit ?

Oui, je me rappelle bien l'Afrique du Sud. Je me rappelle Tokai Road, je me rappelle les fourgons bourrés de détenus qu'on emmenait à Pollsmoor. Je me rappelle très bien tout cela.

Nelson Mandela a bien sûr été détenu à Pollsmoor. Êtes-vous surprise que Coetzee n'évoque pas Mandela comme proche voisin ?

Mandela n'a été transféré à Pollsmoor que plus tard. En 1975, il était encore à Robben Island.

Bien sûr, je l'avais oublié. Et qu'avez-vous à dire des relations de Coetzee avec son père ? Lui et son père ont vécu ensemble quelque temps après la mort de sa mère. Est-ce que vous avez rencontré son père ?

Plusieurs fois.

Est-ce que vous retrouviez le père dans le fils ?

Vous me demandez par là si John était comme son père ? Physiquement, non. Son père était plus petit, plus frêle : un homme petit, soigné, séduisant à sa façon, mais il n'allait pas bien, c'était clair. Il buvait en douce et il fumait ; en gros, il négligeait sa santé. Alors que John était d'une sobriété farouche.

Et par ailleurs ? Est-ce qu'ils se ressemblaient sur d'autres points ?

C'étaient l'un comme l'autre des solitaires. Pas sociables pour un sou. Des refoulés au sens large du mot.

Et comment avez-vous fait la connaissance de John Coetzee ?

Je vais vous répondre tout de suite. Mais d'abord, il y a quelque chose que je ne comprends pas dans les notes de ces cahiers : elles se terminent par des passages en italique – *à développer* ou autre remarque. Qui les a écrits ? C'est vous ?

Ces remarques sont de la main de Coetzee lui-même. Ce sont des pense-bêtes, rédigés en 1999 ou 2000, quand il songeait à adapter ces entrées pour écrire un livre.

Je vois. Bon, comment j'ai rencontré John. Je suis tombée sur lui dans un supermarché. C'était durant l'été de 1972, peu après notre arrivée au Cap. Il semble que je passais beaucoup de temps dans les supermarchés à cette époque-là, bien que nous n'ayons pas besoin de grand-chose, ma petite et moi. Je faisais des courses parce que je m'ennuyais, j'avais besoin de sortir de la maison, mais surtout parce qu'au supermarché je trouvais la paix et je prenais du plaisir : l'espace vaste, la blancheur, la propreté, la musique d'ambiance, le bruissement des roues des caddies. Et puis on avait le choix, telle marque de sauce bolognaise ou telle autre, telle marque de pâte dentifrice ou telle autre, le choix pour tout. Cela était pour moi un calmant, me mettait l'âme en paix. Je connaissais des femmes qui jouaient au tennis ou faisaient du yoga. Moi, je faisais des courses.

C'étaient les beaux jours de l'apartheid, les années soixante-dix. On ne voyait pas beaucoup de gens de couleur dans les supermarchés, sauf le personnel, bien sûr. Pas beaucoup d'hommes non plus. Cela ajoutait au plaisir que j'y trouvais. Je n'avais pas à jouer la comédie. Je pouvais être moi-même.

On ne voyait pas beaucoup d'hommes, mais au Pick n Pay de Tokai, j'en avais de temps en temps remarqué un. Moi je l'avais remarqué, mais pas lui, toute son attention se portait sur ses emplettes. Je trouvais cela très bien. Physiquement, il n'était pas ce que la plupart des gens qualifieraient de séduisant. Maigrichon, il portait la barbe et des lunettes, des lunettes à monture d'écaille, et des nu-pieds. Il n'était pas à sa place, comme un volatile qui ne vole pas ou comme un scientifique distrait qui s'est aventuré hors de son laboratoire. Il faisait minable, il avait quelque chose d'un raté. Je me doutais qu'il n'y avait pas de femme dans sa vie, et il s'est avéré que j'avais vu juste. Ce qu'il lui fallait, c'était quelqu'un pour s'occuper de lui, une hippie sur le retour, avec des perles au cou, qui ne se raserait pas les aisselles et ne se maquillerait pas, qui lui ferait les courses, la cuisine, le ménage, et lui fournirait peut-être de l'herbe. Je ne l'avais pas vu d'assez près, mais j'étais prête à parier qu'il ne se coupait pas les ongles des pieds.

À cette époque-là, quand un homme me regardait, je le sentais. Je sentais sur mes bras et mes jambes, sur mes seins, une pression, la pression du regard d'un homme, parfois de façon subtile, parfois de façon moins subtile. Vous ne comprenez pas de quoi je parle, mais n'importe quelle femme me comprendra. Mais de cet homme n'émanait pas la moindre pression. Rien du tout.

Et puis, un beau jour, les choses ont changé. J'étais devant le rayon de papeterie. Nous arrivions à la période de Noël et je choisissais du papier cadeau – vous savez, ce papier joliment décoré d'images de Noël, des bougies, des sapins, des rennes. Maladroitement j'ai laissé échapper un rouleau et comme je me baissais pour le ramasser, j'en ai laissé échapper un autre. Une voix d'homme derrière moi a dit : « Je vous les ramasse. » C'était bien sûr votre John Coetzee. Il a pris les deux rouleaux, qui étaient assez longs, un mètre peut-être, me les a rendus, et, ce faisant, délibérément ou pas, je ne saurais le dire, il m'a flanqué du bout des rouleaux un coup dans la poitrine. L'instant d'une seconde ou deux on aurait pu penser que, du bout des rouleaux, il me tâtait le sein.

C'était absolument inconvenant, bien sûr. Mais c'était aussi sans importance. Je me suis efforcée de ne pas avoir la moindre réaction : je n'ai pas baissé les yeux, je n'ai pas rougi, et me suis bien gardée de sourire. « Merci », ai-je dit d'un ton neutre, et je lui ai tourné le dos pour continuer à faire mes courses.

Mais, tout de même, il y avait quelque chose d'intime dans son geste, on ne saurait le nier. Ce geste allait-il tomber aux oubliettes comme tous les autres moments d'intimité, seul l'avenir le dirait. Mais il n'était pas facile d'ignorer ce petit coup inattendu, cette privauté. En fait en rentrant chez moi, je suis allée jusqu'à enlever mon soutien-gorge pour regarder le sein touché. Pas la moindre trace du coup, bien sûr. Ce n'était qu'un sein, le sein innocent d'une jeune femme.

Et puis, deux ou trois jours plus tard, comme je rentrais par Tokai Road, je l'ai aperçu, à pied, ce picador à la manque, avec ses sacs à provisions. Sans réfléchir, je lui ai offert de le déposer chez lui (vous êtes trop jeune pour avoir connu cela, mais à cette époque on s'arrêtait encore pour prendre les gens dans sa voiture).

Dans les années soixante-dix, Tokai était ce qu'on pourrait appeler une banlieue habitée par des gens en pleine ascension sociale. Le terrain n'était pas bon marché, mais on construisait beaucoup. La maison qu'habitait John datait d'une autre époque. C'était une maisonnette qui avait été conçue pour héberger des employés de ferme du temps où Tokai était une région agricole. On avait mis l'eau et l'électricité, mais l'habitation était plutôt rudimentaire. Je l'ai laissé devant le portail. Il ne m'a pas invitée à entrer.

Le temps a passé. Puis, un jour où, par hasard, je rentrais par Tokai Road, une artère très large, je l'ai aperçu. Il était debout à l'arrière d'une camionnette, une pelle à la main. Il transférait du sable dans une brouette. Il était en short ; il était pâlichon et n'avait pas l'air bien costaud, mais, tant bien que mal, il y arrivait.

Ce qui était bizarre, c'est qu'à l'époque on n'avait pas l'habitude de voir un Blanc faire du travail manuel, du travail de manœuvre. On appelait ça du travail de *kaffir*, de nègre, et on payait quelqu'un pour faire ce genre de boulot. S'il n'y avait pas de honte à être vu une pelle à la main, c'était plutôt incongru, si vous voyez ce que je veux dire.

Vous m'avez demandé de vous donner une idée de John tel qu'il était à cette époque, mais je ne peux vous parler de lui seul sans le placer dans un contexte, sinon il y a des choses que vous ne comprendrez pas.

Je comprends. Je veux dire, je suis bien d'accord.

Je suis donc passée en voiture, comme je le disais, je n'ai pas ralenti, je n'ai pas fait un geste pour le saluer. Toute l'histoire pourrait s'arrêter là, nos relations pourraient se limiter à ce que j'ai dit, et vous ne seriez pas là à m'écouter, vous seriez dans un autre pays à écouter les divagations d'une autre bonne femme. Mais il se trouve que je me suis ravisée, et j'ai fait demi-tour.

J'ai crié de la voiture :

« Bonjour, qu'est-ce que vous faites ? »

« Comme vous voyez, je décharge du sable. »

« Mais pour quoi faire ? »

« Du travail de construction. Vous voulez voir le chantier ? » Et il a sauté de sa camionnette.

« Pas maintenant. Une autre fois. Elle est à vous, cette camionnette ? »

« Oui. »

« Alors vous n'êtes pas obligé de faire vos courses à pied. Vous pourriez y aller en voiture. »

« C'est vrai. » Puis il a dit : « Vous habitez dans le coin ? »

« Plus loin. Après Constantiaberg. Dans le bush. »

C'était une plaisanterie, le genre de plaisanterie qu'on faisait entre Blancs à l'époque. Parce que, bien sûr, je n'habitais pas dans le bush. Les seuls qui vivaient dans le bush, à proprement parler, étaient des Noirs. Ce qu'il était censé comprendre était que j'habitais un nouveau lotissement implanté sur des espaces d'où on avait éliminé la végétation qui de tout temps avait recouvert la péninsule du Cap.

« Bon, je ne vous retarde pas plus longtemps. Qu'est-ce que vous construisez ? »

« Je ne construis pas, je bétonne. Je ne suis pas assez malin pour me lancer dans la construction. » J'ai pris ça comme une plaisanterie en réplique à la mienne. Parce que, s'il n'était ni riche, ni beau garçon, ni séduisant – et il n'était rien de tout ça –, s'il n'était pas malin, que lui restait-il donc ? Mais, évidemment, il n'avait rien d'un idiot. Il avait même l'air intelligent, comme un scientifique qui passe son temps penché sur un microscope : d'une intelligence limitée, de myope, qui allait bien avec les lunettes à monture d'écaille.

Il faut me croire quand je vous dis que rien – vraiment

rien – n'était plus loin de ma pensée que l'idée de flirter avec ce type. Pas le moindre sex-appeal. On aurait dit qu'on l'avait traité avec un brumisateur pour en faire un être asexué, pour le châtrer. Certes il était coupable de m'avoir flanqué un coup dans la poitrine avec un rouleau de papier cadeau. Je ne l'oubliais pas. Mon sein se le rappelait fort bien. Mais on pouvait parier à dix contre un que ce n'était rien d'autre qu'un accident, une maladresse de *Schlemiel*.

Alors pourquoi me suis-je ravisée ? Pourquoi ai-je fait demi-tour ? Pas facile de répondre. Si l'on peut dire qu'on est attiré par quelqu'un, je ne crois pas que j'aie été attirée par John, cela m'a pris longtemps. John n'était guère attirant, il était trop sur ses gardes, sur la défensive envers le monde. Je suppose que sa mère avait éprouvé de l'attirance pour lui, quand il était petit, et qu'elle l'avait aimé, parce que les mères sont là pour ça. Mais on avait peine à imaginer que quelqu'un d'autre lui ait trouvé du charme.

Cela ne vous gêne pas que je vous parle franchement, n'est-ce pas ? Alors laissez-moi vous brosser le tableau. J'avais alors vingt-six ans, et je n'avais eu de relations sexuelles qu'avec deux hommes. Deux. Le premier était un garçon que j'avais connu quand j'avais quinze ans. Pendant des années, jusqu'à ce qu'il parte faire son service militaire, nous étions comme les doigts de la main. Après son départ, je me suis morfondue pendant quelque temps, je ne voyais personne, et puis j'ai trouvé un nouveau copain. Lui et moi sommes restés comme les doigts de la main pendant toute la durée de nos études ; les études finies, nous nous sommes mariés avec la bénédiction de nos deux familles. Avec le premier, comme le second, cela a été tout ou rien. C'est ma nature, depuis toujours : tout ou rien. Ainsi, à l'âge de vingt-six ans, à bien des égards, j'étais une oie blanche. Je n'avais pas la moindre idée, par exemple, de comment m'y prendre pour séduire un homme.

Comprenez-moi bien. Ce n'est pas que j'avais une vie protégée. Dans les milieux que nous fréquentions, on ne pouvait avoir une vie protégée. Plus d'une fois, lors d'un cocktail, un homme ou un autre, en général une relation d'affaires de mon mari, s'était arrangé pour me coincer et, à voix basse, m'avait demandé si je ne me sentais pas seule dans ma banlieue, puisque Mark était souvent en voyage, si je ne voulais pas sortir et aller déjeuner quelque part un jour de la semaine prochaine. Bien sûr, je ne jouais pas à ce jeu-là, mais j'en déduisais que c'est ainsi que démarrait une liaison. Un type vous emmenait déjeuner, après quoi, il vous emmenait au bord de la mer, dans la petite villa d'un ami dont comme par hasard il avait la clé, ou dans un hôtel en ville, et c'est là que le chapitre sexuel de la transaction se déroulait. Et puis, le lendemain, l'homme téléphonait pour dire le plaisir qu'il avait pris à votre compagnie, et voudriez-vous qu'on se revoie mardi prochain. Et voilà comment cela se passait, d'un mardi à l'autre, les déjeuners discrets, les séances au lit, jusqu'à ce qu'il cesse de téléphoner ou qu'on cesse de répondre à ses appels. C'est à cela que revenait ce qu'on appelait avoir une liaison.

Dans le monde des affaires – je vous en dirai plus sur mon mari et ce qu'il faisait dans un instant –, les hommes se sentent obligés – ou du moins c'était le cas à l'époque – d'avoir des femmes présentables, et donc les femmes se devaient d'être présentables ; présentables et complaisantes, dans certaines limites. C'est pourquoi, même si mon mari était contrarié quand je lui parlais des avances que me faisaient ses collègues, nos relations restaient cordiales. Pas de scène de mari bafoué, on n'en venait pas aux mains, pas de bagarre au petit jour ; de temps en temps un peu de rogne rentrée, de mauvaise humeur qui ne se manifestait qu'à la maison.

Toute cette question de savoir qui, dans ce petit monde fermé, couchait avec qui, quand j'y repense aujourd'hui, me semble beaucoup plus sombre que ce que l'on voulait bien admettre, plus sombre et plus inquiétant. Cela plaisait aux hommes, et leur déplaisait à la fois, de voir que d'autres désiraient leur femme. Ils se sentaient menacés, pourtant cela les excitait. Et les femmes, les épouses, étaient excitées, elles aussi : il aurait fallu être aveugle pour ne pas le voir. Tous baignaient dans l'excitation, tous pris dans une excitation libidineuse. Quant à moi, je me tenais à l'écart. Aux soirées dont je parle j'étais aussi présentable qu'il le fallait mais jamais complaisante.

C'est pourquoi je n'avais pas d'amies parmi les épouses, qui tenaient conciliabule pour me juger froide et pimbêche. Et de surcroît faisaient en sorte que leur opinion me revienne aux oreilles. De mon côté, j'aimerais pouvoir dire que je m'en fichais pas mal, mais ce n'était pas le cas, j'étais trop jeune et manquais de confiance en moi.

Mark ne voulait pas que je couche avec d'autres. Mais, en même temps, il voulait que les hommes voient bien le genre de femme qu'il avait épousée, et qu'ils l'envient.

On pourrait dire la même chose, je suppose, de ses amis et collègues : ils voulaient que les femmes des autres succombent à leurs avances mais ils voulaient que leurs femmes restent chastes – chastes et appétissantes. Ce qu'on pourrait appeler un microsystème social n'était pas viable. Pourtant ces garçons étaient des hommes d'affaires, astucieux, malins (dans le sens de *futés*), qui s'y connaissaient en systèmes, qui savaient fort bien quels systèmes étaient durables et quels autres ne l'étaient pas. C'est pourquoi je dis que le système de l'illicite licite dans lequel ils évoluaient tous était plus trouble que ce qu'ils voulaient bien dire. Ce système pourrait continuer à fonctionner, à mon avis, mais ils auraient à payer le prix, en termes psychologiques, et il ne fonctionnerait que tant qu'ils refuseraient de reconnaître ce qu'au fond ils devaient bien savoir.

Au début de notre mariage, alors que Mark et moi étions si sûrs l'un de l'autre que nous pensions que rien ne pourrait nous ébranler, nous avons fait un pacte : nous n'aurions pas de secret l'un pour l'autre. Pour ma part, ce pacte restait valide à l'époque dont je vous parle. Je ne cachais rien à Mark. Je ne cachais rien parce que je n'avais rien à cacher. Mark, lui, avait violé le pacte une fois. Il l'avait violé et avait avoué son manquement. Les conséquences l'avaient bouleversé et il avait accusé le coup. Après cela, dans son for intérieur, il avait conclu qu'il valait mieux mentir que dire la vérité.

Mark travaillait dans les services financiers. La société qui l'employait identifiait les possibilités d'investissement pour des clients et gérait leurs investissements. La plupart des clients étaient de riches Sud-Africains qui s'efforçaient de sortir leur argent avant que le pays n'implose (c'est le mot qu'ils utilisaient) ou qu'il n'explose (le mot que je préférais). Pour des raisons qu'on ne m'a jamais bien expliquées – après tout, on avait déjà le téléphone à cette époque-là –, son travail l'obligeait à se rendre une fois par semaine à la succursale de Durban pour ce qu'il appelait des « consultations ». Si on faisait la somme des jours où il était absent, il passait autant de temps à Durban qu'à la maison.

Une des collègues avec qui il avait ces consultations à la succursale était une femme du nom d'Yvette. Elle était plus vieille que lui, une Afrikaner, divorcée. D'abord il parlait d'elle sans gêne. Elle l'a même appelé au téléphone à la maison, une ou deux fois, pour des questions de boulot. Puis il cessa de parler d'elle. « Tu as un problème avec Yvette ? » « Non. » « Elle est sexy ? » « Non, pas vraiment, quelconque, sans plus. »

À sa réponse évasive, j'ai deviné qu'il y avait anguille sous roche. Je me suis mise à observer de petits détails bizarres : des messages qui inexplicablement ne lui parvenaient pas, des vols manqués, des choses comme ça.

Un jour, à son retour d'une de ses absences prolongées, je l'ai pris de front :

« Je n'ai pas pu te joindre hier au soir, est-ce que tu étais avec Yvette ? »

« Oui. »

« Tu as couché avec elle ? »

« Oui », a-t-il répondu. (*Je m'excuse, mais je ne sais pas mentir, disait George Washington.*)

« Pourquoi ? »

Il a haussé les épaules.

« Pourquoi ? » ai-je demandé à nouveau.

« Parce que », a-t-il dit.

« Eh bien, va te faire foutre », ai-je dit, je lui ai tourné le dos et je me suis enfermée dans la salle de bains, où je n'ai pas pleuré – l'idée de pleurer ne m'est même pas venue à l'esprit – mais, au contraire, c'est l'idée de me venger qui m'étouffait. J'ai écrasé un plein tube de pâte dentifrice et j'ai vidé un autre tube de mousse coiffante dans le lavabo, j'ai noyé le tout avec de l'eau chaude, j'ai touillé cette mixture avec une brosse à cheveux, et j'ai tiré la bonde.

Voilà pour la toile de fond. Après cet épisode, comme sa confession ne lui avait pas valu l'approbation qu'il attendait, il s'est mis à mentir.

« Tu vois toujours Yvette ? » ai-je demandé à son retour d'un autre voyage.

« Il faut bien que je voie Yvette, je n'ai pas le choix, nous travaillons ensemble. »

« Mais tu comprends bien ce que je veux dire par *tu la vois*. »

« *Je ne la vois plus*, comme tu dis. Ça ne s'est passé qu'une fois. »

« Une fois ou deux », ai-je dit.

« Une fois », a-t-il répété, s'enfermant dans son mensonge.

« En fait, ce n'était qu'une fredaine, un truc en passant », ai-je suggéré.

« C'est ça, une fredaine, pas plus. »

Et la conversation en est restée là entre Mark et moi pour la nuit. La conversation et le reste.

Chaque fois que Mark mentait, il ne manquait pas de me regarder droit dans les yeux. *Jouer la franchise avec Julia* : c'est ce qu'il devait se dire. C'est à son regard qui ne cillait pas que je voyais – infailliblement – qu'il mentait. Vous n'imaginez pas à quel point Mark ne savait pas mentir. À quel point les hommes en général sont de piètres menteurs. Quel dommage que je n'aie pas de quoi mentir, me disais-je. J'aurais pu montrer à Mark comment s'y prendre, lui apprendre la technique.

Si l'on s'en tient à la chronologie, Mark était plus vieux que moi, mais ce n'est pas comme cela que je voyais les choses. De mon point de vue, j'étais l'aînée de la famille, suivie de Mark qui avait à peu près treize ans, suivi de notre fille qui allait avoir deux ans. Pour ce qui est de la maturité, mon mari était donc plus proche de la petite que de moi.

Quant à Monsieur le Jouteur, Monsieur le Picador, l'homme à la pelle à l'arrière de sa camionnette – pour en revenir à lui –, je ne savais pas l'âge qu'il pouvait avoir. C'était peut-être un autre gamin de treize ans. Ou, en fait, c'était peut-être, *mirabile dictu*, un adulte. Il allait falloir attendre pour le savoir.

« J'ai sous-estimé les quantités de matériaux par six, disait-il. (Peut-être était-ce par seize, je n'écoutais qu'à moitié.) Au lieu d'une tonne de sable, il m'en faut six (ou seize). Au lieu d'une tonne et demie de gravier, il m'en faudra dix. Je ne sais pas où j'avais la tête. »

« Où vous aviez la tête ? » ai-je dit pour gagner du temps et retrouver le fil.

« Pour faire une erreur pareille. »

« Je me trompe tout le temps sur les chiffres. Je mets la virgule au mauvais endroit. »

« Oui, mais se tromper par un facteur de six, ce n'est

pas la même chose qu'une erreur de virgule. Sauf si on est sumérien. Quoi qu'il en soit, pour répondre à votre question, je n'en verrai pas le bout. »

Quelle question ? me suis-je demandé. Et il n'allait pas voir le bout de quoi ?

« Il faut que j'y aille. Il faut que je fasse déjeuner ma petite. »

« Vous avez des enfants ? »

« Oui, j'ai une fille. Ça vous étonne ? Je suis une femme adulte, j'ai un mari et une enfant à qui je dois donner à manger. Pourquoi cela vous surprend-il ? Sinon, pourquoi est-ce que je passerais tout ce temps à Pick n Pay ? »

« Pour écouter la musique ? »

« Et vous, vous n'avez pas une femme et des enfants ? »

« J'ai un père qui habite avec moi. Ou avec qui j'habite. Ni femme, ni enfant à strictement parler. Ma famille s'est envolée. »

« Pas de femme ? Pas d'enfants ? »

« Pas de femme, pas d'enfants. Je suis redevenu un fils. »

Cela m'a toujours intéressée, ces échanges entre des êtres humains où les mots n'ont rien à voir avec les pensées qui vous passent par la tête. Tandis que nous parlions, par exemple, il me revenait l'image précise de cet inconnu peu ragoûtant qui avait de gros poils noirs qui lui sortaient des oreilles et du haut de sa chemise. Au dernier barbecue, mine de rien, il avait posé sa main sur mes fesses pendant que je me servais en salade, pas pour me caresser, ou me pincer, mais pour en sentir le galbe. Si c'est cette image qui me venait à l'esprit, qu'est-ce qui pouvait bien venir à l'esprit de cet homme, moins hirsute que l'autre ? Et comme nous avons de la chance que la plupart des gens, même ceux qui ne savent pas mentir effrontément, soient au moins capables de dissimulation, pour ne pas laisser voir ce qui se passe en eux, sans se trahir par la moindre inflexion de voix ou une dilatation de la pupille !

« Eh bien, au revoir », ai-je dit.

« Au revoir. »

Je suis rentrée à la maison, j'ai payé la femme de ménage, j'ai fait déjeuner Chrissie et l'ai couchée pour sa sieste, puis j'ai mis deux plaques de biscuits au chocolat au four. Tant qu'ils étaient encore chauds, je suis retournée à la maison de Tokai Road. Il faisait une belle journée, pas un brin de vent. Votre homme (rappelez-vous que je ne savais pas encore son nom) était devant la maison, occupé à bricoler quelque chose avec du bois, des clous et un marteau. Il était torse nu ; avec un coup de soleil sur les épaules.

« Bonjour. Vous devriez mettre une chemise, le soleil va vous faire mal. Tenez, je vous ai apporté des biscuits, pour vous et votre père. C'est meilleur que ce qu'on trouve à Pick n Pay. »

D'un air soupçonneux, en fait d'un air irrité, il a posé ses outils et a pris le paquet. « Je ne vous invite pas à entrer, la maison est dans un désordre pas possible. » Je n'étais pas la bienvenue, c'était clair.

« Ça ne fait rien. Je ne peux pas m'attarder de toute façon. Il faut que je rentre pour m'occuper de ma fille. Je voulais simplement faire un geste, en bonne voisine. Est-ce que vous accepteriez de venir dîner un soir avec votre père ? Un dîner entre voisins ? »

Il a souri, le premier sourire qu'il m'ait adressé. Pas

bien joli son sourire, lèvres trop serrées. Il ne voulait pas montrer ses dents qui n'étaient pas en bon état. « Merci, mais il faut que je voie avec mon père. Il n'aime pas se coucher tard. »

« Dites-lui que la soirée ne se prolongera pas. Vous partirez dès que vous aurez dîné. Je ne me formaliserai pas. Ce sera seulement nous trois. Mon mari est en voyage. »

Vous devez commencer à vous inquiéter. *Dans quoi est-ce que je me suis embringué ?* vous demandez-vous. *Comment est-ce que cette femme peut faire semblant de se rappeler des conversations triviales qui remontent à trente ou quarante ans ? Et quand va-t-elle enfin en venir à l'essentiel ?* Alors, je vais parler franchement : pour ce qui est des dialogues, j'invente au fur et à mesure. Ce qui n'est pas interdit, j'imagine, puisque nous parlons d'un écrivain. Ce que je vous raconte n'est peut-être pas vrai, à la lettre, mais c'est vrai en esprit, vous pouvez en être sûr. Est-ce que je peux continuer ?

[Silence.]

J'ai griffonné mon numéro de téléphone sur le paquet de biscuits. « Et tant que j'y suis, je vais vous donner mon nom au cas où ça vous intéresserait. Je m'appelle Julia. »

« Julia. Il est doux de voir flotter la soie qui l'enrobe. »

« Ah bon ? » Je n'avais pas la moindre idée de ce qu'il voulait dire.

Il est arrivé le lendemain soir, comme convenu, mais sans son père. « Mon père ne se sent pas bien. Il a pris une aspirine et il s'est couché. »

Nous avons mangé dans la cuisine, tous les deux, avec Chrissie sur mes genoux. « Dis bonjour à Tonton », ai-je dit à Chrissie. Mais Chrissie ne voulait rien savoir de cet inconnu. Un enfant sent ce qui se passe. Un enfant a le nez.

En fait, Chrissie n'a jamais aimé John, ni ce soir-là ni plus tard. Petite, elle était blonde avec des yeux bleus, comme son père, pas du tout comme moi. Je vous montrerai une photo. Parfois il me semblait que, puisqu'elle ne tenait rien de moi physiquement, elle ne m'aimerait jamais. Bizarre. C'était moi seule qui m'occupais d'elle et qui m'occupais de tout à la maison, mais, en comparaison de Mark, j'étais l'intruse, l'ombre, la pièce rapportée.

L'oncle John. C'est comme ça que je l'appelais devant la petite. Je l'ai regretté par la suite. Il y a quelque chose de sordide à faire passer un amant pour quelqu'un de la famille.

Quoi qu'il en soit, nous avons mangé, nous avons bavardé, mais le piquant de la soirée, ce qui m'avait semblé excitant, commençait à s'émousser en moi, s'était comme éventé. En dehors de l'incident des rouleaux de papier cadeau au supermarché que j'avais peut-être mal interprété, ou peut-être pas, c'est moi qui avais fait toutes les avances, qui l'avais invité. *Bon, ça va comme ça, ça suffit*, me suis-je dit. *C'est à lui maintenant de faire passer le bouton dans la boutonnière, ou de ne pas boutonner.* Pour ainsi dire.

À la vérité, je n'avais pas l'étoffe d'une séductrice. Le mot même me déplaisait, avec ses connotations de dessous en dentelle et de parfum français. C'est justement pour ne pas tomber là-dedans que je ne m'étais pas mise en frais de toilette pour l'occasion. J'avais le chemisier de coton blanc et le pantalon de tergal vert (mais oui, de tergal) que je portais pour faire mes courses au supermarché ce matin-là. On ne trompe pas sur la marchandise.

Ne souriez pas. Je me rends bien compte à quel point je me comportais comme un personnage de roman – comme l'une de ces jeunes femmes chez Henry James, à l'âme noble, par exemple, bien décidée, en dépit de ce que lui dit son intuition, à faire ce qui est difficile, à être moderne. Particulièrement quand mes semblables, les femmes des collègues de Mark, cherchaient leur voie, non pas dans Henry James ou George Eliot mais dans *Vogue*, *Marie Claire* ou *Fair Lady*. Mais, à quoi sont bons les livres s'ils ne sont pas là pour changer notre vie ? Est-ce que vous auriez fait le voyage jusqu'à Kingston pour entendre ce que j'ai à dire sur John si vous ne pensiez pas que les livres sont importants ?

Non, en effet, je ne serais pas là.

Vous voyez bien. John était loin de s'habiller avec recherche. Un pantalon solide et trois chemises blanches sans fantaisie, une paire de chaussures, le vestiaire d'un enfant de la Grande Dépression. Mais j'en reviens à notre histoire.

Pour dîner ce soir-là, j'avais fait un plat simple, des lasagnes. Soupe aux pois, lasagnes, glace : c'était le menu, insipide, du genre qui plaît à un enfant de deux ans. Les lasagnes nageaient dans la sauce parce que j'avais utilisé du fromage blanc au lieu de ricotta. J'aurais pu faire un saut jusqu'au supermarché pour acheter de la ricotta, mais, par principe, je n'en ai rien fait, tout comme, par principe, je n'ai pas changé de tenue.

De quoi avons-nous parlé pendant le dîner ? De pas grand-chose. Je faisais manger Chrissie, ça m'occupait – je ne voulais pas qu'elle ait l'impression que je la négligeais. Et John n'avait pas beaucoup de conversation, comme vous le savez sans doute.

Je ne sais pas. Je ne l'ai jamais rencontré en chair et en os.

Vous ne l'avez jamais rencontré ? Voilà qui me surprend.

Je n'ai jamais cherché à faire sa connaissance. Nous n'avons même jamais correspondu. J'ai pensé qu'il valait mieux n'avoir aucune obligation envers lui. J'aurais ainsi les mains libres pour écrire ce que je voulais.

Mais vous avez souhaité me rencontrer. Vous allez écrire un livre sur lui et vous avez délibérément décidé de ne pas le rencontrer. Vous n'écrivez pas un livre sur moi, et pourtant vous avez souhaité me rencontrer. Expliquez-vous.

Parce que vous représentez quelque chose dans sa vie. Vous avez été quelqu'un qui comptait pour lui.

Et comment est-ce que vous le savez ?

Je ne fais que répéter ce qu'il a dit. Pas à moi, mais à beaucoup d'autres.

Il a dit que j'étais quelqu'un qui comptait dans sa vie ? Cela m'étonne et me fait plaisir. Ce qui me fait plaisir, ce n'est pas qu'il ait eu ce sentiment, mais qu'il en ait fait part à des tiers.

Je vais vous avouer quelque chose. Quand vous avez pris contact avec moi, j'ai été à deux doigts de décider de ne pas vous recevoir. J'ai pensé que vous étiez un fouineur, un universitaire en quête de potins, qui était tombé sur une liste des femmes dans la vie de John, de ses conquêtes, et que vous descendiez la liste, cochant les noms au fur et à mesure, dans l'espoir de salir son nom.

L'opinion que vous avez des universitaires et de leurs recherches n'est guère flatteuse.

C'est vrai. C'est pour cela que je vous ai dit sans ambiguïté que je n'étais pas une de ses conquêtes. En fait de conquête, il compte parmi les miennes. Mais, je suis curieuse, dites-moi, à qui a-t-il dit que j'avais compté dans sa vie ?

À plusieurs personnes. Dans des lettres, il ne vous nomme pas. Mais il est facile de vous reconnaître. Et il avait une photo de vous. Je l'ai trouvée dans ses papiers.

Une photo ! Montrez-la-moi. Vous l'avez sur vous ?

Je la ferai retirer et je vous l'enverrai.

Oui, bien sûr, j'ai compté dans sa vie. Il était amoureux de moi, à sa façon. Mais on peut être important sur des choses importantes ou sur des choses sans importance et je doute fort d'avoir eu quelque importance au niveau qui lui importait. Voyez, il n'a jamais rien écrit sur moi. Je n'ai pas trouvé place dans ses livres. Ce qui pour moi signifie que je ne me suis pas vraiment épanouie en lui, je n'ai jamais pris vie pour lui.

[Silence.]

Vous ne réagissez pas ? Vous avez lu ses livres. Où y trouvez-vous trace de moi ?

Je ne saurais vous répondre. Je ne vous connais pas assez. N'y a-t-il pas un personnage dans lequel vous vous reconnaissiez ?

Non.

Peut-être êtes-vous dans ses livres sous une forme plus diffuse, qui ne permet pas de vous identifier d'emblée.

C'est possible. Encore faudra-t-il m'en persuader. Nous continuons ? Où en étais-je ?

Le dîner. Les lasagnes.

Oui. Les lasagnes. Les conquêtes. Je lui ai donné des lasagnes à manger, et puis j'ai parachevé ma conquête. Faut-il mettre les points sur les *i* ? Puisqu'il est mort, cela ne changera rien à rien pour lui, même si je commets quelque indiscrétion. Nous avons fait ça dans le lit conjugal. Si je dois profaner mon mariage, me suis-je dit, autant y aller à fond. Et c'est plus confortable dans un lit que sur un canapé ou que de faire ça par terre.

En ce qui concerne cette expérience – je veux dire la découverte de l'infidélité, et il s'agissait bien de cela, de cela avant tout –, elle a été plus étrange que je n'aurais cru, et puis, avant même que je me fasse à ce qu'il y avait là d'étrange, c'était fini. Mais c'était excitant, c'est sûr, d'un bout à l'autre. Mon cœur battait la chamade. Je ne l'oublierai jamais. Pour en revenir à Henry James, il y a pléthore de trahisons dans James, je ne me rappelle rien de cet émoi, du sens aigu de la découverte de soi pendant qu'on se livre à l'acte – l'acte de trahison, j'entends. Ce qui me donne à penser que, même si James se plaisait à se poser en grand traître, il n'avait jamais commis l'acte lui-même, physiquement.

Mes premières impressions ? J'ai trouvé cet amant tout neuf moins bien en chair que mon mari, il pesait moins sur moi. Je me rappelle m'être demandé : *Est-ce qu'il mange assez ?* Lui et son père dans ce petit cottage minable de Tokai Road, un veuf et son fils sans femme, deux pauvres mecs, deux ratés, qui dînent de mauvaise charcutaille, de biscuits et de thé. Il n'avait pas voulu amener son père chez moi, alors est-ce qu'il allait falloir que je passe chez eux pour leur laisser des paniers pleins de gâteries nourrissantes ?

L'image qu'il me reste de lui : il est penché sur moi, les yeux fermés, il caresse mon corps, il se concentre, les sourcils froncés, comme s'il s'efforçait de capter le souvenir de moi rien que par le toucher. Sa main allait et venait, montait et descendait. À l'époque, j'étais plutôt fière de mon corps. Le jogging, la gymnastique douce, le régime : si tout ça ne paie pas quand on se déshabille pour un homme, à quoi bon ? Je n'étais peut-être pas Miss Monde, mais je devais être agréable à tripoter : bien roulée, de la chair fraîche et appétissante.

Si ce genre de propos vous met mal à l'aise, vous n'avez qu'à le dire et je la boucle. Je fais un de ces métiers qui touchent aux choses intimes, les propos intimes ne me gênent donc pas tant qu'ils ne vous gênent pas. Non ? Cela ne pose pas de problème ? Est-ce que je continue ?

C'était notre première fois. Intéressant, une expérience intéressante, mais qui ne cassait rien. D'ailleurs je ne m'attendais à rien d'extraordinaire, pas avec lui.

Ce que j'étais décidée à éviter, c'était de m'embringuer dans une histoire sentimentale. Une aventure en passant est une chose, une affaire de cœur en est une autre.

Je savais à peu près où j'allais. Je n'allais pas m'éprendre d'un homme dont je ne savais quasiment rien. Mais lui ? Ne serait-il pas du genre à ruminer sur ce qui s'était passé entre nous, à se monter la tête et en faire quelque chose de plus important que ce n'était ? Sois sur tes gardes, me suis-je dit.

Je suis restée des jours et des jours sans la moindre nouvelle de lui. Chaque fois que je passais devant la maison de Tokai Road, je ralentissais et essayais de l'apercevoir, en vain. Pas trace de lui au supermarché non plus. J'ai fini par en arriver à une seule et unique conclusion : il m'évitait. En un sens, c'était bon signe ; néanmoins cela m'énervait. En fait, cela me blessait. Je lui ai écrit une lettre, comme on en écrivait jadis, j'ai mis un timbre et je l'ai mise à la poste : *Est-ce que tu m'évites ? Que dois-je faire pour te rassurer : je veux que nous soyons bons amis, rien de plus.* Pas de réponse.

Ce que je n'ai pas dit dans la lettre, et que j'allais bien me garder de dire lors de notre rencontre suivante, est comment j'avais passé le week-end qui a suivi sa visite. Mark et moi étions comme un lapin avec sa lapine : on a fait ça dans le lit conjugal, par terre, dans la douche, partout, même avec la pauvre innocente de Chrissie dans son petit lit – elle ne dormait pas, elle pleurait et m'appelait.

Mark avait sa petite idée pour s'expliquer mon ardeur. Il s'imaginait que j'avais flairé sur lui l'odeur de sa copine de Durban et que je voulais lui prouver que j'étais bien meilleure – comment dire cela ? –, que mes performances dépassaient de loin celles de l'autre. Le lundi après ce week-end-là, Mark devait prendre l'avion pour Durban, mais il a laissé tomber, a annulé son billet et a téléphoné au bureau pour dire qu'il était malade. Après quoi, lui et moi sommes retournés au lit.

Il ne pouvait se rassasier de moi. Il était absolument enchanté de l'institution du mariage bourgeois et des occasions qu'elle offrait à un homme de s'accoupler chez lui et hors de chez lui.

Quant à moi – je pèse bien mes mots –, je jouissais de l'excitation exquise d'avoir deux hommes à un si bref intervalle. Je me disais, et j'étais plutôt choquée de cette pensée : *Tu te conduis comme une pute ! Est-ce que c'est ça ta vraie nature ?* Mais au fond, j'étais assez fière de moi, de l'effet que je pouvais produire. Ce week-end-là, pour la première fois, j'ai entrevu la possibilité d'un développement infini dans le domaine de l'érotisme. Jusque-là, je n'avais eu qu'une image plutôt banale de la vie érotique : on arrive à la puberté, on passe un an ou deux à hésiter au bord de la piscine, et puis on plonge, on éclabousse à droite et à gauche jusqu'à ce qu'on trouve un partenaire satisfaisant, et c'est fini, la quête s'arrête là. Ce que j'ai découvert brusquement durant ce week-end, c'est qu'à vingt-six ans ma vie érotique avait à peine commencé.

Enfin, j'ai reçu une réponse à ma lettre : un coup de fil de John. D'abord il a tâté le terrain : est-ce que j'étais seule ? Est-ce que mon mari était en voyage ? Puis l'invitation : est-ce que je voulais venir dîner, tôt dans la soirée, et est-ce que je voulais amener ma fille ?

Je suis arrivée chez lui avec Chrissie dans sa poussette. John m'attendait sur le pas de la porte affublé d'un de ces tabliers de boucher bleu et blanc. « Entrez et passez à l'arrière de la maison, nous faisons un barbecue. »

C'est à cette occasion que j'ai fait la connaissance de son père. Il était assis, penché sur le feu comme s'il avait froid, alors qu'en fait il faisait encore assez chaud. Tant bien que mal, il s'est levé pour me saluer. Il semblait fragile, alors qu'il s'est avéré qu'il n'avait guère plus de soixante ans. « Enchanté », a-t-il dit avec un gentil sourire. On s'est bien entendus tous les deux dès le début. « Et voilà Chrissie ? Bonjour ma petite ! Alors, comme ça, tu viens nous rendre visite ? »

Contrairement à son fils, il parlait avec un fort accent afrikaans. Mais son anglais était tout à fait passable. Apparemment, il avait grandi dans une ferme du Karoo, parmi de nombreux frères et sœurs. Ils avaient appris l'anglais avec une préceptrice – il n'y avait pas d'école dans la région – une Mlle Jones ou Smith originaire de la vieille Angleterre.

Dans le lotissement clôturé où nous habitions, Mark et moi, chaque maison était pourvue d'une courette et d'un barbecue en maçonnerie. Ici, dans Tokai Road, il n'y avait pas ce luxe, mais seulement un feu de camp entouré de quelques briques. C'était incroyablement idiot d'avoir un feu sans protection quand on attendait un enfant comme Chrissie qui était encore château branlant. J'ai fait semblant de toucher le gril, j'ai fait semblant de pousser un cri de douleur, ai vite retiré ma main, et j'ai sucé la prétendue brûlure. « Chaud, ai-je dit à Chrissie. Attention ! Ne touche pas ! »

Pourquoi est-ce que je me rappelle ce détail ? Parce que j'ai sucé ma main. Parce que j'étais consciente du regard de John posé sur moi, et j'ai prolongé ce moment à dessein. Pardonnez-moi de me vanter, mais j'avais une jolie bouche à l'époque, une bouche à baisers. Mon nom de famille était Kiš, qu'on orthographiait en Afrique du Sud où personne ne connaît ces drôles de signes diacritiques, K-I-S. Kiss-Kiss, sifflaient les filles à l'école quand elles voulaient me provoquer. Kiss-Kiss, et elles ricanaient, et faisaient claquer leurs lèvres humides. Je m'en fichais bien. Pas de mal à avoir une bouche à baisers, me disais-je. Fin de ma digression. Je sais bien que c'est de John que vous voulez entendre parler, pas de moi écolière.

Saucisses grillées et pommes de terre rôties : voilà le menu que ces deux hommes avaient eu l'imagination de concevoir. Pour les saucisses, une sauce tomate achetée en petite bouteille ; pour les patates, de la margarine. Dieu sait de quels abats étaient confectionnées les saucisses. Heureusement j'avais apporté des petits pots pour Chrissie.

J'ai prétendu avoir un appétit d'oiseau et n'ai pris qu'une seule saucisse. Mark étant si souvent absent, je me suis rendu compte que je mangeais de moins en moins de viande. Mon régime consistait surtout en fruits, céréales et salades. Mais pour ces deux-là, il fallait des saucisses et des pommes de terre. Ils mangeaient de la même façon, en silence, descendant en vitesse ce qui était dans leur assiette, comme si on allait la leur arracher. Des mangeurs solitaires.

« Alors, ça avance la dalle en béton ? » ai-je demandé.

« Encore un mois et ce sera terminé, si Dieu le veut », a dit John.

« C'est une grande amélioration pour la maison, a dit son père. Cela ne fait aucun doute. Nous avons beaucoup moins d'humidité qu'avant. Mais cela aura été un gros boulot, hein John ? »

J'ai tout de suite reconnu le ton, le ton d'un père qui veut vanter les mérites de son rejeton. J'ai eu un élan de tendresse pour le pauvre homme. Un fils qui a la trentaine, et on ne peut rien dire de bon de lui, si ce n'est qu'il peut couler du béton ! Et c'est dur pour le fils aussi de sentir le poids de ce désir du père, le désir d'être fier ! S'il faut trouver une raison pour laquelle j'ai été une excellente élève, c'était bien pour donner à mes parents qui étaient si isolés dans cet étrange pays, de quoi être fiers.

Son anglais – l'anglais du père – était tout à fait passable, comme je l'ai dit, mais il était clair que ce n'était pas sa langue maternelle. Quand il sortait une expression idiomatique, comme *Cela ne fait aucun doute*, il le soulignait d'un petit geste comme s'il s'attendait à des félicitations.

Je lui ai demandé ce qu'il faisait. (*Faisait* est un mot inepte ; mais il savait ce que je voulais dire.) Il m'a dit qu'il était comptable et qu'il travaillait en ville. « Ça doit être toute une expédition d'aller jusqu'en ville depuis Tokai. Ça ne serait pas plus commode d'habiter plus près ? »

Il a marmonné quelque chose que je n'ai pas compris. Un ange a passé. De toute évidence j'avais touché un point sensible. J'ai essayé de changer de sujet, sans succès.

Je n'attendais pas grand-chose de cette soirée, mais la banalité de la conversation, les longs silences, et quelque chose d'autre qui flottait dans l'air, de la mésentente, de la mauvaise humeur entre eux deux – tout cela allait au-delà de ce que j'étais prête à encaisser. Le menu avait été sans intérêt, le rougeoiement du feu tournait au gris de cendres, j'avais un peu froid, la nuit commençait à tomber, les moustiques s'en prenaient à Chrissie. Rien ne m'obligeait à rester dans cette arrière-cour envahie par les mauvaises herbes, rien ne m'obligeait à être mêlée aux tensions familiales de gens que je connaissais à peine, même si, techniquement parlant, l'un d'eux était ou avait été mon amant. J'ai donc soulevé Chrissie et l'ai mise dans sa poussette.

« Ne partez pas encore, a dit John. Je vais faire du café. »

« Il faut que je rentre. La petite devrait être couchée depuis longtemps. »

Arrivés au portail, il a essayé de m'embrasser, mais je n'étais pas d'humeur à ça.

L'histoire que je me suis racontée après cette soirée, l'histoire dans sa version définitive, était que les infidélités de mon mari m'avaient piquée au vif à un point tel que pour le punir et ménager mon *amour-propre**1 je m'étais mise en quatre pour m'offrir une petite infidélité aussi. Maintenant qu'il était évident combien cette infidélité avait été une erreur, du moins dans le choix du partenaire, l'infidélité de mon mari me paraissait sous un jour nouveau, probablement comme une erreur aussi, et ne valait donc pas que j'en sois peinée.

En ce qui concerne les week-ends conjugaux, je crois qu'à ce stade il serait bon de jeter un voile pudique. J'en ai dit assez. Permettez-moi simplement de vous rappeler que c'est sur la toile de fond de ces week-ends que se déroulaient mes rapports de la semaine avec John. Si John peu à peu s'est senti intrigué, et même s'il s'est entiché de moi, c'est parce qu'il avait trouvé en moi une femme au summum de ses pouvoirs de femme, qui connaissait une vie sexuelle plus intense qu'auparavant – une vie qui en fait n'avait pas grand-chose à voir avec lui.

Monsieur Vincent, je sais fort bien que c'est de John que vous voulez entendre parler, pas de moi. Mais la seule histoire où figure John que je peux raconter, ou la seule histoire que je suis disposée à raconter, est celle-ci, c'est-à-dire l'histoire de ma vie et du rôle qu'il y a joué et qui est fort différente, tout autre chose, que l'histoire de sa vie et du rôle que j'y ai joué. Mon histoire, mon histoire à moi, a commencé des années avant que John n'entre en scène et s'est poursuivie durant des années après qu'il a eu quitté la scène. Dans la phase

---

1. Les mots ou expressions en italique suivis d'un astérisque sont en français dans le texte anglais. *(Note de la traductrice.)*

dont je vous parle aujourd'hui, Mark et moi étions les principaux protagonistes, John et la femme de Durban tenaient des rôles secondaires. Alors, à vous de choisir. Êtes-vous preneur ou allez-vous refuser ce que j'ai à offrir ? Est-ce que mon récit s'arrête là ou est-ce que je continue ?

Continuez.

Vous êtes sûr ? Parce que je tiens à souligner un autre point. Le voici. Vous faites une lourde erreur si vous vous dites que la différence entre les deux histoires, l'histoire que vous vouliez entendre et l'histoire que je vous livre, n'est rien d'autre qu'une question de perspective – que si, de mon point de vue, l'histoire de John n'aura peut-être été qu'un épisode parmi d'autres dans la longue histoire de mon mariage, néanmoins par un petit tour de passe-passe, une rapide manipulation de la perspective, un travail d'édition astucieux, vous pouvez transformer cela pour en faire une histoire sur John et l'une des femmes qui sont passées dans sa vie. Ce n'est pas le cas. Pas du tout. Je vous avertis très sérieusement : si vous partez d'ici et commencez à tripatouiller le texte, tout ne sera plus que cendres entre vos doigts. C'était moi en réalité le personnage principal. Et John était en réalité un personnage secondaire. Je suis désolée d'avoir l'air de vous donner des leçons sur un sujet qui est le vôtre, mais vous me remercierez au bout du compte. Vous me comprenez bien ?

J'entends bien ce que vous me dites. Je ne suis pas forcément d'accord, mais j'entends bien.

Bon. Qu'on n'aille pas dire que je ne vous ai pas prévenu.

Comme je vous l'ai dit, c'était pour moi une période exaltante, une deuxième lune de miel, plus douce que la première et qui a duré plus longtemps. Autrement pourquoi pensez-vous que je me la rappelle si bien ? *En vérité, je suis en train de devenir ce que je suis !* me disais-je. *Voilà ce qu'une femme peut être ; voilà ce qu'une femme peut faire !*

Est-ce que je vous choque ? Probablement pas. Vous êtes d'une génération que rien ne choque. Mais cela choquerait ma mère, ce que je vous révèle, si elle était là pour l'entendre. Ma mère n'aurait jamais imaginé parler à un étranger comme je vous parle ici.

De l'un de ses voyages à Singapour, Mark a rapporté un des premiers modèles de caméscope. Il l'a placé dans notre chambre pour nous filmer pendant que nous faisions l'amour. *Pour nos archives*, a-t-il dit. *Et pour nous exciter*. Je n'y ai pas vu d'inconvénient. Je l'ai laissé faire. Il a encore le film, sans doute ; il se peut même qu'il le regarde avec nostalgie en repensant aux jours anciens. Ou peut-être le film est-il oublié dans un carton au grenier, et on ne le retrouvera qu'après sa mort. Incroyable ce qu'on laisse derrière soi ! Imaginez un peu ses petits-enfants en train de regarder leur grand-père encore jeune qui batifole au lit avec sa femme étrangère ; les yeux leur sortiraient de la tête.

Votre mari…

Mark et moi avons divorcé en 1988. Il s'est remarié dans la foulée. Je ne connais pas celle qui m'a succédé. Ils habitent aux Bahamas, ou c'est peut-être aux Bermudes.

On en reste là ? Vous en avez entendu long sur la question. Et la journée a été longue aussi.

Mais ce n'est sûrement pas la fin de l'histoire.

Au contraire, c'est bel et bien la fin de l'histoire. Du moins de la partie de l'histoire qui est importante.

Mais Coetzee et vous avez continué à vous voir. Vous êtes restés en correspondance pendant des années. Alors même si c'est là que s'arrête l'histoire, de votre point de vue – excusez-moi, même si c'est la fin du chapitre qui est important à vos yeux – l'histoire ne se termine pas en queue de poisson, il y a une suite, des retombées à long terme. Ne pouvez-vous pas me donner une idée de la suite ?

La suite et fin de l'histoire est brève. Je vous en parlerai, mais pas aujourd'hui. J'ai des choses à faire. Revenez la semaine prochaine, prenez un rendez-vous avec ma secrétaire.

La semaine prochaine, je serai parti. Est-ce qu'on peut se revoir demain ?

Demain est hors de question. Jeudi. Je peux vous accorder une demi-heure jeudi, après mon dernier rendez-vous.

Bon. Suite et fin. Par où commencer ? Commençons avec le père de John. Un matin, bien après le barbecue mortel, je passais en voiture sur Tokai Road et j'ai remarqué quelqu'un qui attendait tout seul à l'arrêt d'autobus. C'était Coetzee père. J'étais pressée, mais il aurait été trop impoli de passer devant lui, alors je me suis arrêtée et je lui ai offert de l'amener dans ma voiture.

Il a demandé des nouvelles de Chrissie. Je lui ai dit que son père qui était si souvent en voyage lui manquait. Je lui ai demandé où en était la dalle en béton. Il a répondu évasivement.

Nous n'étions ni l'un ni l'autre d'humeur à bavarder, mais j'ai fait un effort. S'il ne trouvait pas ma question déplacée, cela faisait combien de temps que sa femme était morte ? Il m'a répondu. Pas un mot de sa vie avec elle, il n'a pas dit s'ils avaient été heureux ou pas, si elle lui manquait.

« Et John est fils unique ? »

« Non, non, il a un frère, un frère cadet. » Il a semblé surpris que je ne le sache pas.

« C'est bizarre, ai-je dit, parce que John a tout d'un enfant unique. » J'ai fait cette remarque comme une critique. Je voulais dire qu'il s'intéressait à lui-même, et ne semblait pas essayer de comprendre ceux qui l'entouraient.

Il n'a pas répondu – il n'a pas demandé, par exemple, à quoi pouvait bien ressembler un enfant unique.

J'ai posé des questions sur son autre fils. Où vivait-il ? En Angleterre, a répondu Monsieur C. Il avait quitté l'Afrique du Sud il y a des années et n'était jamais revenu.

« Il doit vous manquer. » Il a haussé les épaules. Une façon bien à lui de répondre aux questions : un haussement d'épaules, sans un mot.

Je dois vous dire que d'emblée j'ai trouvé que cet homme était d'une tristesse à la limite du supportable. À côté de moi dans la voiture, dans son complet veston sombre, d'où émanait une odeur de déodorant bon marché, il semblait peut-être personnifier la rectitude intransigeante, mais s'il avait soudain fondu en larmes, je ne m'en serais pas étonnée, pas le moins du monde. Tout seul avec son pisse-froid de fils aîné, tous les matins il partait au boulot en bus et en train pour faire un travail abrutissant, et rentrait le soir dans une maison silencieuse – il me faisait pitié, profondément pitié.

« Ce qui vous manque a des limites, vous savez », a-t-il fini par dire, alors que je pensais qu'il ne me répondrait rien du tout. Il parlait dans un murmure, les yeux dans le vague devant lui.

Je l'ai laissé à Wynberg, près de la gare. « Merci beaucoup, Julia, c'est très gentil à vous. »

C'était la première fois qu'il m'appelait par mon nom. J'aurais pu répondre *À bientôt*. J'aurais pu dire *Il faut que vous veniez chez moi manger un morceau*. Mais je ne l'ai pas fait. Je lui ai fait au revoir d'un petit signe de la main et je suis repartie.

Je m'en suis voulu. *Comme tu es mesquine ! Tu as un cœur de pierre !* Pourquoi étais-je si dure avec lui, avec tous les deux ?

Et c'est vrai, pourquoi étais-je, et suis-je encore si critique envers John ? Il avait au moins le mérite de s'occuper de son père. Si les choses tournaient mal, son père aurait quelqu'un sur qui s'appuyer. On ne pouvait pas en dire autant de moi. Mon père – cela ne vous intéresse sans doute pas, pourquoi cela vous intéresserait-il ? mais je vous le dis quand même – était à l'époque dans une maison de santé, un établissement privé dans la banlieue de Port Elizabeth. On lui avait confisqué ses vêtements, et le jour comme la nuit il n'avait qu'un pyjama et une robe de chambre à se mettre, et des pantoufles. Il était bourré de tranquillisants. Pourquoi ? Pour la tranquillité du personnel, pour qu'il soit docile. Parce que s'il oubliait de prendre ses comprimés, il était agité et se mettait à crier.

[Silence.]

À votre avis, est-ce que John aimait son père ?

Les garçons aiment leur mère, pas leur père. Vous n'avez pas lu Freud ? Les garçons haïssent leur père qu'ils veulent supplanter dans l'affection de leur mère. Non, bien sûr, John n'aimait pas son père, il n'aimait personne. Il n'était pas fait pour aimer. Mais il avait un sentiment de culpabilité envers son père. Il se sentait coupable et en conséquence manifestait de la piété filiale. Avec des manquements.

Je vous parlais de mon père. Mon père était né en 1905. Donc à l'époque dont je parle il allait sur ses soixante-dix ans et il perdait le nord. Il avait oublié qui il était, ainsi que l'anglais rudimentaire qu'il avait appris en arrivant en Afrique du Sud. Il parlait aux infirmières tantôt en allemand, tantôt en magyar, dont elles ne comprenaient pas un mot. Il était persuadé qu'il était à Madagascar dans un camp de prisonniers. Les nazis s'étaient emparés de Madagascar, croyait-il, et y avaient établi un *Strafkolonie* pour les Juifs. Il ne savait plus non plus qui j'étais. Lors d'une de mes visites, il m'a prise pour sa sœur Trudi, ma tante, que je n'ai pas connue, mais on se ressemblait un peu. Il voulait que j'aille voir le commandant du camp pour plaider sa cause. « *Ich bin der Erstgeborene* », répétait-il : je suis l'aîné. Si on n'autorisait pas le *Erstgeborene* à travailler (de métier, mon père était joaillier et tailleur de diamants), comment sa famille allait-elle survivre ?

C'est pour cela que je suis là. C'est pour cela que je pratique la psychothérapie. À cause de ce que j'ai vu dans la maison de santé. Pour qu'on ne traite pas les gens comme on a traité mon père.

Les frais de séjour dans l'établissement étaient couverts par mon frère, son fils. C'est mon frère qui religieusement allait le voir toutes les semaines, alors que mon père ne le reconnaissait pas toujours. Le sens, le seul qui importe, de cette situation, c'est que mon frère avait assumé la charge de le faire soigner. Et le seul sens qui importe, c'est que moi, je l'avais abandonné. Et j'étais sa préférée, sa petite Julishka chérie, si jolie, si intelligente, si affectueuse !

Savez-vous ce que j'espère, plus que tout ? J'espère que dans l'au-delà, tous autant que nous sommes, nous aurons l'occasion de demander pardon à tous ceux auxquels nous avons fait du tort. Et j'aurais bien de quoi demander pardon à plus d'un, vous pouvez me croire.

Assez sur les pères. J'en reviens à l'histoire de Julia et de ses manigances adultères, l'histoire que vous êtes venu de si loin pour l'entendre.

Un jour, mon mari m'annonce qu'il allait à Hong Kong pour des discussions avec les partenaires étrangers de la société.

« Tu seras parti combien de temps ? »

« Une semaine. Un ou deux jours de plus si les discussions marchent bien. »

Je n'y ai plus pensé jusqu'à ce que, peu avant la date prévue pour son départ, j'aie un coup de fil de la femme d'un de ses collègues : est-ce que je mettais une robe du soir dans mes bagages pour Hong Kong ? Mais c'est Mark qui va à Hong Kong, ai-je répliqué, je ne l'accompagne pas. Ah bon, je croyais que toutes les femmes étaient invitées.

Quand Mark est rentré, j'ai soulevé la question. « June vient de m'appeler. Elle me dit qu'elle va à Hong Kong avec Alistair. Elle me dit que toutes les femmes sont invitées. »

« Les femmes sont invitées mais pas aux frais de la société, a répondu Mark. Tu veux vraiment aller jusqu'à Hong Kong pour te languir dans un hôtel avec la bande d'épouses des gars de la boîte, à pester contre le temps qu'il fait ? À cette saison de l'année, Hong Kong est un bain de vapeur. Et qu'est-ce que tu vas faire de Chrissie ? Tu veux emmener Chrissie ? »

« Je n'ai pas la moindre envie d'aller à Hong Kong et de passer mes journées à l'hôtel avec une gosse qui braille. Je veux seulement savoir ce qu'il en est. Comme ça, je ne me ferai pas humilier quand tes amis téléphonent. »

« Eh bien, maintenant tu sais à quoi t'en tenir. »

Il se trompait. Je ne savais pas. Mais c'était facile à deviner. Pour être précise, je pouvais deviner que la petite amie de Durban serait à Hong Kong aussi. De cet instant, j'ai été de glace avec Mark. *Et si tu t'imaginais que tes adultères avaient de quoi m'exciter, voilà de quoi mettre les pendules à l'heure, mon salaud !* C'est ce que je me disais.

« Et tout ça c'est à cause de Hong Kong ? m'a-t-il dit quand il a commencé à piger. Si tu veux venir à Hong Kong, bon Dieu, tu n'as qu'un mot à dire au lieu de tourner dans la maison comme un tigre qui a du mal à digérer. »

« Et ce mot, ça serait quoi ? *S'il te plaît ?* Non, je ne veux pas t'accompagner, surtout pas à Hong Kong. Je ne pourrais que m'y ennuyer, comme tu dis, à râler avec ces dames pendant que les hommes sont occupés ailleurs à décider de l'avenir du monde. Je serai bien mieux à la maison, à ma place, à m'occuper de ta fille. »

Voilà où les choses en étaient entre Mark et moi quand il est parti.

Attendez un instant. Je suis perdu dans la chronologie. Quand a-t-il fait ce voyage à Hong Kong ?

Ce devait être en 1973, au début de l'année. Je ne saurais vous donner de date précise.

Ainsi vous et John Coetzee, vous vous voyiez...

Non. Nous ne nous voyions pas, lui et moi. Vous m'avez demandé pour commencer comment j'avais rencontré John, et je vous l'ai dit. Il y a des histoires sans queue ni tête ; ici, c'est l'inverse : vous avez eu la tête de l'histoire et nous en venons au bout du conte, c'est-à-dire comment nos rapports ont évolué peu à peu et ont pris fin.

Mais où est le corps du récit ? demandez-vous. Pas de corps. Je ne saurais évoquer le corps du conte, parce qu'il n'y en a pas eu. Nous avons la tête et la queue mais pas de corps entre les deux.

Nous en revenons à Mark, au jour fatidique de son départ pour Hong Kong. Il n'était pas plus tôt parti que j'ai sauté dans la voiture, je suis allée jusqu'à Tokai Road et j'ai glissé un billet sous la porte d'entrée : « Passe cet après-midi, si le cœur t'en dit, vers deux heures. »

Il allait être deux heures et je sentais la fièvre monter en moi. Et la petite aussi. Elle ne tenait pas en place, elle pleurait, elle s'accrochait à moi, elle ne voulait pas dormir. La fièvre, mais quel genre de fièvre ? me demandais-je. Une fièvre de folie ? Une fièvre de rage ?

J'ai attendu mais John n'est pas venu, ni à deux heures, ni à trois heures. Il est arrivé à cinq heures et demie, alors que je m'étais endormie sur le canapé avec Chrissie, moite et en nage au creux de mon épaule. C'est la sonnette de la porte d'entrée qui m'a réveillée ; quand j'ai ouvert, j'étais encore tout ensuquée.

« Désolé, je n'ai pas pu venir plus tôt, mais je donne des cours l'après-midi. »

Il était trop tard, évidemment. Chrissie était bien réveillée et jalouse à sa manière.

Plus tard, John est revenu, comme convenu, et nous avons passé la nuit ensemble. En fait, pendant que Mark était à Hong Kong, John a passé toutes les nuits dans mon lit, et il repartait au point du jour pour ne pas se trouver nez à nez avec la femme de ménage. Je rattrapais le sommeil perdu en faisant la sieste l'après-midi.

Comment lui récupérait, je n'en sais rien. Ses élèves, les petites Portugaises (vous êtes sans doute au courant, ses rescapées de la diaspora de l'ex-Empire portugais. Non ? Rappelez-moi de vous parler d'elles), ses petites subissaient peut-être le contrecoup de ses frasques nocturnes.

Mon plein été avec Mark m'avait donné une conception nouvelle des rapports sexuels : une forme de lutte corps à corps où il s'agit de soumettre l'adversaire à votre volonté érotique. Malgré tous ses défauts, les compétences de Mark en la matière, comme lutteur sexuel, étaient au-dessus de la moyenne, même s'il n'était pas aussi subtil ou aussi implacable que moi. Alors que mon verdict sur John – et nous y voilà enfin, voici le moment que vous attendiez, Monsieur le Biographe –, mon verdict sur John, après sept nuits de mise à l'épreuve, est que lui et moi nous ne nous classions pas dans la même catégorie, pas telle que j'étais alors.

Quand il se déshabillait, John passait à ce que j'appellerais un mode sexuel. Dans ce mode sexuel, il s'acquittait de son rôle de mâle de façon tout à fait adéquate – adéquate et compétente, mais à mon goût cela restait trop impersonnel. Je n'ai jamais senti qu'il était avec moi, moi comme personne réelle. On aurait plutôt dit qu'il avait affaire à une image érotique de moi qu'il avait en tête ; peut-être même à une image de la Femme avec un grand F.

À l'époque, j'ai été tout simplement déçue. Maintenant, j'irais plus loin. Dans sa manière de faire l'amour, je pense aujourd'hui qu'il y avait quelque chose de l'ordre de l'autisme. Je n'avance pas cela comme une critique, mais comme un diagnostic, au cas où cela vous intéresse.

Une caractéristique de l'autisme, c'est que le sujet traite les autres comme des automates, des automates mystérieux. Il s'attend en retour à être traité lui aussi comme un automate mystérieux. Si vous êtes autiste, tomber amoureux se traduit par la transformation de l'autre que vous avez choisi, quel qu'il soit, en l'objet inscrutable de votre désir ; être aimé se traduit par la réciproque : vous êtes traité comme l'objet inscrutable du désir de l'autre. Deux automates inscrutables ont un commerce inscrutable avec leurs deux corps : voilà ce qu'on éprouvait quand on était au lit avec John. Chacun de nous, lui et moi, menions deux entreprises distinctes. Ce qu'il recherchait, je ne saurais le dire, cela me restait opaque. Mais, pour résumer, faire l'amour avec lui ne donnait pas le grand frisson, loin de là.

Professionnellement, je n'ai pas beaucoup d'expérience avec les malades que je classerais comme autistes selon des critères cliniques. Néanmoins, pour ce qui est de leur vie sexuelle, je tendrais à penser qu'ils préfèrent la masturbation aux rapports réels.

Comme je crois vous l'avoir dit, John n'était que le troisième homme que j'avais eu dans ma vie. Trois hommes, et, en matière de sexe, je leur ai damé le pion à tous les trois. Triste histoire. Après ces trois-là, j'ai cessé de m'intéresser aux Sud-Africains, aux hommes blancs sud-africains. Ils avaient quelque chose en commun. Je ne parvenais pas à mettre le doigt dessus, mais, d'une certaine manière, cela me semblait lié à cet éclair fugitif que je percevais dans les yeux des collègues de Mark quand ils parlaient de l'avenir du pays – comme s'ils faisaient tous partie d'une conspiration qui allait ménager un avenir bidon, un avenir en trompe-l'œil, alors que jusqu'alors aucun avenir ne semblait possible. Comme l'obturateur de l'objectif qui s'entrouvre un instant pour laisser voir tout ce qu'il y avait de faux en eux.

Bien sûr, j'étais sud-africaine, moi aussi, et on ne peut plus blanche. J'étais née parmi les Blancs, j'avais été élevée parmi eux, j'avais vécu parmi eux. Mais j'avais une position de repli, un autre moi : Julia Kiš, ou, mieux encore, Kiš Julia, de Szombathely. Aussi longtemps que je n'abandonnerais pas Julia Kiš, aussi longtemps que Julia Kiš ne m'abandonnerait pas, je pourrais voir des choses auxquelles les autres Blancs étaient aveugles.

Par exemple, les Sud-Africains blancs, à l'époque, se plaisaient à se voir comme les Juifs de l'Afrique, ou au moins les Israéliens de l'Afrique : rusés, sans scrupules, durs à cuire, ils traquaient leurs proies à couvert. Les tribus sur lesquelles ils croyaient régner les enviaient et les haïssaient. Tout ça, c'était du bidon. De la foutaise. Seul un Juif sait ce qu'est un Juif. Tout comme seule une femme sait ce qu'un homme a dans le ventre. Ces gens-là n'étaient pas des durs, ils n'étaient même pas rusés, ou assez rusés. Et ce n'étaient certainement pas des Juifs. En fait, c'étaient des bébés abandonnés dans la forêt. C'est comme cela que je les vois aujourd'hui : une tribu de petits avec des esclaves pour s'occuper d'eux.

John avait le sommeil agité, au point que cela m'empêchait de dormir. Quand cela me devenait insupportable, je le secouais. « Tu fais un mauvais rêve », lui disais-je. « Je ne rêve jamais », marmonnait-il, et il se rendormait aussitôt. Il ne tardait pas à recommencer à gigoter et à avoir des soubresauts, au point que je me suis mise à désirer retrouver Mark dans mon lit. Mark, au moins, dormait comme un loir.

Assez là-dessus. Vous voyez le tableau. Rien de sensuel dans notre idylle. Loin de là. Quoi d'autre ? Qu'est-ce que vous voulez savoir d'autre ?

Permettez-moi de vous demander ceci : vous êtes juive, John pas. Est-ce que cela créait des tensions entre vous ?

Des tensions ? Pourquoi y aurait-il eu des tensions ? Lequel des deux aurait perçu des tensions ? Je n'avais pas l'intention d'épouser John, après tout. Non, John et moi nous nous entendions très bien sur ce plan-là. C'est avec les gens du Nord qu'il ne s'entendait pas, les Anglais en particulier. Les Anglais l'étouffaient, disait-il, avec leur politesse, leur réserve bien élevée. Il préférait les gens disposés à donner un peu plus d'eux-mêmes ; alors il lui arrivait de trouver le courage de rendre la pareille et de donner un peu de lui-même.

D'autres questions avant que je continue ?

Non.

Un matin (je saute des détails pour avancer, j'ai hâte d'en finir) John s'est pointé à ma porte. « Je ne reste pas, mais j'ai pensé que cela te plairait peut-être. » Il avait un livre à la main. Le titre sur la couverture : *Terres de crépuscule*, de J.M. Coetzee.

Je suis restée ahurie. « Tu as écrit ça ? » Je savais qu'il écrivait, mais beaucoup de gens écrivent ; je n'avais pas idée que pour lui c'était du sérieux.

« C'est pour toi. Un jeu d'épreuves. J'en ai eu deux jeux ce matin au courrier. »

J'ai feuilleté le livre. Quelqu'un qui se plaint de sa femme. Quelqu'un qui voyage en char à bœufs. « Qu'est-ce que c'est ? C'est de la fiction ? »

« Si on veut. »

Si on veut. « Merci, ai-je dit. Je vais m'empresser de le lire. Est-ce que ça va te rapporter beaucoup d'argent et te permettre d'arrêter d'enseigner ? »

Il a trouvé ma question très drôle. Il était gai, à cause du livre. C'est un côté que je ne voyais pas souvent chez lui.

« Je ne savais pas que ton père était historien », ai-je dit lors de notre rencontre suivante. Je faisais allusion à la préface de son livre, dans laquelle l'auteur, l'écrivain, l'homme que j'avais devant moi, prétendait que son père, le petit bonhomme qui partait tous les matins faire son boulot de comptable en ville, était aussi un historien qui fouillait les archives et découvrait de vieux documents.

« Tu parles de la préface ? Ça, c'est de la pure invention. »

« Et qu'est-ce qu'en pense ton père ? Qu'on raconte des craques sur son compte ? Qu'on fasse de lui le personnage d'un livre ? »

John a eu l'air mal à l'aise. En fait, il ne voulait pas révéler, comme je l'ai découvert plus tard, que son père ne savait rien de *Terres de crépuscule*.

« Et Jacobus Coetzee ? Est-ce que tu as aussi inventé ton estimable ancêtre Jacobus Coetzee ? »

« Non, Jacobus Coetzee a réellement existé. Du moins il existe un document réel, rédigé à l'encre sur du papier, qui serait la transcription d'une déposition verbale de quelqu'un qui disait s'appeler Jacobus Coetzee. Au bas du document, il y a un X, que le scribe certifie être de la main de Jacobus Coetzee, un X parce qu'il était illettré. En ce sens, je ne l'ai pas inventé. »

« Pour un illettré, ton Jacobus me semble bien cultivé. À un moment j'ai noté qu'il citait Nietzsche. »

« Tu sais, c'étaient des gars surprenants, ces hommes de la frontière au dix-huitième siècle. On ne savait jamais à quoi s'attendre avec eux. »

Je ne peux pas dire que j'aime *Terres de crépuscule*. Je sais que je vais vous paraître vieux jeu, mais j'aime trouver de vrais héros et héroïnes dans les livres que je lis, des personnages qu'on admire. Je n'ai jamais écrit d'histoires, je n'ai jamais eu la moindre ambition dans ce domaine, mais je parierais qu'il est beaucoup plus facile de fabriquer des personnages méchants, méprisables, que des bons. Je vous donne mon opinion pour ce qu'elle vaut.

Est-ce que vous avez jamais dit votre pensée à Coetzee?

Est-ce que je lui ai dit que je pensais qu'il choisissait la facilité ? Non. J'étais simplement surprise que cet homme qui était mon amant par intermittence, ce bricoleur à la manque et ce prof à temps partiel ait l'étoffe d'écrire tout un livre et, de surcroît, qu'il ait trouvé un éditeur, bien que le livre ne soit publié qu'à Johannesburg. J'étais surprise, j'étais contente pour lui, j'étais même quelque peu fière. La gloire par procuration. Durant mes études, j'avais fréquenté un certain nombre de soi-disant écrivains, mais aucun d'eux n'avait jamais publié de livre.

Je ne vous ai pas demandé quelles études vous avez faites. Psychologie ?

Non, pas du tout. J'ai fait des études de littérature allemande. Pour me préparer à ma vie de femme au foyer et de mère, j'ai lu Novalis et Gottfried Benn. J'ai passé ma licence de littérature, après quoi, pendant vingt ans, jusqu'à ce que Christina grandisse et quitte la maison, je suis restée – comment dirais-je ? – en hibernation intellectuelle. Puis j'ai repris des études. C'était à Montréal. Je suis repartie de zéro pour des études générales scientifiques, suivies d'études de médecine, suivies d'une formation de psychothérapeute. Une longue tirée.

Est-ce que, à votre avis, vos relations avec Coetzee auraient été différentes si vous aviez eu une formation de psychologue plutôt qu'une formation littéraire ?

Quelle drôle de question ! Je vous réponds : Non. Si j'avais fait des études de psychologie dans l'Afrique du Sud des années soixante, il aurait fallu me plonger dans le fonctionnement neurologique des rats et des poulpes, et John n'était ni un rat ni un poulpe.

Quel genre d'animal était-il ?

Vous posez vraiment des questions bizarres ! Il n'avait rien d'un animal, pour une raison très précise : ses facultés mentales, et particulièrement ses facultés idéationnelles, étaient surdéveloppées au détriment de son moi animal. C'était un *homo sapiens*, ou même un *homo sapiens sapiens*.

Ce qui me ramène à ses *Terres de crépuscule*. Je ne dis pas que l'écriture des *Terres de crépuscule* manque de passion, mais la passion qui informe l'écriture reste obscure. Je lis ce texte comme un livre sur la cruauté, un exposé de la cruauté inhérente à toute forme de conquête. Mais d'où procède réellement cette cruauté ? Elle se situe, me semble-t-il, dans l'auteur lui-même. La meilleure interprétation que je puisse donner de ce livre, est que l'écrire était une entreprise d'autothérapie. Ce qui jette une certaine lumière sur le temps où nous étions ensemble, sur notre union.

Je ne suis pas sûr de bien comprendre. Pouvez-vous éclairer ma lanterne ?

Qu'est-ce que vous ne comprenez pas ?

Êtes-vous en train de me dire que vous étiez la victime de sa cruauté ?

Non. Pas du tout. John s'est toujours comporté envers moi avec la plus grande gentillesse. Je dirais de lui que c'était un être gentil, un homme gentil. C'était en partie son problème. Son objectif dans la vie était d'être gentil. Reprenons au début. Vous devez vous rappeler qu'on tue beaucoup dans *Terres de crépuscule* – on tue non seulement des êtres humains, mais des animaux. Eh bien, vers l'époque où le livre est sorti, John m'a annoncé qu'il devenait végétarien. Je ne sais combien de temps il a persisté dans cette voie, mais j'interprète cette conversion au végétarisme comme un aspect d'un projet plus vaste d'autoréforme. Il avait décidé qu'il allait refréner toutes les impulsions cruelles ou violentes en lui, dans tous les domaines – y compris sa vie amoureuse, dirais-je –, et les canaliser dans son écriture, qui de ce fait allait devenir un exercice cathartique sans fin.

Dans quelle mesure avez-vous perçu cette démarche à l'époque, et dans quelle mesure vos connaissances de thérapeute vous ont-elles permis d'y voir clair ultérieurement ?

J'ai vu cela très bien – cela crevait les yeux, il n'y avait pas à creuser beaucoup –, mais à l'époque je ne savais pas l'exprimer. De plus, je vivais une histoire d'amour avec cet homme. On ne peut être trop analytique au milieu d'une histoire d'amour.

Une histoire d'amour. Vous n'avez pas utilisé cette expression jusqu'ici.

Alors, je me reprends. J'étais empêtrée dans une liaison érotique. Parce que jeune et égocentrique comme je l'étais alors, il m'aurait été difficile d'aimer, d'aimer vraiment quelqu'un qui souffrait de manques aussi fondamentaux que John. Donc, j'étais aux prises avec une relation érotique avec deux hommes : j'avais profondément investi en l'un – je l'avais épousé et il était le père de mon enfant ; quant à l'autre, je n'avais rien investi du tout en lui.

La raison pour laquelle je n'ai pas investi davantage en John est très liée, je le soupçonne aujourd'hui, à son projet de se transformer en ce que je décrivais à l'instant, en un homme gentil, le genre d'homme qui ne ferait pas de mal à une mouche, à un animal, pas même à une femme. J'aurais dû être plus claire avec lui, c'est ce que je me dis aujourd'hui : *Si pour une raison ou une autre, tu te tiens sur la réserve, n'en fais rien, ce n'est pas nécessaire !* Si je lui avais dit ça, s'il l'avait pris à cœur, s'il s'était laissé aller à être un peu plus impétueux, un peu plus impérieux, un peu moins réfléchi, il aurait alors peut-être pu m'arracher à un mariage qui ne me valait rien alors et qui devait aller de mal en pis. Il aurait pu en fait me sauver, ou sauver les plus belles années de ma vie qui, au bout du compte, ont été du temps perdu.

[Silence.]

J'ai perdu le fil. De quoi parlions-nous ?

Des Terres de crépuscule.

Ah, oui, *Terres de crépuscule*. Je vous mets en garde. En fait ce livre a été écrit avant que John ne me rencontre. Vérifiez la chronologie. Ne soyez donc pas tenté de le lire comme s'il s'agissait de nous deux.

Cela ne m'était pas venu à l'esprit.

Je me souviens d'avoir demandé à John, après la parution du livre, quel nouveau projet il avait en train.

Sa réponse est restée vague. « Je travaille toujours sur une chose ou une autre. Si je cédais à la tentation de ne pas travailler, qu'est-ce que je ferais de moi ? Qu'est-ce qui vaudrait la peine de vivre ? Il faudrait que je me tire une balle dans la tête. »

Cela m'a surprise – son besoin d'écrire, j'entends. Je ne savais pas grand-chose de ses habitudes, de la façon dont il passait son temps, mais il ne m'avait pas donné l'impression d'être un maniaque du travail.

« Tu parles sérieusement ? » ai-je dit.

« Je déprime si je n'écris pas. »

« Alors pourquoi passer tout ce temps à entretenir la maison ? Tu pourrais payer quelqu'un pour ces travaux, et consacrer le temps que tu y consacres à écrire. »

« Tu ne comprends pas. Même si j'avais les moyens de payer un entrepreneur, ce qui n'est pas le cas, j'éprouverais quand même le besoin de passer un certain nombre d'heures par jour à travailler dans le jardin, à enlever des pierres ou à faire du béton. » Et il s'est lancé dans une de ses tirades pour démontrer qu'il fallait lever le tabou qui pèse sur le travail manuel.

Je me suis demandé s'il n'y avait pas là une critique voilée de mon mode de vie : le travail rémunéré de ma femme de ménage noire me laissait le loisir d'avoir des aventures avec des gars bizarres, par exemple. Mais je n'ai pas relevé. « Eh bien, ai-je dit, tu ne comprends rien à l'économie. Le premier principe de l'économie est que si nous nous obstinions à filer notre laine et à traire nos vaches, plutôt que d'employer de la main-d'œuvre pour le faire à notre place, on en resterait à jamais à l'âge de pierre. C'est pourquoi on a inventé une économie fondée sur l'échange, qui à son tour a rendu possible notre longue histoire de progrès matériel. Tu paies quelqu'un pour couler le béton, et en échange tu as le temps d'écrire le livre qui justifiera tes loisirs et donnera un sens à ta vie. Le processus pourrait même donner un sens à la vie de l'ouvrier qui coule le béton pour toi. Et ainsi tout un chacun connaît la prospérité. »

« Mais tu crois vraiment que les livres donnent un sens à notre vie ? »

« Oui. Un livre devrait être un outil pour fendre la glace que nous portons en nous. Qu'est-ce que cela devrait être d'autre ? »

« Un geste de refus pour faire la nique au temps. Un pari sur l'immortalité. »

« Personne n'est immortel. Les livres ne sont pas immortels. Le globe terrestre que nous habitons va se faire engloutir par le soleil et se consumer pour n'être plus que cendres. Après quoi, l'univers tout entier implosera et disparaîtra dans un trou noir. Rien ne survivra, ni moi ni toi, et certainement pas des livres sur des hommes imaginaires sur la frontière en Afrique du Sud au dix-huitième siècle qui n'intéressent qu'une minorité de lecteurs. »

« Par immortel, je ne voulais pas dire pour exister en dehors du temps. Je voulais dire survivre au-delà de son trépas en ce monde. »

« Tu veux que les gens te lisent après ta mort ? »

« Je trouve quelque consolation à m'accrocher à cette perspective. »

« Alors même que tu ne seras pas là pour le voir ? »

« Alors même que je ne serai pas là pour le voir. »

« Mais pourquoi les générations futures iraient

s'embêter à lire le livre que tu écris s'il ne leur parle pas, si cela ne les aide pas à trouver un sens à leur vie ? »

« Peut-être aimeront-ils quand même lire des livres qui sont bien écrits. »

« C'est idiot. C'est comme si tu me disais que si je fabrique un poste radio à lampes qui marche bien, les gens s'en serviront encore au vingt-cinquième siècle. Mais il n'en sera rien. Parce que les postes à lampes, aussi perfectionnés qu'ils soient, seront obsolètes. Ils ne parleront pas aux gens du vingt-cinquième siècle. »

« Peut-être qu'au vingt-cinquième siècle il y aura encore quelques gens curieux d'entendre le son qu'avait un poste à lampes de la fin du vingtième siècle. »

« Des collectionneurs. Des amateurs de vieilleries. C'est comme ça que tu comptes passer ta vie : à ton bureau, à fabriquer un objet qui sera peut-être conservé ou pas comme une curiosité ? »

Il a haussé les épaules. « Tu as quelque chose de mieux à proposer ? »

Vous pensez que je veux vous en ficher plein la vue. Je le vois bien. Vous pensez que j'invente le dialogue pour vous montrer comme je suis intelligente. Mais elles étaient comme ça les conversations entre John et moi, à l'époque. On s'amusait bien. J'y prenais plaisir ; et elles m'ont manqué plus tard, quand j'ai cessé de le voir. En fait, c'est ce qui m'a sans doute manqué le plus, nos conversations. John était le seul homme que je connaissais qui me laissait le battre dans une discussion à la loyale, qui ne se mettait pas en rage, qui ne se laissait pas déconcerter ou qui ne partait pas avec humeur quand il voyait qu'il n'avait pas le dessus. Et je le battais toujours, ou presque toujours.

Et pour une simple raison. Ce n'est pas parce qu'il ne savait pas discuter ; mais il menait sa vie selon des principes, alors que je suis une pragmatiste. Le pragmatisme l'emporte toujours sur les principes. C'est un fait. L'univers évolue, le sol que nous foulons se modifie, les principes ont toujours un temps de retard. Les principes relèvent de la comédie. On est dans la comédie quand les principes se heurtent à la réalité. Je sais qu'il a la réputation d'être un homme austère, mais John était en fait assez drôle. Un personnage de comédie. De comédie austère. Ce qu'il savait d'une certaine manière, et même qu'il acceptait. C'est pourquoi je continue à penser à lui avec affection, si vous voulez savoir.

[Silence.]

J'ai toujours su bien discuter. À l'école tout le monde était dans ses petits souliers, même mes professeurs. *Une langue affilée comme une lame de couteau*, disait ma mère non sans reproche. *Une fille ne devrait pas discuter de la sorte, une fille devrait apprendre à être plus douce.* Mais parfois elle disait : *Une fille comme toi devrait être avocate.* Elle était fière de moi, de ma fougue, de ma langue bien pendue. Elle était d'une génération où on mariait les filles et elles passaient directement de chez leur père à chez leur mari ou chez leur beau-père.

Quoi qu'il en soit… « Est-ce que tu as quelque chose de mieux à proposer, a dit John, quelque chose de mieux que d'écrire des livres pour occuper sa vie ? »

« Non. Mais j'ai une idée qui va peut-être te secouer et t'aider à trouver ce que tu veux faire de ta vie. »

« Et c'est quoi ton idée ? »
« Trouve-toi une femme bien et épouse-la. »
Il m'a regardée d'un air bizarre. « C'est une proposition que tu me fais ? »
J'ai ri. « Non, je suis déjà mariée. Merci bien. Trouve-toi une femme qui te convienne mieux, une femme qui te fera sortir de toi-même. »

Je suis déjà mariée, donc t'épouser serait de la bigamie : cela, c'était le non-dit. Pourtant, si on y réfléchit, qu'est-ce que la bigamie a de mal, en dehors du fait que c'est illégal ? Qu'est-ce qui a fait de la bigamie un crime, alors que l'adultère n'est qu'un péché, ou une récréation ? J'étais déjà une femme adultère ; pourquoi ne serais-je pas aussi une bigame, une bigamiste ? Après tout, on était en Afrique. Si aucun Africain n'était traîné devant les tribunaux parce qu'il avait deux femmes, pourquoi m'interdirait-on d'avoir deux époux, l'un à usage public, l'autre à usage privé ?

« Je le dis et le répète, ce n'est pas une demande en mariage que je fais. Mais, hypothèse d'école – si j'étais libre, m'épouserais-tu ? »

Ce n'était qu'une simple question, une question en l'air. Néanmoins, sans mot dire, il m'a prise dans ses bras et m'a serrée si fort que je ne pouvais plus respirer. C'était la première fois, autant que je pouvais me souvenir, que je le voyais faire un geste qui semblait venir droit du cœur. Je l'avais certes vu possédé d'un désir animal – nous ne passions pas notre temps au lit à discuter d'Aristote. Mais jamais jusque-là je ne l'avais vu en proie à l'émotion. *Alors,* me suis-je demandé non sans étonnement, *est-ce que ce pisse-froid éprouve des sentiments après tout ?*

« Qu'est-ce qui se passe ? ai-je dit en me dégageant de son étreinte. Tu veux me dire quelque chose ? »

Il se taisait. Pleurait-il ? J'ai allumé la lampe de chevet et je l'ai dévisagé. Pas de larmes, mais un air affligé de tristesse. « Si tu ne me dis pas ce qui se passe, je ne peux te venir en aide. »

Plus tard, lorsqu'il s'est ressaisi, nous avons joint nos efforts pour prendre l'incident à la légère. « Si tu trouves la femme qu'il te faut, tu feras un mari *prima*, super. Responsable, travailleur. Intelligent. Plutôt un chopin, en fait. Et bien au lit de surcroît », quoique ce ne soit pas tout à fait vrai. « Affectueux », ai-je ajouté après coup, quoique ce ne soit pas vrai non plus.

« Et un artiste par-dessus le marché, a-t-il dit. Tu as oublié de dire ça. »

« Et un artiste par-dessus le marché. Un artiste orfèvre en mots. »

[Silence.]

Et puis ?

C'est tout. Une passe difficile pour nous deux, dont nous nous sommes bien sortis. Pour la première fois, j'avais une vague impression qu'il nourrissait pour moi des sentiments plus profonds.

Plus profonds que quoi ?

Plus profonds que les sentiments que n'importe quel homme pourrait avoir pour la jolie femme de son voisin. Ou le bœuf ou l'âne du voisin.

Voulez-vous dire qu'il était amoureux de vous ?

Amoureux... Amoureux de moi ou de l'idée qu'il se faisait de moi ? Je ne sais pas. Mais ce que je sais, c'est qu'il avait de bonnes raisons de m'être reconnaissant. Je lui rendais les choses faciles. Il y a des hommes qui trouvent difficile de faire la cour à une femme. Ils ont peur de montrer leur désir, de s'exposer à une rebuffade. Leur peur procède souvent d'une histoire d'enfance. Je n'ai jamais forcé John à se mettre à découvert. C'est moi qui faisais la cour. C'est moi qui menais l'opération de séduction, qui menais toute l'affaire, qui en imposais les conditions. C'est même moi qui ai décidé quand c'était fini. Alors vous me demandez, était-il amoureux ? Et je vous réponds, il était reconnaissant.

[Silence.]

Je me suis souvent demandé, par la suite, ce qui se serait passé si, au lieu de le repousser, j'avais répondu à son élan par un élan envers lui. Si j'avais eu le courage de divorcer de Mark à l'époque, plutôt que d'attendre treize ou quatorze ans de plus, et si j'avais fait ma vie avec John. Aurais-je mieux réussi ma vie ? Peut-être. Peut-être pas. Mais dans ce cas, ce ne serait pas son ex-maîtresse qui vous parlerait. Je serais sa veuve dans la peine.

Le problème, c'était Chrissie, c'était là le hic. Chrissie était très attachée à son père, et j'avais de plus en plus de mal avec elle. Ce n'était plus un bébé – elle allait avoir deux ans – et si ses progrès pour parler étaient d'une lenteur inquiétante (l'avenir a montré que je n'avais pas lieu de m'inquiéter, elle s'est rattrapée tout d'un coup par la suite), elle était plus dégourdie de jour en jour – dégourdie et intrépide. Elle avait appris à s'accrocher aux barreaux de son lit pour en sortir ; j'ai dû embaucher un ouvrier et faire installer une barrière en haut de l'escalier pour l'empêcher de dégringoler.

Je me souviens d'une nuit où Chrissie est arrivée sans crier gare à côté de mon lit ; elle se frottait les yeux, elle pleurnichait, avait l'air perdue. J'ai eu la présence d'esprit de la soulever et de la ramener dare-dare dans sa chambre avant qu'elle ne se rende compte que ce n'était pas Daddy qui était couché à côté de moi ; mais qu'arriverait-il si je n'avais pas autant de chance une autre fois ?

Je ne savais pas trop quels profonds effets ma double vie pouvait avoir sur Chrissie. D'une part, je me disais que tant que j'étais comblée physiquement et en paix avec moi-même, ces effets bénéfiques devraient de quelque manière se transmettre à ma fille. Si ce raisonnement vous paraît servir mes intérêts, permettez-moi de vous rappeler qu'à l'époque, dans les années soixante-dix, les progressistes, les *bien-pensants** considéraient que les rapports sexuels étaient une force salutaire, quelle que soit leur forme et quel que soit le partenaire. D'autre part, il était clair que Chrissie était déconcertée par l'alternance entre Daddy et Tonton John chez nous. Qu'allait-il se passer quand elle commencerait à parler ? Si elle prenait l'un pour l'autre et se mettait à appeler son père Tonton John ? Cela me coûterait cher.

J'ai toujours considéré que les idées de Sigmund Freud étaient pour la plupart de la foutaise, à commencer par le complexe d'Œdipe suivi de son refus de voir que les enfants de sa clientèle bourgeoise étaient victimes de maltraitance sexuelle. Néanmoins je suis d'accord avec l'idée selon laquelle les enfants, même les enfants très jeunes, passent beaucoup de temps à essayer de se figurer leur place dans le cercle de famille. Pour Chrissie, la famille avait été jusqu'alors quelque chose de simple : moi, le soleil au centre de l'univers, plus Mommy et Daddy, les planètes dans mon orbite. Je m'étais évertuée à lui faire bien comprendre que Maria, qui arrivait à huit heures et disparaissait à midi, ne faisait pas partie de la famille. « Maria retourne chez elle maintenant, lui disais-je devant Maria. Dis au revoir à Maria. Maria a aussi sa petite fille. Il faut qu'elle lui donne son déjeuner et qu'elle s'occupe d'elle. » (Je lui parlais de l'unique petite fille de Maria pour ne pas compliquer les choses. Je savais très bien que Maria avait sept enfants à habiller et à nourrir, cinq étaient les siens et les deux autres étaient les enfants de sa sœur morte de tuberculose.)

Quant à la famille élargie de Chrissie, sa grand-mère de mon côté était décédée avant sa naissance et son grand-père était au rancart dans une maison de santé, comme je vous l'ai dit. Les parents de Mark vivaient à la campagne dans Le Cap-Oriental, dans une ferme ceinturée d'une clôture électrique de deux mètres de haut. Ils ne passaient jamais une nuit hors de chez eux de crainte que la ferme ne soit pillée et qu'on leur vole le bétail, de sorte qu'ils auraient pu aussi bien être en prison. La sœur de Mark habitait à des milliers de kilomètres, à Seattle ; mon frère à moi ne venait jamais au Cap. Chrissie avait donc une version des plus sommaires de la famille. La seule complication était cet oncle qui se glissait dans la maison à minuit par la porte de derrière pour aller dans le lit de Mommy. Qui était cet oncle : un membre de la famille ou au contraire un ver qui rongeait le cœur de la famille ?

Et Maria – qu'est-ce qu'elle savait de ces manigances ? Je n'en savais trop rien. En ce temps-là, la main-d'œuvre migrante était la norme en Afrique du Sud ; Maria devait donc bien connaître le type de situation où le mari dit au revoir à sa femme et ses enfants et s'en va à la grande ville pour trouver du travail. Quant à savoir si Maria donnait sa bénédiction aux épouses qui se payaient du bon temps en l'absence de leur mari, c'était une autre histoire. Maria n'avait jamais vu de ses yeux vu mon visiteur du soir, mais il est peu vraisemblable qu'elle ait été dupe. Les visiteurs laissent trop de traces de leur passage.

Mais quoi ? Il est déjà six heures ? Je ne croyais pas qu'il était si tard. Il faut s'arrêter là pour aujourd'hui. Est-ce que vous pouvez revenir demain ?

Hélas, je repars demain. Je prends l'avion pour Toronto et de Toronto un autre avion pour Londres. Je ne voudrais absolument pas...

Bon, bon. Qu'on en finisse donc. Il n'y a plus grand-chose à dire. Je vais faire vite.

Un soir, John est arrivé, dans un état d'excitation inhabituel. Il avait avec lui un petit lecteur de cassettes et il a mis une bande, le quintet à cordes de Schubert. Ce n'était guère ce que je qualifierais de musique sexy, et d'ailleurs je n'étais pas particulièrement d'humeur à la chose, mais il voulait faire l'amour, et plus particulièrement il voulait

– excusez-moi de parler cru – il voulait que nous accordions nos ébats à la musique, au mouvement lent.

Bon, l'adagio en question est peut-être très beau mais il ne m'excitait pas, loin de là. De plus, je n'arrivais pas à ignorer l'image sur la boîte de la cassette : Franz Schubert qui n'avait pas l'air d'un dieu de la musique, mais d'un employé de bureau viennois harassé, souffrant d'un rhume de cerveau.

Je ne sais pas si vous vous souvenez de ce mouvement lent : un long passage au violon accompagné à l'alto sur un rythme lancinant, et je sentais bien que John s'efforçait de tenir la mesure. Toute l'affaire m'a semblé contrefaite, ridicule. Je suis restée froide, distante, et John l'a senti. « Ne pense à rien, a-t-il sifflé dans un souffle. Sens ce que dit la musique ! »

Eh bien, il n'y a rien de plus agaçant que de se faire dire ce qu'on doit ressentir. Je me suis détournée de lui, et sa petite expérience érotique a foiré sur-le-champ.

Par la suite, il a essayé de s'expliquer. Il voulait me prouver quelque chose sur l'histoire des sentiments, a-t-il dit. Les sentiments avaient leurs propres histoires naturelles. Ils apparaissaient à un moment de l'histoire, fleurissaient pendant un certain temps, ou ne s'épanouissaient pas, puis mouraient ou dépérissaient. Le genre de sentiments qui avaient fleuri au temps de Schubert étaient aujourd'hui morts, pour la plupart. Le seul moyen à notre disposition pour les ressentir à nouveau était la musique de cette époque. Parce que la musique porte l'inscription du sentiment, elle en est la trace.

D'accord, ai-je dit, mais pourquoi faut-il baiser pendant qu'on écoute la musique ?

Parce qu'il se trouve que l'adagio du quintet évoque justement la baise, a-t-il répondu. Si, au lieu de résister, je m'étais laissé envahir et habiter par la musique, j'aurais eu un aperçu de ce que c'était que de faire l'amour en Autriche après Bonaparte.

« À quoi ça ressemblait pour l'homme après Bonaparte, ou pour la femme après Bonaparte ? Pour Monsieur Schubert ou pour Madame Schubert ? »

Ça, ça l'a vraiment agacé. Il n'aimait pas qu'on se moque de ses dadas.

Et je ne me suis pas arrêtée là. « La musique n'a rien à voir avec baiser. La musique, c'est pour les préliminaires, c'est pour faire la cour. On chante pour la belle *avant* de la rejoindre dans son lit, pas pendant qu'on est au lit avec elle. On chante pour elle, pour lui plaire, pour gagner son cœur. On chante pour la conduire au lit. Si tu n'es pas content de moi au lit, c'est peut-être parce que tu n'as pas conquis mon cœur. »

J'aurais dû m'en tenir là, mais j'étais lancée. « L'erreur que nous avons faite tous les deux, c'est qu'on a bâclé les préliminaires. Je ne te blâme pas, c'était tout autant ma faute que la tienne. Mais c'était quand même une faute de parcours. On jouit mieux quand l'acte est précédé d'une cour assidue, prolongée. C'est plus satisfaisant sur le plan des émotions. Et sur le plan érotique aussi. Si tu essaies d'avoir une vie sexuelle meilleure, ce n'est pas en me faisant baiser en mesure sur de la musique que tu vas y arriver. »

Je m'attendais à ce qu'il se rebiffe, qu'il défende son idée de baiser en musique. Mais il n'a pas mordu à l'hameçon. Au lieu de discuter, il s'est renfrogné avec un air de chien battu, et il m'a tourné le dos.

Je me rends compte que je dis le contraire de ce que je disais tout à l'heure, quand je disais qu'il savait perdre, qu'il était bon joueur, mais cette fois il semblait que j'avais vraiment mis le doigt sur un point sensible.

Quoi qu'il en soit, on en était là. J'étais passée à l'offensive. Je ne pouvais plus faire machine arrière. « Rentre chez toi et exerce-toi à faire la cour. Vas-y. Va-t'en. Remporte ton Schubert et reviens quand tu seras plus à la hauteur. »

C'était cruel. Mais il l'avait mérité puisqu'il ne s'était pas défendu.

« Soit – je m'en vais, a-t-il dit d'un ton boudeur. J'ai des choses à faire de toute façon. » Et il a commencé à se rhabiller.

Des choses à faire! J'ai saisi le premier objet qui m'est tombé sous la main, par hasard une jolie petite assiette de terre cuite, marron avec une bordure peinte en jaune, l'une des six que Mark et moi avions achetées au Swaziland. L'espace d'un instant, j'ai vu le comique de la situation : la maîtresse à la chevelure sombre et aux seins nus manifestant son tempérament violent d'Europe centrale en hurlant des injures et en jetant de la vaisselle. Puis j'ai lancé l'assiette.

Elle l'a atteint au cou et a rebondi pour tomber au sol sans se briser. Il a voûté le dos et s'est tourné vers moi, l'air abasourdi. Jamais de sa vie, j'en suis sûre, on ne lui avait jeté une assiette à la tête. « Va-t'en! » ai-je crié, peut-être même hurlé, et l'ai expédié d'un geste de la main. Chrissie s'est réveillée et s'est mise à pleurer.

C'est bizarre de l'avouer, je n'ai pas éprouvé le moindre regret après cette scène. Au contraire, j'étais au comble de l'excitation et fière de moi. *C'est parti du cœur! Ma première assiette!* me suis-je dit.

[Silence.]

Il y en a eu d'autres?

D'autres assiettes? Beaucoup d'autres.

[Silence.]

Alors, c'est comme ça que ça a fini entre vous deux?

Pas tout à fait. Il y a eu une coda. Je vais vous raconter la coda, et on s'arrêtera là.
C'est un préservatif qui a enclenché la fin pour de bon, un préservatif bien plein, avec un nœud qui retenait le sperme mort. Mark l'a récupéré sous le lit. J'étais ahurie. Comment ne l'avais-je pas vu? C'est comme si j'avais voulu qu'on le trouve, comme si j'avais voulu crier mon infidélité sur les toits.
Mark et moi n'utilisions jamais de préservatif, il ne servait donc à rien de mentir. « Ça fait combien de temps que ça dure? » a-t-il demandé. « Depuis décembre. » « Petite garce, sale petite garce de menteuse! Et moi qui te faisais confiance! »
Il allait quitter la pièce en furie, mais, comme s'il se ravisait, il a fait demi-tour et – désolée, je vais jeter un voile pudique sur ce qui s'est passé ensuite, c'est trop honteux, trop humiliant. Je me contenterai de dire que j'en suis restée surprise, cela m'a fait un coup, mais surtout j'étais furieuse. « Ça, Mark, je ne te le

pardonnerai jamais, ai-je dit quand je me suis ressaisie. Il y a des limites et tu viens de les passer. Je m'en vais. Pour changer, c'est toi qui t'occuperas de Chrissie. »

En disant ces mots *Je m'en vais, tu t'occuperas de Chrissie*, je jure que je n'entendais rien d'autre que je sortais et qu'il pouvait s'occuper de la petite pour l'après-midi. Mais alors que je faisais les cinq pas qui me séparaient de la porte d'entrée il m'est apparu avec une clarté aveuglante, fulgurante, que c'était peut-être là le moment de ma libération, le moment où je me dégageais d'un mariage qui me laissait insatisfaite pour ne plus jamais revenir. Les nuages sur ma tête, et les nuages dans ma tête se sont éclaircis, se sont dissipés. Ne réfléchis pas, me suis-je dit, vas-y ! Sans trébucher, j'ai fait demi-tour, j'ai grimpé l'escalier, j'ai fourré quelques sous-vêtements dans un sac, et je suis redescendue quatre à quatre.

Mark me barrait la route. « Et où tu vas comme ça ? C'est *ton jules* que tu vas rejoindre ? »

« Va te faire foutre. » J'ai essayé de forcer le passage, mais il m'a empoignée par le bras.

« Lâche-moi ! »

Pas de cris hargneux, un ordre sec. Pourtant, sans un mot, il m'a lâchée. C'est comme si du ciel descendaient sur moi une couronne et une mise royale. Quand j'ai démarré la voiture il était encore dans l'embrasure de la porte, médusé.

J'exultais. *C'est si facile ! Si facile ! Pourquoi ne pas avoir fait ça plus tôt ?*

Ce qui laisse perplexe à propos de ce moment-là – un moment crucial dans ma vie en fait –, ce qui m'a rendue perplexe alors et qui me laisse perplexe jusqu'à présent, je vais vous le dire. Même si une force en moi – disons la force de l'inconscient pour simplifier, bien que je fasse des réserves sur l'inconscient au sens classique –, si une force donc m'a retenue de vérifier sous le lit – m'a retenue justement pour précipiter cette crise conjugale –, pourquoi diable Maria avait-elle laissé là cette pièce à conviction – Maria qui n'avait aucune place dans mon inconscient, Maria dont la tâche était de nettoyer, de nettoyer à fond, d'éliminer le désordre ? Est-ce que Maria avait délibérément omis de ramasser le préservatif ? Est-ce qu'elle s'était relevée en le voyant et s'était dit : *Les choses vont trop loin ! Ou bien je défends l'inviolabilité du lit conjugal, ou je me fais complice d'une liaison scandaleuse !*

Il m'arrive d'imaginer que je prends l'avion pour retourner en Afrique du Sud, cette nouvelle Afrique du Sud démocratique tant attendue, à seule fin de retrouver Maria, si elle vit encore, et d'avoir une explication avec elle, pour avoir une réponse à cette question épineuse.

Bon, je ne prenais certainement pas le large pour aller rejoindre mon *jules*, comme Mark fou de rage et de jalousie le désignait, mais où est-ce que j'allais exactement ? Je n'avais pas d'amis au Cap, sauf ceux qui étaient d'abord les amis de Mark et les miens seulement en second lieu.

J'avais repéré un établissement en traversant Wynberg, une vieille maison, agrandie de bric et broc, qui se signalait par une enseigne : *Hôtel Canterbury / Demi-pension ou pension complète / Tarifs à la semaine ou au mois*. J'ai décidé d'essayer le Canterbury.

Oui, m'a dit la femme à la réception, il se trouve

que nous avons une chambre de libre, est-ce que je la voulais pour une semaine ou à plus long terme ? Une semaine, pour commencer, ai-je dit.

La chambre en question – soyez patient, le détail n'est pas à négliger – était au rez-de-chaussée. Elle était spacieuse, avec une jolie petite salle de bains attenante, un réfrigérateur et une porte-fenêtre qui donnait sur une véranda ombragée sous une vigne. « Très bien, je la prends. »

« Et vos bagages ? »

« Ils viendront plus tard. » Elle a compris. Je suis sûre que je n'étais pas la première épouse en cavale à se pointer à la porte du Canterbury. Je suis sûre que bon nombre d'épouses qui en avaient marre leur assuraient une bonne clientèle, avec l'avantage supplémentaire de celles qui payaient pour une semaine, passaient une nuit et, repentantes ou épuisées ou prises de nostalgie, repartaient le lendemain matin.

Eh bien, je n'étais pas repentante et je n'avais certainement pas la nostalgie de mon foyer. J'étais prête à m'installer au Canterbury jusqu'à ce que Mark trouve la charge de Chrissie trop lourde et entreprenne des démarches pour faire la paix.

La sécurité donnait lieu à toute une comédie, je n'ai guère suivi les instructions que me donnait la femme : il y avait des clés pour les portes, les portails et un règlement pour le parking, pour les visites, un règlement pour ci, un règlement pour ça. Je ne recevrais pas de visites, ai-je dit.

Ce soir-là, j'ai dîné dans la *salle à manger** sinistre du Canterbury et j'ai eu un premier aperçu des autres pensionnaires qui sortaient tout droit de William Trevor ou de Muriel Spark. Mais sans aucun doute je leur donnais la même impression : encore une affolée, évadée d'un mariage qui a mal tourné. Je me suis couchée tôt et j'ai bien dormi.

J'avais pensé que je profiterais de la vie en solitaire. J'ai pris ma voiture pour aller en ville, j'ai fait quelques courses, j'ai vu une exposition à la National Gallery, j'ai déjeuné dans les Jardins. Mais le second soir, seule dans ma chambre après un dîner minable de salade fanée et de sole pochée à la béchamel, un sentiment de solitude s'est tout à coup emparé de moi, et, pis que la solitude, j'ai succombé à un état d'apitoiement sur mon sort. De la cabine téléphonique dans le hall j'ai appelé John et, à voix basse (la réceptionniste tendait l'oreille), l'ai mis au courant de ma situation.

« Veux-tu que je vienne ? On pourrait aller à la dernière séance au cinéma. »

« Oh oui, oui, viens ! »

Je le répète et j'insiste là-dessus : je n'ai pas quitté mon mari et ma fille pour aller retrouver John. Ce n'était pas ce genre de liaison que nous avions. En fait, c'était à peine une liaison, plus une amitié en dehors du mariage, avec une composante sexuelle dont l'importance, du moins pour ma part, était plus symbolique que substantielle. Coucher avec John était ma façon de ménager mon amour-propre.

Mais malgré tout, *malgré tout*, John n'était pas au Canterbury depuis quelques minutes que nous étions au lit, lui et moi, et qui plus est pour une fois nous avons fait l'amour comme des dieux. J'ai même versé des larmes à la fin. « Je ne sais pas pourquoi je pleure, ai-je dit en sanglotant, je suis si heureuse. »

« C'est parce que tu n'as pas dormi la nuit dernière, a-t-il dit, pensant qu'il fallait me consoler. C'est parce que tu es à bout. »

Je l'ai bien regardé. *Parce que tu es à bout* : il avait l'air convaincu de ce qu'il disait. Ça m'a quasiment coupé le souffle de voir combien il pouvait être idiot, combien il manquait de sensibilité. Pourtant, buté comme il l'était, il avait peut-être raison. Car ma journée de liberté avait été marquée d'un souvenir lancinant, le souvenir de ce face-à-face humiliant avec Mark, qui me laissait l'impression d'être une enfant qu'on a fessée plutôt qu'une épouse en faute. Sans cela, je ne l'aurais pas appelé et je ne me serais pas retrouvée au lit avec lui. Alors, oui : j'étais bouleversée, et pourquoi pas ? Mon monde était sens dessus dessous.

Mon malaise avait une autre source, qu'il était plus difficile encore de regarder en face : la honte de m'être fait prendre. Parce que, en réalité, si on considérait la situation froidement, moi, avec mes petites fredaines sordides à Constantiaberg, un prêté pour un rendu, je ne me conduisais pas mieux que Mark avec sa petite liaison sordide à Durban.

Le fait était que j'avais atteint une sorte de limite morale. L'accès d'euphorie quand j'avais quitté la maison s'était dissipé ; mon indignation retombait ; et pour ce qui était de la vie en solitaire, son charme faisait long feu. Cependant, comment réparer les dégâts autrement qu'en revenant à Mark, la queue entre les jambes, en demandant la paix, et en reprenant mes devoirs d'épouse assagie et de mère ? Et au beau milieu de ces incertitudes, ici, au lit, la jouissance exquise de l'amour ! Qu'est-ce que mon corps cherchait à me dire ? Que, lorsque nos défenses tombent, les portes du plaisir s'ouvrent en grand ? Que le lit conjugal est un lieu mal choisi pour commettre l'adultère, que c'est meilleur à l'hôtel ? Ce que John éprouvait, je n'en avais pas la moindre idée. Ce n'était pas un homme démonstratif. Mais, quant à moi, je savais sans l'ombre d'un doute que la demi-heure que je venais de passer perdurerait comme un jalon dans ma vie érotique. Et cela a été le cas et l'est toujours à l'heure qu'il est. Sinon, pourquoi en parlerais-je encore ?

[Silence.]

Je suis contente de vous avoir raconté cette histoire. Je me sens moins coupable du pataquès sur Schubert.

[Silence.]

Quoi qu'il en soit, je me suis endormie dans les bras de John. Quand je me suis réveillée, il faisait noir et je ne savais pas du tout où j'étais. *Chrissie, j'ai complètement oublié de donner à manger à Chrissie !* J'ai même tâtonné au mauvais endroit pour trouver l'interrupteur ; et puis tout m'est revenu. J'étais seule (pas trace de John) ; il était six heures du matin.

Du hall, j'ai appelé Mark. « Bonjour, c'est moi, ai-je dit de ma voix la plus neutre, du ton le plus pacifique. Désolée d'appeler si tôt, mais comment va Chrissie ? »

De son côté, Mark n'était pas d'humeur conciliante. « Où es-tu ? »

« J'appelle de Wynberg. Je me suis installée à l'hôtel. J'ai pensé qu'il fallait nous donner de l'air en attendant que les choses se calment. Comment va Chrissie ? Quels sont tes projets pour la semaine ? Est-ce que tu vas à Durban ? »

« Ce que je fais ne te regarde pas. Tu es partie, si tu veux rester en cavale, reste en cavale. »

Même au téléphone, j'ai perçu qu'il était encore furieux. Quand Mark était en colère, il faisait exploser ses occlusives dans un souffle furieux à vous faire sortir les yeux de la tête : *ne te regarde pas, tu es partie*. Des souvenirs de tout ce que je n'aimais pas en lui me sont revenus d'un coup. « Ne fais pas l'idiot, Mark. Tu sais bien que tu ne sais pas t'occuper d'un enfant. »

« Et toi non plus, sale garce ! » Et il m'a raccroché au nez.

Plus tard, ce matin-là, quand je suis allée faire mes courses, j'ai découvert que mon compte bancaire était bloqué.

Je suis allée à Constantiaberg. Ma clé a tourné dans la serrure mais le verrou de sécurité était mis. J'ai frappé et frappé encore. Pas de réponse. Pas trace de Maria non plus. J'ai fait le tour de la maison. La voiture de Mark n'était pas là, les fenêtres étaient fermées.

J'ai appelé à son bureau. « Il est à la succursale de Durban », m'a dit la fille du standard.

« Il y a une urgence chez lui. Est-ce que vous pouvez contacter Durban et lui faire passer un message ? Dites-lui d'appeler sa femme le plus vite possible au numéro suivant. Dites que c'est urgent. » Et j'ai donné le numéro de l'hôtel.

J'ai attendu pendant quatre heures. Pas de coup de fil.

Où était Chrissie ? C'est cela surtout que je voulais

savoir. Il semblait incroyable que Mark ait pu emmener la petite à Durban. Mais si ce n'était pas le cas, qu'est-ce qu'il avait fait d'elle ?

J'ai appelé Durban moi-même. Non, a dit la secrétaire, Mark n'était pas à Durban, d'ailleurs on ne l'attendait pas cette semaine. Est-ce que j'avais essayé le bureau du Cap ?

À ce stade, j'étais au désespoir. J'ai appelé John. « Mon mari a pris la petite et il a levé le pied, il s'est évaporé. Je n'ai pas d'argent. Je ne sais pas quoi faire. Est-ce que tu as une idée ? »

Dans le hall de l'hôtel il y avait un couple de gens âgés, des pensionnaires, qui ne se gênaient pas pour m'écouter. Mais cela m'était égal. J'avais envie de pleurer mais je crois que j'ai ri au contraire. « Il a pris la fuite avec ma fille, et pourquoi ? Est-ce que c'est pour ça – et j'ai fait un geste qui balayait ce qui m'entourait, c'est-à-dire l'intérieur de l'hôtel Canterbury (pension de famille) –, est-ce que c'est pour ça qu'on me punit ? » Et puis je me suis mise à pleurer pour de bon.

À des kilomètres de là, John ne pouvait pas avoir vu mon geste, et donc (l'idée ne m'est venue qu'après) il avait dû donner un tout autre sens à mon *ça*. J'ai dû avoir l'air de parler de ma liaison avec lui – et faire peu de cas de quelque chose qui ne méritait pas un tel tintouin.

« Tu veux aller à la police ? » a-t-il demandé.

« Ne sois pas ridicule. Tu ne peux pas plaquer un homme et l'accuser de te voler ton enfant. »

« Est-ce que tu veux que je vienne te chercher ? » À son ton, j'ai senti qu'il était sur ses gardes. Ça se comprenait. Moi aussi j'aurais fait montre de prudence à sa place, avec une femme hystérique au bout du fil. Mais je me fichais bien de la prudence. Je voulais qu'on me rende mon enfant.

« Non, je ne veux pas que tu viennes me chercher », ai-je dit d'un ton sec.

« Est-ce que tu as au moins mangé quelque chose ? »

« Je n'ai pas envie de manger. Cette conversation sans queue ni tête a assez duré. Désolée. Je me demande pourquoi je t'ai appelé. Au revoir. » Et j'ai raccroché.

Je n'avais pas envie de manger quoi que ce soit, mais j'aurais bien bu quelque chose : un whisky bien tassé, par exemple, et puis dormi d'un sommeil de plomb, sans rêves.

Je venais de m'affaler dans ma chambre, un oreiller sur la tête, quand j'ai entendu un tapotement à la porte-fenêtre. C'était John. On a échangé quelques mots que je ne vous rapporterai pas. Bref, il m'a ramenée à Tokai et m'a mise au lit dans sa chambre. Lui a couché sur le canapé dans le séjour. Je m'attendais à moitié à ce qu'il vienne durant la nuit, mais il n'est pas venu.

J'ai été réveillée par une conversation à voix basse. Le soleil était levé. Long silence. J'étais seule dans cette maison étrange.

La salle de bains était sommaire. La tinette n'était pas propre. Il flottait dans l'air une odeur désagréable de sueur d'homme. Où John était-il parti, quand reviendrait-il, je n'en avais pas la moindre idée. Je me suis fait du café et me suis mise à explorer les lieux. Je suis allée d'une pièce à l'autre. Partout le plafond était si bas que c'est à peine si je pouvais respirer. Ce n'était qu'une chaumière pour employés agricoles, je savais bien, mais pourquoi l'avait-on conçue pour des miniatures d'hommes ?

J'ai jeté un œil dans la chambre de Coetzee père. Il avait laissé la lumière allumée, la lumière chiche d'une seule ampoule sans abat-jour au milieu du plafond. Le lit n'était pas fait. Sur une table de chevet, un journal plié à la page des mots croisés. Au mur un tableau d'amateur – une ferme de style hollandais du Cap blanchie à la chaux – et la photo encadrée d'une femme au visage sévère. La fenêtre était petite et équipée d'un treillis de barres d'acier ; elle donnait sur un *stoep*, un perron vide à l'exception de deux chaises longues et d'une rangée de pots de fougères fanées.

La chambre de John, où j'avais dormi, était plus grande et mieux éclairée. Une étagère : des dictionnaires, des recueils d'expressions, pour apprendre ci, pour apprendre ça. Beckett, Kafka. Sur la table, des papiers en désordre. Un classeur métallique. Au hasard, j'ai exploré les tiroirs. Dans celui du bas, une boîte de photos. J'ai fouillé là-dedans. Qu'est-ce que je cherchais ? Je n'en savais rien. Quelque chose que je reconnaîtrais quand je le verrais. Mais rien de cela. La plupart des photos dataient de ses années de potache : équipes sportives, photos de classe.

J'ai entendu du bruit sur le devant de la maison et je suis sortie. Une journée superbe, un ciel d'un bleu éclatant. John déchargeait des plaques de tôle ondulée de sa camionnette. « Désolée de t'avoir abandonnée. Il fallait que j'aille chercher tout ça et je n'ai pas voulu te réveiller. »

J'ai tiré l'une des chaises longues au soleil, j'ai fermé les yeux et me suis laissée aller à un moment de rêverie. Je n'allais pas abandonner mon enfant. Je n'allais pas quitter mon mari. Néanmoins, si je le faisais ? Si j'oubliais Chrissie et Mark, m'installais dans cette horrible petite maison pour devenir le troisième membre de la famille Coetzee, la pièce rapportée, la Blanche-Neige de ces deux nains, qui ferait la cuisine, le ménage, la lessive, et qui donnerait même un coup de main pour réparer le toit ? Combien de temps faudrait-il pour que mes blessures se referment ? Combien de temps pour que vienne à passer mon vrai prince, le prince de mes rêves, qui reconnaîtrait ce que j'étais, me soulèverait et m'emporterait sur son blanc destrier dans le soleil couchant ?

Parce que John n'était pas mon prince. J'arrive enfin à l'essentiel. Si c'était la question que vous aviez derrière la tête quand vous êtes venu à Kingston – *Est-ce que je vais trouver une autre de ces femmes qui ont pris John Coetzee pour leur prince secret ?* –, vous avez la réponse. John n'était pas mon prince. Et non seulement ça : si vous avez bien écouté, vous comprenez maintenant combien il est peu vraisemblable qu'il ait pu jamais être un prince, un prince satisfaisant pour aucune jeune fille au monde.

Vous n'êtes pas d'accord ? Vous êtes d'un autre avis ? Vous pensez que c'était ma faute, pas la sienne – la faille, l'insuffisance ? Eh bien, retournez donc aux livres qu'il a écrits. Quel est le thème qu'on retrouve de livre en livre ? C'est que la femme ne tombe pas amoureuse de l'homme. Il se peut que l'homme aime la femme, ou pas ; mais la femme n'aime jamais l'homme. Et qu'est-ce que ce thème reflète à votre avis ? J'aurais tendance à penser – et j'ai largement de quoi étayer cette hypothèse – que cela reflète ce qu'il a vécu. Les femmes ne s'éprenaient pas de lui – pas les femmes de bon sens. Elles l'étudiaient, le flairaient, elles le mettaient même peut-être à l'essai. Puis elles passaient leur chemin.

Elles passaient leur chemin, comme je l'ai fait. J'aurais pu rester à Tokai, comme je l'ai dit, dans le rôle de Blanche-Neige. L'idée ne manquait pas d'attrait. Mais en fin de compte, je ne l'ai pas fait. John a été un ami pour moi, durant une période difficile de ma vie, une béquille sur laquelle je m'appuyais parfois, mais il ne serait jamais mon amant, pas au sens propre du terme. Pour un amour vrai, il faut deux êtres humains complets, et ils doivent être bien ajustés l'un à l'autre, l'un dans l'autre. Comme le yin et le yang. Comme les éléments mâle et femelle d'une prise électrique. Lui et moi n'étions pas adaptés l'un à l'autre.

Croyez-moi, au fil des années, j'ai consacré beaucoup de temps à penser à John et aux hommes de son genre. Ce que je vais vous dire maintenant, je vous le soumets après mûre réflexion, et, j'espère, sans animosité. Parce que, comme je vous l'ai dit, John était important pour moi. Il m'a beaucoup appris. C'était un ami qui est resté un ami même après que j'ai rompu avec lui. Quand j'avais le cafard, je pouvais toujours compter sur lui pour plaisanter avec moi et me remonter le moral. Il m'a une fois fait monter à un septième ciel que je n'imaginais pas – une seule fois, hélas ! Mais le fait est que John n'était pas fait pour l'amour, il n'était pas conçu de cette façon, pas conçu pour s'adapter à l'autre ou laisser l'autre s'adapter à lui. Comme une sphère. Une boule de verre. Il n'y avait pas moyen d'être en prise avec lui. Voilà ma conclusion, ma conclusion bien mûrie.

Cela ne vous surprend peut-être pas. Vous pensez

sans doute que cela est vrai des artistes en général, des hommes artistes : ils ne sont pas construits pour ce que j'appelle l'amour ; ils ne peuvent pas, ou ne veulent pas, se donner totalement pour la simple raison qu'ils doivent protéger leur essence secrète pour leur art. Ai-je raison ? Est-ce ce que vous pensez ?

Est-ce que je pense que les artistes ne sont pas faits pour l'amour ? Non. Pas nécessairement. J'essaie d'avoir l'esprit ouvert sur ce sujet.

Eh bien, vous ne pouvez pas garder l'esprit ouvert indéfiniment, pas si vous voulez écrire votre livre. Réfléchissez. Nous avons là un homme qui, dans les rapports humains les plus intimes, ne peut établir le contact, ou ne peut l'établir que brièvement, par intermittence. Pourtant, comment gagne-t-il sa vie ? Il gagne sa vie en rédigeant des rapports, des rapports d'expert, sur l'expérience humaine intime. Parce que c'est bien cela dont il s'agit dans ses romans, n'est-ce pas ? D'expérience intime. Les romans, en contraste avec la poésie ou la peinture. Cela ne vous paraît pas bizarre ?

[Silence.]

Je vous ai parlé très ouvertement, monsieur Vincent. L'histoire de Schubert, par exemple. Je n'ai jamais raconté ça à personne auparavant. Pourquoi ? Parce que je pensais que cela tournerait John en ridicule. Parce que, enfin, qui donc, sauf un pâle crétin, ordonnerait à une femme dont il est censé être amoureux de prendre des leçons pour faire l'amour avec un compositeur défunt, un *Bagatellenmeister* viennois ? Quand un homme et une femme s'aiment, ils composent leur propre musique, cela leur vient d'instinct, ils n'ont pas besoin de leçons. Mais que fait notre ami John ? Il traîne un troisième larron dans la chambre. Franz Schubert devient le numéro un, maître de l'amour ; John devient le numéro deux, le disciple du maître, l'instrumentiste ; et moi, je suis le numéro trois, l'instrument sur lequel on va jouer la musique sexuelle. Voilà, me semble-t-il, tout ce que vous avez besoin de savoir sur John Coetzee. L'homme qui prenait sa maîtresse pour un violon. Qui a probablement fait de même avec toutes les autres femmes de sa vie : il les a prises pour un instrument ou un autre, violon, basson, timbales. Qui était un tel balourd, tellement coupé de la réalité, qu'il ne faisait pas la différence entre jouer sur une femme et aimer une femme. Un homme qui aimait selon des nombres. On se demande s'il faut en rire ou en pleurer !

Voilà pourquoi il n'a jamais été mon prince charmant. Voilà pourquoi je ne l'ai jamais laissé m'enlever sur son blanc destrier. Parce qu'il n'était pas un prince, mais une grenouille. Parce qu'il n'était pas humain, pas totalement humain.

J'ai dit que je serais franche avec vous, et j'ai tenu parole. Je vais vous dire en toute franchise une chose de plus, une seule chose, puis j'en resterai là, et ce sera la fin de la séance.

C'est à propos de la nuit que j'ai essayé de vous décrire, cette nuit à l'hôtel Canterbury, où, après toutes nos expériences, nous avons tous les deux enfin trouvé la bonne combinaison chimique. Vous êtes en droit de demander – et je me le demande aussi – comment nous y sommes arrivés, si John était une grenouille et non pas un prince ?

Laissez-moi vous dire comment, aujourd'hui, je vois cette nuit cruciale. J'étais blessée, perturbée et, comme je le disais, folle d'inquiétude. John a vu ou deviné ce qui se passait en moi et, pour une fois, il a ouvert son cœur, le cœur qu'il gardait à l'abri sous une armure. Ainsi, à cœur ouvert, l'un comme l'autre, nous nous sommes trouvés. Pour lui cette première fois où il ouvrait son cœur aurait pu, et aurait dû, marquer un virement de bord. Cela aurait pu marquer le commencement d'une nouvelle vie pour nous deux. Qu'est-ce qui s'est passé en fait ? Au milieu de la nuit, John s'est réveillé et a vu que je dormais près de lui avec certainement sur le visage une expression de paix, voire de béatitude – la béatitude n'est pas inaccessible en ce monde. Il m'a vue, telle que j'étais à ce moment-là, il a pris peur, et il a bien vite repris son armure qu'il a solidement replacée sur son cœur avec des chaînes et un double cadenas cette fois, et il s'est sauvé dans la nuit.

Croyez-vous qu'il me soit facile de lui pardonner ça ? Le croyez-vous vraiment ?

Vous êtes un peu dure envers lui, si vous me permettez de le dire.

Pas du tout. Je ne dis que la vérité. Sans la vérité, quelque dure qu'elle soit, pas de guérison. C'est tout. C'est la fin de ma contribution à votre livre. Regardez, il est près de huit heures. Il faut que vous partiez. Vous prenez l'avion demain matin, n'est-ce pas ?

Rien qu'une dernière question, très courte.

Non, pour rien au monde. Plus de questions. Je vous ai consacré assez de temps. Fin. *Fin**. Partez.

Cet entretien s'est tenu à Kingston,
Ontario, en mai 2008.

Margot

Permettez-moi de vous expliquer, madame Jonker, ce que j'ai fait depuis notre entretien de décembre dernier. Après mon retour en Angleterre, j'ai transcrit les enregistrements de nos conversations. J'ai demandé à un collègue originaire d'Afrique du Sud de vérifier que je n'avais pas fait d'erreur sur les mots afrikaans. Puis j'ai soumis le texte à un traitement assez radical. J'ai supprimé mes questions et mes sollicitations afin que cette prose se lise comme un récit continu de votre seule voix.

Ce que je voudrais faire aujourd'hui, si vous êtes d'accord, est de lire tout le texte avec vous. Qu'est-ce que vous en dites ?

D'accord.

Une autre précision. Comme l'histoire que vous m'avez racontée était fort longue, j'ai par endroits eu recours à une forme dramatique, donnant aux uns et aux autres la parole. Vous comprendrez ce que je veux dire en entendant le texte que je vous soumets.

D'accord.

Alors on y va.

Autrefois, à la période de Noël, nous avions de grandes réunions de famille à la ferme. Les fils et les filles de Gerrit et de Lenie Coetzee venaient de partout et se rassemblaient à Voëlfontein, amenant leurs conjoints et leurs rejetons, des rejetons plus nombreux chaque année, pour passer une semaine à rire, à blaguer, à évoquer des souvenirs et surtout à manger. Les hommes profitaient aussi de l'occasion pour chasser : gibier à plume et antilope.

Mais à l'époque dont nous parlons, les années soixante-dix, ces réunions de famille n'ont hélas plus la même ampleur. Gerrit Coetzee est depuis longtemps dans la tombe, Lenie se traîne dans une maison de santé au Strand. De leurs douze fils et filles, l'aîné a déjà rejoint la multitude des ombres ; dans leur for intérieur...

La multitude des ombres ?

Trop grandiloquent ? Je vais changer ça. L'aîné n'était déjà plus de ce monde. Dans leur for intérieur, les survivants ont le pressentiment de leur propre fin, et ils en ont le frisson.

Je n'aime pas ça.

Je le supprime, sans problème. N'est déjà plus de ce monde. Parmi les survivants, on a mis une sourdine aux plaisanteries, les souvenirs se font plus tristes, on mange plus modérément. Quant aux parties de chasse, il n'y en a plus : les vieux os sont fatigués et, de toute façon, après des années d'affilée de sécheresse il ne reste plus rien qu'on puisse appeler du gibier dans le veld.

De la troisième génération, les fils et les filles des fils et des filles, chacun est trop occupé pour venir, ou trop indifférent à la famille éloignée. Cette année, on ne compte que quatre membres de cette génération : son cousin Michiel, qui a hérité de la ferme ; son cousin John du Cap ; sa sœur Carol ; et elle-même, Margot. Et d'eux quatre, elle se doute qu'elle seule repense au temps jadis avec nostalgie.

Je ne comprends pas. Pourquoi est-ce que vous parlez de moi à la troisième personne ?

D'eux quatre, seule Margot se doute qu'elle – Margot – repense au passé avec nostalgie... Vous entendez comme c'est gauche. Ça ne marche pas. Le *elle* que j'emploie est comme le *je*, mais ce n'est pas *je*. Cela vous déplaît tant que ça ?

Je m'y perds. Mais continuez.

La présence de John à la ferme est une source de malaise. Après des années passées à l'étranger – de si nombreuses années qu'on en avait conclu qu'il était parti pour de bon –, il a soudain reparu parmi eux, en butte à de vagues soupçons, à quelque disgrâce. Une des histoires qu'on se dit de bouche à oreille est qu'il a fait de la prison en Amérique.

La famille ne sait tout simplement pas quelle attitude

avoir envers lui. Jamais elle n'avait eu un criminel – si c'est ce qu'il est, un criminel – dans son sein. Un failli, oui : l'homme qui avait épousé sa tante Marie, un fanfaron, gros buveur, que la famille avait vu d'un mauvais œil depuis le début, s'était déclaré en faillite pour ne pas payer ses dettes et a passé le reste de ses jours à se tourner les pouces, à traîner à la maison et à vivre de ce que gagnait sa femme. Mais la faillite, même si cela vous laisse un mauvais arrière-goût dans la bouche, n'est pas un crime ; alors que faire de la prison, c'est faire de la prison.

Il lui semble que les Coetzee devraient faire un effort pour que la brebis égarée se sente bienvenue. Elle a gardé un faible pour John. Enfants, ils ne se cachaient pas pour dire qu'ils se marieraient ensemble quand ils seraient grands. Ils croyaient que c'était permis – pourquoi serait-ce défendu ? Ils ne comprenaient pas pourquoi les grandes personnes souriaient à les entendre, souriaient et ne voulaient pas dire pourquoi.

Je vous ai vraiment dit ça ?

Mais oui. Vous voulez que je supprime ? Ça me plaît bien.

Non, gardez-le. [Elle rit.] *Continuez.*

Sa sœur Carol est d'un tout autre avis. Carol est mariée à un Allemand, un ingénieur, qui depuis des années fait des pieds et des mains pour les sortir d'Afrique du Sud et les faire entrer aux États-Unis. Carol a dit très clairement qu'elle ne veut pas qu'on voie dans son dossier qu'elle est apparentée à un homme, qu'il soit techniquement un criminel ou pas, qui s'est mis d'une manière ou d'une autre la justice américaine à dos. Mais l'hostilité de Carol envers John va plus loin. Elle le trouve maniéré et prétentieux. Imbu de son éducation *engels* [anglaise], il regarde les Coetzee de haut, tous autant qu'ils sont. Pourquoi il a décidé de leur tomber dessus à la période de Noël, elle ne peut se le figurer.

Elle, Margot, se désole de l'attitude de sa sœur. Sa sœur, à ce qu'elle croit, s'est endurcie depuis qu'elle s'est mariée et s'est mise à fréquenter le milieu de son mari, des expatriés suisses et allemands venus en Afrique du Sud dans les années soixante pour vite faire fortune et qui se préparent à abandonner le navire maintenant que le pays connaît une période de tumulte.

Je ne sais pas. Je ne sais pas si je peux vous laisser dire ça.

Bon. Je respecterai votre décision. Mais c'est ce que vous m'avez dit, mot pour mot. Mais dites-vous bien que ce n'est pas comme si votre sœur allait lire un livre obscur publié par des presses universitaires en Angleterre. Où habite votre sœur maintenant ?

Elle et Klaus sont en Floride, dans un endroit qui s'appelle St Petersburg. On ne sait jamais, une de ses amies pourrait tomber sur votre livre et le lui envoyer. Mais ce n'est pas là l'essentiel. Quand je vous ai parlé, j'avais l'impression que vous alliez simplement transcrire notre entretien, rien de plus. Il ne m'est pas venu à l'idée que vous alliez le réécrire de fond en comble.

Vous me faites un mauvais procès. Je ne l'ai pas réécrit. Je me suis contenté de le remanier sous la forme d'un récit. Le changement dans la forme ne devrait pas affecter le contenu. S'il vous semble que je prends des libertés avec le contenu, c'est autre chose. Est-ce que je prends trop de libertés ?

Je ne sais pas. Quelque chose sonne faux, mais je ne peux pas mettre le doigt dessus. Tout ce que je peux dire, c'est que votre version ne me semble pas refléter ce que je vous ai dit. Mais je vais me taire et écouter jusqu'au bout avant de me faire une opinion. Alors, continuez.

D'accord.

Si Carol est trop dure, elle est trop sensible, elle le reconnaît volontiers. C'est elle qui pleure quand il faut noyer une portée de chatons, qui se bouche les oreilles quand l'agneau qu'on va abattre bêle de peur, bêle à n'en plus finir. Elle n'aimait pas se faire charrier, quand elle était plus jeune, pour son cœur tendre ; mais maintenant, à plus de trente ans, elle n'est pas sûre qu'il y ait lieu d'en avoir honte.

Carol prétend qu'elle ne comprend pas pourquoi John est venu à leur réunion de famille, alors que pour elle l'explication est évidente. Ici, sur les lieux de sa jeunesse, il a ramené son père, qui, bien qu'il ait à peine plus de soixante ans, a l'air d'un vieillard avec un pied dans la tombe – il l'a ramené ici pour qu'il se ressource et retrouve des forces ou, s'il ne peut se requinquer, pour qu'il fasse ses adieux. C'est à ses yeux un geste de piété filiale, qu'elle approuve totalement

Elle finit par trouver John derrière le hangar où il bricole sa voiture ou fait semblant.

« Quelque chose ne va pas ? » demande-t-elle.

« Elle chauffe. Il a fallu s'arrêter deux fois dans la côte de Du Toit Kloof pour laisser le moteur refroidir. »

« Tu devrais demander à Michiel de voir ça. Les voitures, ça le connaît. »

« Michiel s'occupe de ses invités. Je vais réparer moi-même. »

Elle pense plutôt que Michiel ne demanderait pas mieux que d'échapper à ses invités. Mais elle n'insiste pas. Elle connaît les hommes et leur entêtement très masculin, elle sait qu'un homme s'acharnera sur un problème plutôt que de demander de l'aide à un autre.

« C'est ça que tu conduis au Cap ? » Par *ça*, elle désigne cette camionnette Datsun d'une tonne, le genre de véhicule utilitaire qu'on associe aux agriculteurs et aux entrepreneurs. « Pourquoi as-tu besoin d'une camionnette ? »

« C'est utile », répond-il sèchement sans expliquer à quoi ça lui sert.

Elle n'a pas pu s'empêcher de sourire en le voyant arriver à la ferme au volant de cette camionnette, lui avec sa barbe et ses cheveux en désordre, ses lunettes de chouette, son père à côté de lui figé, comme une momie et mal à l'aise. Elle regrette de ne pas avoir pris une photo. Elle voudrait aussi pouvoir lui toucher un mot de sa coiffure. Mais ils n'ont pas encore rompu la glace, les échanges intimes seront pour plus tard.

« Bon, j'ai pour instructions de t'appeler pour le thé, thé et *melktert*, faite par Tante Joy. »

« J'arrive dans une minute. »

Ensemble, ils parlent afrikaans. L'afrikaans de John est hésitant ; elle pense que son anglais à elle est probablement meilleur que son afrikaans à lui, bien que, vivant dans l'arrière-pays, le *platteland*, elle ait peu l'occasion de parler anglais. Mais ils ont toujours parlé afrikaans ensemble, depuis leur enfance ; elle ne va pas l'humilier en lui proposant de passer à l'anglais.

Elle met la détérioration de son afrikaans sur le compte de son installation au Cap, ses études dans des écoles « anglaises » et une université « anglaise », et puis son départ pour l'étranger, où on n'entend jamais un mot d'afrikaans. *In `n minuut*, dit-il : dans une minute. C'est le genre de solécisme que Carol va relever tout de suite et parodier. « *In `n minuut sal meneer sy tee kom geniet* », va-t-elle dire : dans une minute Monsieur sera là pour le thé. Il faut qu'elle le protège de Carol, ou au moins qu'elle supplie Carol de se montrer indulgente pour ces quelques jours.

À table, ce soir-là, elle s'arrange pour être à côté de lui. À la ferme, pour le repas du soir, on met sur la table les restes du déjeuner, le repas principal : du mouton froid, du riz réchauffé, et ce qui ici tient lieu de salade, des haricots verts au vinaigre.

Elle remarque qu'il fait passer le plat de viande sans se servir.

« John, tu ne prends pas de mouton ? » lance Carol depuis l'autre bout de la table, d'un ton gentiment inquiet.

« Non merci, pas ce soir, répond-il. *Ek het my vanmiddag dik gevreet* » : j'ai goinfré comme un cochon à midi.

« Alors tu n'es pas végétarien. Tu n'es pas devenu végétarien pendant ton séjour à l'étranger. »

« Pas strictement végétarien, non. *Dis nie 'n woord waarvan ek hou nie. As 'n mens verkies om nie so veel vleis to eet nie...* » Il n'aime pas beaucoup ce mot. Si on préfère ne pas manger beaucoup de viande...

« *Ja?* dit Carol. *As 'n mens so verkies, dan...?* » Si c'est ce que tu préfères, alors... comment te qualifies-tu ?

Maintenant toute la tablée a les yeux fixés sur lui. Il se met à rougir. Il ne sait comment détourner la curiosité affectueuse de ses commensaux. Et s'il est plus pâle et plus efflanqué qu'un bon Sud-Africain devrait l'être, ce n'est peut-être pas qu'il s'est attardé trop longtemps dans les neiges de l'Amérique du Nord, mais parce qu'il a été sevré trop longtemps du bon mouton du Karoo ? *As 'n mens verkies* – comment va-t-il poursuivre sa déclaration ?

Le voilà maintenant rouge comme une tomate. Cet homme adulte rougit comme une gamine ! Il est temps d'intervenir. D'un geste rassurant, elle pose la main sur son avant-bras. « *Jy wil seker sê, John, ons het almal ons voorkeure* », chacun a ses préférences.

« *Ons voorkeure*, dit-il, *ons fiemies.* » Nos préférences, nos petits caprices. Il plante sa fourchette dans un haricot vert et l'enfourne.

On est en décembre, et en décembre la nuit ne tombe que bien après neuf heures. Et même alors, l'air est d'une telle pureté sur le haut plateau que la lune et les étoiles donnent assez de lumière pour voir où on met les pieds. Après souper, elle et lui vont faire un tour, faisant un grand détour pour éviter les cabanes où sont hébergés les ouvriers agricoles.

« Merci d'être venue à mon secours. »

« Tu connais Carol. Rien ne lui a jamais échappé. Elle a l'œil et elle n'a pas la langue dans sa poche. Comment va ton père ? »

« Déprimé. Comme tu dois le savoir, lui et ma mère n'étaient pas heureux. Pas un bon mariage. Malgré tout, après sa mort, il s'est laissé abattre – il a broyé du noir, ne savait pas quoi faire de sa peau. On n'avait pas appris aux hommes de sa génération à se suffire à eux-mêmes. S'ils n'ont pas une femme pour faire la cuisine et s'occuper d'eux, ils se laissent aller. Si je ne l'avais pas pris à la maison avec moi, il serait mort de faim. »

« Il travaille toujours ? »

« Oui, il a toujours son boulot chez le fournisseur de pièces détachées, mais je pense qu'on a dû essayer de lui faire comprendre qu'il est peut-être temps de prendre sa retraite. Et sa passion pour le sport n'a pas tiédi. »

« Est-ce qu'il n'est pas arbitre de cricket ? »

« Il l'était, mais c'est fini. Sa vue a baissé. »

« Et toi, est-ce que tu ne jouais pas au cricket aussi ? »

« Si. En fait, je joue toujours dans des matches amicaux. On joue le dimanche en amateurs. Ça me convient. Curieux : lui et moi, deux Afrikaners, accros à un jeu anglais auquel nous n'étions pas très bons. Je me demande ce que cela dit sur ce que nous sommes. »

Deux Afrikaners. Est-ce qu'il se considère vraiment comme un Afrikaner ? Elle ne connaît pas beaucoup de vrais [*egte*] Afrikaners qui l'accepteraient comme un membre de la tribu. Même son père ne passerait pas l'examen. Pour passer comme Afrikaner de nos jours, il faut au moins voter pour les nationalistes et aller à l'église le dimanche. Elle a peine à imaginer son cousin enfilant un complet et nouant une cravate pour aller à l'église. Et son père pas davantage.

Ils sont arrivés au barrage. Autrefois on le remplissait avec une éolienne, mais durant les années de prospérité Michiel a installé une pompe qui fonctionne au diesel et a laissé la vieille éolienne rouiller, parce que c'était ce que tout le monde faisait. Maintenant que le pétrole a atteint des prix faramineux, Michiel va peut-être devoir se raviser. Il va peut-être après tout devoir recourir au vent du bon Dieu comme avant.

« Tu te souviens, dit-elle, nous venions ici quand nous étions enfants... »

Il poursuit l'histoire. « Et on attrapait des têtards avec une épuisette, on les rapportait à la maison dans un seau d'eau, le lendemain matin, ils étaient tous morts et on ne comprenait jamais pourquoi. »

« Et des sauterelles. On attrapait aussi des sauterelles. »

Aussitôt, elle regrette d'avoir parlé des sauterelles. Car le sort des sauterelles lui revient en mémoire, ou le sort de l'une d'elles. John a sorti l'insecte de la bouteille où ils l'avaient piégé et, sous ses yeux, il a longuement tiré sur l'une des longues pattes arrière, jusqu'à ce qu'elle se détache du corps, pas de liquide, pas de sang, ou rien de ce qui pourrait être du sang chez une sauterelle. Puis il l'a relâchée et ils l'ont observée. Chaque fois qu'elle essayait de prendre son vol, elle chavirait sur le côté, avec ses ailes qui battaient la poussière, et la patte qui restait gigotait en vain. *Tue-la!* a-t-elle crié. Mais il ne l'a pas tuée, il s'est éloigné, l'air dégoûté.

« Tu te rappelles la fois où tu as arraché une patte à

une sauterelle et que tu m'as laissé le soin de la tuer ? J'étais vraiment fâchée contre toi. »

« J'y pense tous les jours. Tous les jours je demande pardon à la pauvre bête. Je n'étais qu'un gamin, c'est comme ça que je le vois, un môme qui ne savait rien de rien. Je dis *Kaggen, pardonne-moi.* »

« *Kaggen ?* »

« *Kaggen.* C'est le nom de la mante religieuse, qui est un dieu. Mais la sauterelle comprendra. Dans l'au-delà, il n'y a pas de problème de langue. C'est l'Éden retrouvé. »

La mante-dieu. Elle ne le suit pas.

Un vent de nuit gémit dans les pales de l'éolienne défunte. Elle frissonne. « Il faut rentrer. »

« Dans une minute. Est-ce que tu as lu le livre d'Eugène Marais qui raconte l'année qu'il a passée à étudier une bande de babouins ? Il écrit qu'à la tombée de la nuit, quand la bande cessait de chercher à manger et regardait le soleil descendre, il voyait percer dans les yeux des plus vieux babouins comme une pointe de mélancolie, comme si naissait en eux la conscience de leur propre mortalité. »

« C'est à ça que ça te fait penser, le coucher du soleil – à la mortalité ? »

« Non. Mais je ne peux m'empêcher de repenser à la première conversation que nous avons eue, toi et moi, la première conversation un peu sérieuse. Nous devions avoir six ans. Je ne me rappelle plus les mots que j'ai employés, mais je sais que je t'ouvrais mon cœur, je me déboutonnais, je te disais tous mes espoirs et mes désirs. Et tout en parlant, je pensais, *Alors c'est ça, être amoureux !* Parce que – je te l'avoue – j'étais amoureux de toi. Et depuis ce jour-là, être amoureux pour moi a toujours voulu dire que j'étais libre de parler à cœur ouvert. »

« À cœur ouvert... Qu'est-ce que ça a à voir avec Eugène Marais ? »

« Simplement que je comprends ce que le vieux babouin pensait en regardant le soleil descendre, le chef de la bande, celui dont Marais se sentait le plus proche. *Jamais plus*, pensait-il : *Une seule vie et puis jamais plus. Jamais, jamais, jamais.* C'est l'effet que le Karoo a sur moi. Le pays me rend tout mélancolique. Il me gâche le goût de vivre. »

Elle ne comprend toujours pas le rapport entre les babouins et le Karoo ou leur enfance, mais elle n'en laisse rien voir.

« Cet endroit me déchire le cœur, dit-il. Il m'a déchiré le cœur quand j'étais enfant, et je n'ai jamais été bien depuis. »

Il a le cœur déchiré. Elle ne s'en serait jamais doutée. Autrefois, se dit-elle, elle savait lire ce que les autres avaient au fond du cœur, sans qu'on le lui dise. C'est un don qu'elle avait : *meegevoel*, le don de sympathie. Mais elle ne l'a plus, ce don ! Elle a grandi ; et en grandissant elle s'est endurcie, comme une femme qu'on n'invite jamais à danser, qui passe le samedi soir à attendre en vain sur un banc dans la grande salle de l'église et qui, lorsque enfin un homme ou un autre pense à être poli et vient l'inviter, n'y trouve plus aucun plaisir et ne demande qu'à rentrer à la maison. Elle n'en revient pas ! C'est une révélation ! Ce cousin qui garde en lui le souvenir de combien il l'aimait ! Qui l'a gardé toutes ces années !

[Elle gémit.] *Est-ce que j'ai vraiment dit ça ?*

[Il rit.] Mais oui.

Comme c'est indélicat de ma part. [Elle rit.] *Ça ne fait rien, continuez.*

« Ne dis rien de ça à Carol, dit-il [dit John, son cousin], ne va pas lui raconter ce que j'éprouve pour le Karoo. Si tu lui en parles, moqueuse comme elle est, elle ne me laissera pas en paix. »
« Toi et les babouins. Mais Carol a un cœur aussi, tu sais. Mais non, je ne lui dirai pas ton secret. Il commence à faire frais. Est-ce qu'on peut rentrer ? »

Ils contournent les logements des ouvriers agricoles en restant à une distance respectable. Dans le noir perce le rouge ardent des braises d'un feu où ils cuisinent.

« Combien de temps est-ce que tu restes ici ? demande-t-elle. Est-ce que tu seras encore là pour le Nouvel An ? » *Nuwejaar* : pour le *volk*, les nôtres, un jour imprimé en rouge sur le calendrier, qui éclipse quasiment Noël.

« Non, je ne peux pas rester si longtemps. J'ai des choses à faire au Cap. »

« Alors, est-ce que tu ne peux pas laisser ton père ici et revenir le chercher plus tard ? Ça lui donnera le temps de se détendre et de reprendre des forces. Il n'a pas bonne mine. »

« Il ne voudra pas rester. Mon père ne tient pas en place. Où qu'il soit, il voudrait être ailleurs. Avec l'âge, ça va de mal en pis. C'est comme un prurit. Il a la bougeotte. D'ailleurs il faut qu'il retourne au boulot. Il prend son boulot très au sérieux. »

Tout est calme à la ferme. Ils rentrent sans bruit par la porte de derrière. « Bonne nuit, dors bien », dit-elle.

Une fois dans sa chambre, elle se met vite au lit. Elle voudrait s'endormir avant que sa sœur et son beau-frère ne rentrent, ou du moins être en mesure de faire semblant de dormir. Elle n'a aucune envie de subir un interrogatoire sur ce qui s'est passé pendant sa balade avec John. Carol ne manquerait pas de sauter sur l'occasion pour la faire parler malgré elle. *J'étais amoureux de toi quand j'avais six ans ; ma ligne de conduite en amour, c'est toi qui l'as tracée.* Comment il a pu dire ça ! Pour un compliment, c'est un compliment ! Mais elle dans tout ça ? Que se passait-il dans son cœur de six ans pendant que son cœur à lui nourrissait cette passion précoce ? Elle était d'accord pour se marier avec lui, c'est vrai, mais était-elle d'accord pour dire qu'ils étaient amoureux ? Si c'était le cas, elle n'en a pas le moindre souvenir. Et maintenant – qu'est-ce qu'elle éprouve pour lui maintenant ? Sa déclaration lui a fait chaud au cœur, sans aucun doute. Quel type bizarre, ce cousin ! Son côté bizarre, il ne le tient pas des Coetzee, ça, elle en est sûre, après tout elle est à moitié Coetzee elle-même, donc ça doit lui venir du côté de sa mère, la famille Meyer, ou un nom de ce genre, les Meyer du Cap-Oriental. Meyer ou Meier ou Meiring.

Et elle s'endort.

« Il est prétentieux, dit Carol. Il ne se prend pas pour rien. Ça lui ferait mal de s'abaisser à parler au commun des mortels. Quand il ne bricole pas sa voiture, il se met dans un coin avec un bouquin. Et qu'est-ce qu'il attend pour se faire couper les cheveux ? Chaque fois que je le vois, l'envie me prend de l'attacher sur une chaise, de lui flanquer un bol sur la tête et de couper toutes ses horribles mèches de cheveux gras. »

« Mais non voyons, il n'a pas le cheveu gras. Trop long, c'est tout. Je crois qu'il se lave la tête avec un morceau de savon. C'est pour ça qu'il est coiffé à la diable. Et il est timide, pas prétentieux. C'est pour ça qu'il reste dans son coin. Arrête de le critiquer, c'est un gars intéressant. »

« Il flirte avec toi. Ça crève les yeux. Et tu en fais autant. Toi, sa cousine ! Tu devrais avoir honte. Et pourquoi il n'est pas marié ? Tu crois qu'il est homo ? C'est un *moffie* ? »

Elle ne sait jamais si Carol parle sérieusement ou si elle cherche seulement à la provoquer. Même ici, à la ferme, Carol se pavane en pantalons blancs dernier cri et chemisiers largement ouverts, en sandales à talons hauts, et gros bracelets. Elle dit qu'elle achète ses vêtements à Francfort, quand elle accompagne son mari en voyage d'affaires. À côté d'elle les autres ont l'air mémé, sans imagination, les vraies cousines de la campagne. Elle et Klaus habitent à Sandton, dans une vaste maison de douze pièces qui appartient à Anglo-American ; ils ne paient pas de loyer ; il y a des écuries, des chevaux et un valet d'écurie, bien que ni l'un ni l'autre ne sachent monter. Ils n'ont pas encore d'enfant ; mais Carol l'informe qu'ils en auront, quand ils seront bien installés. Bien installés veut dire installés en Amérique.

Dans les milieux qu'ils fréquentent à Sandton, lui

confie-t-elle, on a quelques longueurs d'avance. Elle ne précise pas dans quel domaine, mais elle, Margot, ne veut pas poser de questions ; elle a l'impression que c'est en matière de sexe.

Je ne vais pas vous laisser écrire ça. Vous ne pouvez pas écrire ça à propos de Carol.

C'est pourtant ce que vous m'avez dit.

Oui, mais vous ne pouvez pas transcrire ce que j'ai dit mot pour mot et le faire savoir au monde entier. Je n'ai jamais donné mon accord là-dessus. Carol ne voudra plus jamais me parler.

D'accord, je vais le supprimer ou baisser d'un ton, c'est promis. Mais écoutez-moi jusqu'au bout. Je peux continuer ?

Allez-y.

Carol s'est complètement coupée de ses racines. Elle n'a plus rien de commun avec la *plattelandse meisie*, la fille de la campagne, qu'elle était jadis. Elle ressemblerait plutôt à une Allemande, avec son teint bronzé, ses cheveux blonds qui sentent le coiffeur et son trait d'eye-liner très appuyé. Belle femme, la poitrine avantageuse, trente ans à peine. Frau Dr Müller. Si Frau Dr Müller se mettait en tête de flirter dans le style qui se pratique à Sandton, combien de temps faudrait-il à John pour succomber ? Aimer, c'est ouvrir son cœur à la bien-aimée, dit John. Qu'est-ce qu'elle dirait de ça, la Carol ? En amour, Carol aurait un ou deux trucs à apprendre à John, pas de doute là-dessus – tout au moins dans la version avancée de la chose.

John n'est pas un *moffie*, elle en sait assez sur les hommes pour en être sûre. Mais il y a en lui quelque chose de distant ou de froid, quelque chose sinon d'asexué, mais du moins de neutre, comme un petit enfant, sur le plan du sexe, est neutre. Il a sûrement eu des femmes dans sa vie, peut-être pas en Afrique du Sud, mais sans doute en Amérique, bien qu'il n'en ait jamais parlé. Est-ce que ses Américaines ont réussi à lire le fond de son cœur ? Si en toutes circonstances il ne manque jamais d'ouvrir son cœur, alors c'est un original : l'expérience qu'elle a des hommes lui a appris que rien n'est pour eux plus difficile.

Elle-même est mariée depuis dix ans. Il y a dix ans, elle a fait ses adieux à Carnarvon où elle travaillait comme secrétaire chez un avocat pour aller s'installer dans la ferme de son mari, à l'est de Middelpos dans la région du Roggeveld, où, si la chance lui sourit et si Dieu le veut, elle vivra le restant de ses jours.

La ferme, c'est leur foyer à tous les deux, leur foyer et leur *Heim*, mais elle ne peut être femme au foyer autant qu'elle le voudrait. On ne gagne plus sa vie dans l'élevage des moutons, pas dans le Roggeveld aride, frappé par la sécheresse. Pour contribuer à joindre les deux bouts, il a fallu qu'elle se remette à travailler, comme comptable cette fois, dans l'unique hôtel de Calvinia. Elle passe quatre nuits par semaine, du lundi au jeudi, à l'hôtel ; le vendredi, son mari vient de la ferme la chercher en voiture, et il la ramène à Calvinia à l'aube le lundi suivant.

Malgré cette séparation hebdomadaire – qui lui fend le cœur, elle déteste la chambre lugubre et parfois elle ne peut retenir ses larmes, s'effondre la tête posée sur les bras et sanglote à cœur perdu – d'avec son Lukas, elle est, comme on dit, heureuse en mariage. Heureuse, c'est peu dire, ils ont de la chance, ils sont bénis des dieux. Un bon mari, un mariage heureux, mais pas d'enfants. Ce n'est pas un choix, le sort en a décidé ainsi : son sort, sa faute. Deux sœurs : l'une stérile, l'autre *pas encore installée*.

Un bon mari, mais peu enclin à se livrer. Est-ce qu'avoir un cœur qui se barricade est un trait qui afflige les hommes en général ou les hommes sud-africains seulement ? À ce moment-là, Klaus est assis sur le stoep avec la bande des Coetzee, parents et alliés qu'il a acquis par mariage, en train de fumer un cigarillo (il fait passer ses cigarillos à la ronde, mais son *rookgoed* est trop étranger, trop exotique pour les Coetzee) et il les régale, le verbe haut, dans son afrikaans puéril, dont il n'a pas honte du tout, d'histoires de leurs voyages à Zermatt où Carol et lui sont allés faire du ski. Est-ce qu'il arrive à Klaus, en privé, chez lui, à Sandton d'ouvrir son cœur à Carol, en Européen beau parleur, à l'aise, sûr de lui ? Elle en doute. Elle doute fort que Klaus ait grand-chose à livrer de son cœur. Elle n'a rien décelé de tel chez lui. Alors que des Coetzee on peut au moins dire que ce sont des gens de cœur, les femmes comme les hommes, tous autant qu'ils sont. Ils ont même trop de cœur parfois en fait, certains d'entre eux.

« Non, ce n'est pas un *moffie*, dit-elle. Tu n'as qu'à lui parler, tu en auras le cœur net. »

« Est-ce que ça te dirait d'aller faire une balade en voiture, cet après-midi ? lui propose John. On pourrait faire un grand tour des terres de la ferme, rien que toi et moi ? »

« Dans quelle voiture ? Dans ta Datsun ? »

« Oui, dans ma Datsun. Elle est réparée. »

« Assez bien réparée pour ne pas tomber en panne dans un coin perdu ? »

Elle plaisante, bien sûr. Voëlfontein est déjà un coin perdu. Mais ce n'est pas qu'une boutade. Elle n'a aucune idée de l'étendue de la ferme, de sa superficie en hectares, mais elle sait qu'on ne peut en faire le tour à pied en une journée, à moins d'être bon marcheur.

« Elle ne va pas tomber en panne. Mais je vais emporter un bidon d'eau, juste en cas. »

Voëlfontein est situé dans la région du Koup où il n'est pas tombé une goutte d'eau depuis deux ans. Pourquoi diable Grand-père Coetzee a-t-il été acheter des terres dans cette région où les éleveurs, tous autant qu'ils sont, s'échinent pour garder leurs troupeaux en vie ?

« C'est quoi ce mot, *Koup* ? C'est de l'anglais ? Le pays où personne ne s'en sort ? »

« C'est un mot khoesan. Hottentot. *Koup* : région sèche. C'est un nom, pas un verbe. On le sait par le *p* final. »

« Et où est-ce que tu as appris ça ? »

« Dans les livres. Des grammaires établies par des missionnaires autrefois. Il n'y a plus de locuteurs des langues khoesan, pas en Afrique du Sud. Ce sont en fait des langues mortes. En Afrique du Sud-Ouest, il y a encore une poignée de vieux qui parlent le nama. Et c'est tout. C'est tout ce qui reste. »

« Et le xhosa ? Tu parles le xhosa ? »

Il fait non de la tête. « Je m'intéresse aux choses que nous avons perdues, pas à celles que nous avons conservées. Pourquoi est-ce que je devrais parler le xhosa ? Il y a déjà des millions de gens qui le parlent. Ils n'ont pas besoin de moi. »

« Je croyais que les langues existaient pour nous permettre de communiquer entre nous, dit-elle. À quoi bon parler le hottentot si personne d'autre ne le parle ? »

Il la gratifie de ce qu'elle commence à lire comme son petit sourire secret, qui indique qu'il a une réponse à sa question, mais comme elle est trop bête pour comprendre, il ne va pas se donner la peine de la lui livrer. C'est ce sourire de Monsieur Je-sais-tout qui, plus que tout le reste, met Carol hors d'elle.

Elle repose sa question : « Et une fois que tu as appris le hottentot dans tes vieux livres de grammaire, à qui peux-tu parler ? »

« Tu veux que je te le dise ? » Le petit sourire a fait place à autre chose, quelque chose de pincé, pas très agréable à voir.

« Oui. Dis-moi. Réponds-moi. »

« Aux morts. On peut parler aux morts. Qui, autrement – il hésite, comme si les mots pouvaient être trop lourds pour elle et même pour lui –, qui autrement seraient rejetés dans un éternel silence. »

Elle voulait une réponse, elle l'a. Il y a largement de quoi lui clouer le bec.

Au bout d'une demi-heure, faisant route vers l'ouest, ils arrivent aux confins des terres de la ferme. Là, elle est surprise de le voir ouvrir la barrière pour sortir, de la refermer derrière eux, et sans un mot de continuer sur la mauvaise route de terre. À quatre heures et demie, ils arrivent à Merweville, où elle n'a pas mis les pieds depuis des années.

Il s'arrête devant le Café Apollo. « Tu veux prendre un café ? » demande-t-il.

Ils entrent suivis d'une demi-douzaine d'enfants pieds nus, le plus jeune sait à peine marcher. Mevrou, la propriétaire, écoute la radio qui diffuse des airs populaires afrikaans. Ils se mettent à une table, écartant les mouches de la main. Les enfants se pressent autour d'eux, les dévisagent avec curiosité, sans la moindre gêne. « *Middag, jongens* », dit John. « *Middag, meneer* », dit le plus vieux des enfants.

Ils commandent des cafés, et on leur sert un Nescafé clair avec du lait longue conservation. Elle boit une gorgée et repousse sa tasse. Il boit le sien, l'esprit ailleurs.

Une petite main apparaît sur la table et chipe le morceau de sucre sur sa soucoupe. « *Toe, loop !* » dit-elle. Fiche le camp ! L'enfant lui sourit, tout content, sort le sucre du papier et le lèche.

Ce n'est pas la première fois qu'elle perçoit à quel point les anciennes barrières entre les Blancs et les métis, les Coloureds, sont tombées. Les signes de ce changement sont plus évidents ici qu'à Calvinia. Merweville est une ville plus petite et sur le déclin, un tel déclin qu'elle risque de disparaître de la carte. Il ne saurait rester plus de quelques centaines d'habitants. La moitié des maisons devant lesquelles ils sont passés semblaient inoccupées. Le bâtiment dont l'enseigne *Volkskas* [Banque populaire] est inscrite en cailloux blancs cimentés dans le mur au-dessus de la porte héberge non plus une banque, mais un atelier de soudure. Bien que le plus chaud de la journée soit passé, le seul signe de vie dans la rue principale consiste en deux hommes et une femme allongés de tout leur long, avec un chien famélique, à l'ombre d'un jacaranda en fleur.

J'ai raconté tout ça ? Je ne me rappelle pas.

J'ai ajouté un détail ou deux, pour donner un peu de vie au tableau. Je ne vous l'ai pas dit, mais comme Merweville tient une telle place dans votre histoire, je me suis en fait rendu sur place pour voir ce qu'il en était.

Vous êtes allé à Merweville ? Et quelle a été votre impression de l'endroit ?

À peu près comme vous l'avez décrit. Le Café Apollo n'existe plus. Plus de café du tout. Je continue ?

John se met à parler : « Est-ce que tu sais que, parmi ses autres mérites, notre grand-père a été maire de Merweville ? »
« Oui, je le savais. » Leur grand-père mutuel avait un peu trop de fers au feu. C'était – c'est un mot anglais qui lui vient à l'esprit – un *go-getter*, un homme qui avait de l'ambition dans un pays où il y a peu d'hommes de cette trempe ; un homme qui avait – encore un mot anglais – du *spunk*, il en voulait, il avait du punch à revendre, plus de punch probablement que tous ses enfants réunis. Mais c'est peut-être le sort des enfants des

pères à forte personnalité : il leur revient une moindre part de *spunk*. C'est vrai des fils, et des filles aussi. Un peu trop effacées, ces femmes Coetzee, elles ont hérité d'une portion congrue de ce qui serait l'équivalent du *spunk* chez une femme.

Elle n'a que peu de souvenirs de leur grand-père qui est mort quand elle était encore enfant : un vieillard voûté et ronchon au menton qui piquait. Elle se rappelle qu'après le repas de midi, toute la maison était plongée dans le silence : Grand-papa faisait sa sieste. Déjà, à cet âge, elle était surprise de voir que par peur du vieil homme les grandes personnes trottinaient sans bruit, comme des souris. Pourtant, sans ce vieillard elle ne serait pas là, et John non plus : non seulement elle ne serait pas de ce monde, mais pas ici dans le Karoo, à Voëlfontein ou à Merweville non plus. Si sa propre vie, du berceau jusqu'à la tombe, a été et reste déterminée par les hauts et les bas du marché de la laine et du mouton, cela est dû à son grand-père : un homme qui avait commencé comme *smous*, un marchand ambulant qui colportait du coton imprimé, de la batterie de cuisine et des remèdes pour les gens de la campagne, puis, quand il a eu mis assez d'argent de côté, avait acheté une part dans un hôtel, puis l'avait revendue, avait acheté des terres et s'était installé contre toute attente comme gentleman éleveur de chevaux et de moutons.

« Tu ne m'as pas demandé ce que nous sommes venus faire ici, à Merweville », dit John.

« Eh bien, qu'est-ce que nous sommes venus faire à Merweville ? »

« Je veux te montrer quelque chose. J'envisage d'acheter une maison ici. »

Elle n'en croit pas ses oreilles. « Tu veux acheter une maison ? Tu veux habiter à Merweville ? À *Merweville* ? Tu veux aussi être le maire du pays ? »

« Non, pas pour habiter ici, mais y passer du temps. Habiter au Cap, et venir ici pour le week-end et les vacances. C'est faisable. Merweville est à sept heures du Cap si on fait la route d'une seule traite. On peut acheter une maison pour mille rands – une maison de quatre pièces sur un demi-morgen de terre avec des pêchers, des abricotiers et des orangers. Dans le monde entier, où pourrait-on trouver une si bonne affaire ? »

« Et ton père ? Qu'est-ce que ton père pense de ton petit projet ? »

« Ça vaut mieux qu'une maison de vieux. »

« Je ne comprends pas. Qu'est-ce qui vaut mieux qu'une maison de vieux ? »

« Habiter à Merweville. Mon père peut rester ici, y élire domicile ; moi je serai basé au Cap mais je monterai régulièrement pour m'assurer qu'il va bien. »

« Et que fera ton père pendant qu'il sera ici tout seul ? Il restera assis sur le stoep à attendre l'unique voiture qui passera devant chez lui dans la journée ? La raison pour laquelle on peut acheter une maison à Merweville pour deux fois rien est bien simple, John : parce que personne n'a envie d'habiter ici. Je ne te comprends pas. D'où te vient cette tocade pour Merweville ? »

« C'est dans le Karoo. »

Die Karoo is vir skape geskape! Le Karoo, c'est pour les moutons ! Elle se mord la langue pour ne pas prononcer ces mots. *Il y croit ! Il parle du Karoo comme si c'était le paradis !* Et tout d'un coup lui reviennent des souvenirs des vacances de Noël, jadis, lorsqu'ils étaient enfants et couraient le veld en toute liberté comme des animaux sauvages. « Où est-ce que tu veux être enterrée ? » lui a-t-il demandé un jour ; puis, sans attendre la réponse, il a dit tout bas : « Moi, je veux être enterré ici. » « Pour toujours ? a-t-elle dit, elle, toute petite qu'elle était. Tu veux être enterré pour toujours ? » « Non, *seulement* jusqu'à ce que je ressorte de terre. »

Jusqu'à ce que je ressorte de terre. Elle se souvient de tout, elle se souvient de chaque mot.

Enfant, on peut se passer d'explications. On n'exige pas que tout soit compréhensible. Mais se rappellerait-elle ces mots qu'il a dits s'ils ne l'avaient pas déconcertée alors et, au plus profond d'elle-même, avaient continué de la déconcerter au fil des années ? Ressorte de terre : est-ce que son cousin croyait vraiment, est-ce qu'il croit vraiment qu'on revient de la tombe ? Pour qui se prend-il ? Pour Jésus ? Qu'est-ce qu'il s'imagine que c'est, le Karoo : la Terre promise ?

« Si tu comptes élire domicile à Merweville, il va te falloir une coupe de cheveux. Les bonnes gens du coin ne permettront pas à un sauvage de s'installer parmi eux et de corrompre leurs fils et leurs filles. »

Mevrou, derrière le comptoir, leur fait comprendre sans ambiguïté qu'elle voudrait fermer sa boutique. Il paie et ils repartent. À la sortie du bourg, il ralentit devant une maison ; il y a une pancarte sur le portail : *TE KOOP*. À VENDRE. « C'est à cette maison que je pensais. Mille rands, plus les frais de notaire. C'est incroyable, non ? »

La maison est un cube sans caractère, avec un toit en tôle ondulée, une véranda couverte sur toute la façade, et sur le côté un escalier de bois, raide, qui monte au grenier. Les peintures sont en piteux état. Devant la maison, dans une rocaille à l'abandon, deux aloès essaient de ne pas crever. Est-ce qu'il a réellement l'intention de mettre son père au rancart ici, dans cette maison moche, dans ce patelin qui se meurt ? Un vieil homme tremblotant qui mangera à même la boîte de conserve et dormira dans des draps sales ?

« Tu veux jeter un coup d'œil ? La maison est fermée, mais on peut en faire le tour. »

Elle a un frisson. « Une autre fois. Aujourd'hui je ne suis pas d'humeur à ça. »

Elle ne sait guère à quoi elle est d'humeur aujourd'hui. Mais son humeur passe au second plan à vingt kilomètres de Merweville, quand le moteur se met à tousser et que John fronce les sourcils, coupe le contact, et s'arrête sur le bas-côté. Une odeur de caoutchouc brûlé envahit la cabine. « La voilà qui chauffe encore, dit-il. J'en ai pour une minute. »

Il va prendre un jerrycan d'eau à l'arrière de la camionnette. Il dévisse le bouchon du radiateur, en évitant un jet de vapeur, et remplit le radiateur. « Ça devrait suffire pour nous ramener à la maison. » Il essaie de faire repartir le moteur. Il tourne, avec un bruit sec, mais ne démarre pas.

Elle en sait assez sur les hommes pour ne jamais mettre en question leurs compétences en mécanique Elle ne donne pas de conseils, s'applique à ne pas avoir l'air de s'impatienter. Une heure durant, pendant qu'il fourgonne avec des tuyaux, des pinces, et salit ses vêtements, qu'il essaie à maintes reprises de faire repartir le moteur, elle garde un silence total, bienveillant.

Le soleil commence à disparaître au-dessous de la ligne d'horizon ; il continue à s'activer dans l'obscurité, ou tout comme.

« Tu as une lampe torche ? demande-t-elle. Je peux peut-être te tenir une lampe torche. »

Mais non. Il n'a pas emporté de lampe électrique. Et en plus, comme il ne fume pas, il n'a pas même d'allumettes. Il n'a rien d'un boy-scout, c'est un garçon de la ville, qui ne prévoit rien.

« Je vais retourner à pied à Merweville et trouver de l'aide, finit-il par dire. Ou on peut y retourner tous les deux. »

Elle est en nu-pieds. Elle ne va pas déambuler pendant vingt kilomètres dans le veld, dans le noir.

« D'ici que tu arrives à Merweville, il sera minuit. Tu ne connais personne là-bas. Il n'y a même pas de station-service. Qui vas-tu persuader de sortir de chez lui pour réparer ta camionnette ? »

« Alors, qu'est-ce qu'on peut faire, à ton avis ? »

« On attend ici. Si on a de la chance, une voiture passera. Sinon Michiel viendra à notre recherche demain matin. »

« Michiel ne sait pas que nous sommes allés à Merweville. Je ne le lui ai pas dit. »

Il essaie une dernière fois de faire repartir le moteur. La clé de contact ne déclenche qu'un petit bruit sec. La batterie est à plat.

Elle descend du véhicule, par décence s'éloigne un peu, et soulage sa vessie. Un vent aigrelet s'est levé. Il fait froid, mais il va faire plus froid encore. Dans la camionnette, il n'y a pas de quoi se couvrir, pas même une bâche. S'ils doivent passer la nuit ici, il va falloir se blottir dans la cabine. Et puis, une fois de retour à la ferme, il va falloir qu'ils s'expliquent.

Elle n'est pas encore trop mal à l'aise ; elle peut encore voir la situation avec une certaine distance et la trouver sinistrement amusante. Mais cela ne va pas durer. Ils n'ont rien à manger, rien même à boire si ce n'est l'eau du jerrycan, qui sent l'essence. Le froid et la faim vont finir par venir à bout de sa fragile bonne humeur. Ainsi que le manque de sommeil, tôt ou tard.

Elle remonte la vitre. « Nous n'avons qu'à oublier que nous sommes un homme et une femme, et ne pas être trop gênés de nous tenir chaud, veux-tu ? Parce que sinon nous allons nous geler. »

Depuis les quelque trente ans qu'ils se connaissent, il leur est arrivé de s'embrasser, comme s'embrassent des cousins, sur la joue. Ils se sont aussi étreints. Mais ce soir, il s'agit d'une intimité d'un tout autre ordre. Il va falloir se débrouiller, sur ce siège dur, gênés par le levier de vitesse en plein milieu, pour s'allonger ensemble, ou s'affaler ensemble, se tenir mutuellement chaud. Si Dieu se montre clément, et qu'ils arrivent à trouver le sommeil, il se peut qu'ils connaissent en plus l'humiliation de ronfler, ou de subir les ronflements de l'autre. Pour une épreuve, c'est une épreuve.

« Et demain, dit-elle, s'offrant une seule brève remarque acerbe, quand nous aurons retrouvé la civilisation, tu pourras peut-être t'organiser pour faire réparer cette camionnette correctement. Il y a un bon mécanicien à Leeuw Gamka. Michiel a recours à lui. Conseil d'amie, c'est tout. »

« Je suis désolé. C'est ma faute. J'essaie de faire les choses moi-même alors que je devrais les confier à des gens plus adroits de leurs mains. C'est à cause du pays que nous habitons. »

« Le pays que nous habitons ? Pourquoi est-ce que c'est la faute de ce pays si ta camionnette tombe en panne à tout bout de champ ? »

« C'est à cause de notre longue histoire de faire faire le travail par d'autres, pendant qu'on reste à l'ombre pour les regarder travailler. »

Alors voilà pourquoi ils sont là dans le froid et dans le noir à attendre que quelqu'un vienne à passer et leur porte secours. Pour prouver quelque chose, à savoir que les Blancs devraient réparer leurs voitures eux-mêmes. C'est d'un comique !

« Le mécanicien de Leeuw Gamka est blanc, dit-elle. Je ne te suggère pas d'amener ta voiture chez un Noir. » Elle a envie d'ajouter : *Si tu veux faire tes réparations toi-même, bon sang, commence par prendre des leçons de mécanique.* Mais elle tient sa langue. Au lieu de ce conseil, elle demande : « Et quel autre genre de travail tiens-tu à faire, en dehors de réparer les voitures ? » *En dehors de réparer les voitures et d'écrire des poèmes.*

« Je m'occupe du jardin. J'entretiens la maison. En ce moment je pose de nouveaux tuyaux d'écoulement. Cela peut te paraître drôle, mais pour moi ce n'est pas de la blague. Je fais un geste. J'essaie de briser le tabou qui pèse sur le travail manuel. »

« Le tabou ? »

« Oui. Comme en Inde il est tabou pour les gens de caste supérieure de nettoyer – comment dirais-je – les excréments humains, de même, dans notre pays, si un Blanc touche une pioche ou une pelle, il est immédiatement souillé. »

« Mais tu dis des bêtises ! Ce n'est pas vrai du tout. C'est un préjugé anti-Blanc ! »

Elle regrette aussitôt ce qu'elle a dit. Elle est allée trop loin. Elle l'a mis le dos au mur. Et maintenant il va falloir supporter la rancœur de cet homme, en plus de l'ennui et du froid.

« Mais je comprends ton point de vue, poursuit-elle pour l'aider à s'en sortir, puisqu'il semble incapable de s'en sortir tout seul. En un sens, tu as raison : nous nous sommes habitués à avoir toujours les mains propres, nos blanches mains. Nous devrions être plus disposés à nous salir les mains. Je suis tout à fait d'accord. Fin de la discussion. Est-ce que tu as sommeil ? Moi, pas. Je vais te faire une proposition : pour passer le temps, pourquoi est-ce qu'on ne se raconterait pas des histoires ? »

« Toi, tu racontes une histoire, dit-il d'un ton crispé. Je ne connais pas d'histoires. »

« Raconte-moi une histoire de ton séjour en Amérique. Tu peux inventer, ça n'a pas besoin d'être une histoire vraie. N'importe quelle histoire. »

« Étant donné l'existence d'un Dieu personnel, dit-il, qui a une barbe blanche quaquaquaqua hors du temps sans extension qui des hauteurs de son apathie divine nous aime profondément quaquaquaqua à quelques exceptions près. »

Il s'arrête là. Elle n'a pas la moindre idée de ce dont il parle.

« Quaquaquaqua », dit-il encore.

« J'abandonne », dit-elle. Il se tait. « À mon tour. Voici l'histoire de la princesse et du petit pois. Il était une fois une princesse qui était si délicate que même si elle couchait sur dix matelas de plume empilés les uns sur les autres, elle était persuadée qu'elle sentait un pois, un de ces petits pois secs, sous le dernier matelas. Elle s'est tournée et retournée toute la nuit. Qui a mis un pois là-dessous ? Pourquoi ? De sorte qu'elle n'a pas fermé l'œil. Elle a l'air hagarde quand elle descend pour le petit déjeuner. Elle se plaint à ses parents, le roi et la reine : "Je n'ai pas pu dormir, et c'est la faute à ce maudit petit pois !" Le roi envoie une servante pour enlever le pois. La femme cherche, retourne tout mais ne trouve rien.

« "Je ne veux plus entendre parler de pois, dit le roi à sa fille. De pois, il n'y en a point. Le pois n'est que dans ton imagination." »

« Ce soir-là, la princesse grimpe à nouveau sa montagne de matelas. Elle essaie en vain de dormir, à cause du pois, le pois qui est sous le dernier matelas de la pile ou bien dans son imagination, peu importe, l'effet est le même. Au petit matin, elle est tellement épuisée qu'elle ne touche pas à son petit déjeuner. "C'est la faute du pois", se lamente-t-elle.

« Exaspéré, le roi dépêche tout un bataillon de servantes à la recherche du maudit pois et, quand elles reviennent bredouilles, il leur fait trancher la tête, à toutes. "Alors, te voilà contente ! beugle-t-il à l'adresse de sa fille. Est-ce que tu vas dormir à présent ?" »

Elle s'arrête pour reprendre souffle. Elle ne sait pas du tout ce qui va suivre dans cette histoire pour endormir les petits ; est-ce que la princesse va réussir à s'endormir ou pas ? Pourtant, c'est étrange, elle est sûre que lorsqu'elle reprendra son récit, les mots qu'il faut lui viendront.

Mais il n'y a pas lieu de dire un mot de plus. Il dort. Comme un petit enfant, ce diable de cousin, susceptible, têtu, incapable, ridicule, s'est endormi la tête sur son épaule. Il dort à poings fermés, c'est sûr : elle le sent tressaillir dans son sommeil. Pas de petit pois qui le gêne.

Et elle ? Qui va lui raconter des histoires pour l'emmener au pays des songes ? Jamais elle ne s'est sentie aussi éveillée. Est-ce ainsi qu'elle va passer la nuit : à s'ennuyer, s'énerver, à porter le poids d'un mâle qui somnole ?

Il prétend qu'il y a un tabou sur les Blancs qui font du travail manuel, mais que dire du tabou qui pèse sur les cousins de sexe opposé qui passent la nuit ensemble ? Qu'est-ce que les Coetzee à la ferme vont dire ? En vérité, elle n'éprouve pour John aucun sentiment qu'on pourrait qualifier de physique, pas le moindre frisson qu'une femme pourrait ressentir. Cela suffira-t-il à l'absoudre ? Pourquoi n'émane-t-il de lui rien de mâle ? Est-ce sa faute à lui ou, au contraire, à elle qui a fait sien le tabou avec tant de zèle qu'elle ne peut voir un homme en lui ? S'il n'a pas de femme dans sa vie, est-ce que c'est parce qu'il ne ressent rien pour les femmes et que les femmes en retour, elle y compris, réagissent en n'éprouvant rien pour lui ? S'il n'est pas un *moffie*, son cousin serait-il alors un eunuque ?

On manque d'air dans la cabine. S'efforçant de ne pas le réveiller, elle baisse un peu la vitre. La présence de ce qui les entoure – buissons, arbres, peut-être même des animaux –, elle la sent sur sa peau, elle ne voit rien. Elle ne sait d'où lui parvient le chant d'un grillon solitaire. *Reste avec moi cette nuit, grillon*, murmure-t-elle.

Mais il y a peut-être un genre de femme qui est attiré par un homme comme ça, qui se contente d'écouter sans contredire quand il émet ses opinions, et puis les fait siennes, même si ce sont clairement des bêtises. Une femme qui ne s'émeut pas de la bêtise des hommes, que le sexe n'intéresse pas, qui cherche simplement à s'attacher un homme pour prendre soin de lui et le protéger du monde. Une femme qui s'acquittera des corvées ménagères car ce qui importe, ce n'est pas que les fenêtres ferment bien et que les serrures fonctionnent mais que son homme ait la place de réaliser l'idée qu'il se fait de lui-même. Et qui ensuite, sans faire d'histoires, embauchera quelqu'un, un homme adroit de ses mains, pour réparer les dégâts.

Une femme comme ça ne connaîtra pas la passion dans son mariage, mais ne restera pas nécessairement sans enfants. Alors toute la couvée serait le soir autour de la table, présidée par le seigneur et maître, sa compagne au bas bout, et leurs rejetons bien portants et bien élevés de part et d'autre ; pendant qu'on mangerait la soupe, le maître pourrait discourir sur ce que le labeur a de sacré. *Quel homme exceptionnel, mon époux !* se dirait-elle tout bas. *Comme il a une conscience aiguë des choses !*

Pourquoi éprouve-t-elle tant d'amertume envers John, et plus d'amertume encore envers cette femme qu'elle lui a imaginée à partir de rien ? La réponse est simple : parce qu'à cause de sa vanité et de sa maladresse elle se retrouve en rade sur la route de Merweville. Mais la nuit sera longue, elle aura tout le temps d'échafauder une hypothèse moins terre à terre et de l'étudier pour voir si elle a quelque mérite. La réponse moins terre

à terre est qu'elle est amère parce qu'elle attendait beaucoup de John, et il l'a laissée le bec dans l'eau.
Qu'avait-elle espéré de son cousin ?
Qu'il rachèterait les hommes Coetzee.
Et pourquoi souhaitait-elle la rédemption des hommes Coetzee ?
Parce que les hommes Coetzee sont si *slapgat*, des jean-foutre.
Et pourquoi avait-elle placé tous ses espoirs en John particulièrement ?
Parce que, de tous les Coetzee, c'est lui qui avait les meilleures chances. Enfant né coiffé et il n'avait pas su en tirer parti.

Slapgat est un mot qu'elle et sa sœur lâchent à tout bout de champ, peut-être parce qu'elles l'ont beaucoup entendu quand elles étaient enfants. Ce n'est qu'après avoir quitté la maison qu'elle s'est rendu compte que le mot mettait mal à l'aise et elle l'a employé avec plus de circonspection. Un *slap gat* : un rectum, un anus qu'on ne contrôle pas bien. Partant, *slapgat* : mou comme une chique, qui n'a rien dans le ventre.

Ses oncles sont devenus des chiffes molles parce que leurs parents, ses grands-parents, les ont élevés comme ça. Tandis que leur père vociférait, poussait des gueulantes qui les faisaient trembler de trouille, leur mère trottinait comme une souris. Le résultat a été que, lorsqu'ils sont partis de la maison, ils n'avaient pas de nerf, pas de cran, pas de confiance en eux-mêmes, pas de courage. Les voies qu'ils s'étaient choisies avaient été sans exception des parcours de moindre résistance. Ils s'assuraient avec précaution du sens du courant puis se laissaient porter.

Ce qui rendait les Coetzee si faciles à vivre et donc si *gesellig*, de si bonne compagnie, était précisément leur préférence pour la facilité; et c'est justement grâce à leur *geselligheit* qu'on s'amusait tant lors des réunions de retrouvailles à la Noël. Ils ne se disputaient, ne se chamaillaient jamais. Ils s'entendaient tous à merveille. C'est la génération suivante, la sienne, qui a dû payer le prix de ce côté décontracté. Car leurs enfants se sont aventurés dans le vaste monde en s'attendant à le trouver tout aussi *slap, gesellig* que Voëlfontein, en plus grand. Et voilà qu'il n'en était rien.

Elle-même n'a pas d'enfants. Elle est stérile. Mais si elle avait la bénédiction d'avoir des enfants, elle considérerait de son premier devoir de les débarrasser du sang Coetzee. Comment on débarrasse les gens de leur sang *slap*, il faudrait qu'elle y réfléchisse, à moins de les conduire à l'hôpital pour les vider de leur sang et par transfusion le remplacer par le sang d'un individu vigoureux; mais si on les élève en se montrant ferme, si on les entraîne à savoir s'affirmer, dès leur âge le plus tendre, on y arrivera peut-être. Elle ne sait pas grand-chose du monde dans lequel les enfants à naître devront grandir, mais elle sait au moins qu'il n'y aura pas de place pour les *slap*.

Même Voëlfontein et le Karoo ne sont plus le Voëlfontein et le Karoo d'antan. Il n'y a qu'à voir ces enfants au Café Apollo. Il n'y a qu'à voir l'équipe d'ouvriers chez le cousin Michiel qui ne sont plus le *plaasvolk* de jadis. Dans le comportement des Coloureds envers les Blancs en général, il y a une dureté troublante qui est nouvelle. Les jeunes vous considèrent d'un œil froid et se refusent à s'adresser à vous avec *Baas* et *Meisies*.

Des types bizarres vadrouillent d'un bout à l'autre du pays, d'un bidonville à l'autre, d'une *lokasie* à l'autre, et nul n'ira les dénoncer comme autrefois. La police a de plus en plus de mal à avoir des renseignements fiables. On ne veut plus être vu en train de parler à la police ; les sources de renseignement sont à sec. Les fermiers sont de plus en plus souvent convoqués pour des opérations de commando qui durent de plus en plus longtemps. Lukas ne cesse de s'en plaindre. S'il en va ainsi dans le Roggeveld, il doit en aller de même ici, dans le Koup.

Le monde des affaires a changé aussi. Pour réussir en affaires, il ne suffit plus d'être copain avec tout le monde, de rendre des services pour qu'on vous rende la pareille. Il faut se montrer dur et sans pitié. Quelles sont les chances des *slapgat* dans un tel monde ? Pas étonnant que ses oncles Coetzee ne soient pas prospères : responsables d'agences bancaires qui se tournent les pouces dans des villes du *platteland* qui se meurent, fonctionnaires bloqués à un échelon minable, fermiers frappés par la pénurie des récoltes, et même pour ce qui est du père de John, avocat déshonoré, rayé du barreau.

Si elle avait des enfants, non seulement elle ferait de son mieux pour les purger de leur héritage Coetzee, mais elle songerait sérieusement à faire ce que fait Carol : elle les sortirait de ce pays et les ferait repartir de zéro en Amérique, en Australie, ou en Nouvelle-Zélande, des pays où on peut espérer un avenir convenable. Mais la femme sans enfants qu'elle est n'a pas à prendre une telle décision. C'est un autre rôle qui lui est dévolu : elle doit se consacrer à son mari et à la ferme ; vivre aussi bien que possible par les temps qui courent, vivre une vie juste sans nuire à personne.

C'est un avenir stérile qui s'ouvre, béant, devant Lukas et elle – la souffrance que cela lui cause n'est pas nouvelle, pas du tout, elle revient, lancinante, comme un mal de dents, au point que maintenant cela l'ennuie profondément. Elle voudrait ne plus y penser et trouver le sommeil. Comment se fait-il que ce fichu cousin, avec ce corps qui n'a que la peau et les os et qui pourtant n'est pas sans douceur, ne sente pas le froid, alors qu'elle, avec indéniablement quelques kilos au-delà de son poids idéal, s'est mise à grelotter? Lorsque les nuits sont froides, elle et son mari se serrent l'un contre l'autre pour se tenir chaud. Pourquoi le corps de son cousin ne parvient-il pas à la réchauffer? Et non seulement il ne la réchauffe pas, mais on dirait qu'il draine la chaleur de son corps à elle. Est-il de nature sans chaleur, comme il est asexué?

Elle est parcourue d'un frisson de vraie colère; et, comme s'il le sentait, ce mâle à côté d'elle bouge un peu.

« Excuse-moi », marmonne-t-il, en se redressant sur son siège.

« Pourquoi tu t'excuses? »

« J'ai perdu le fil. »

Elle ne voit pas du tout de quoi il parle et ne va pas le lui demander. Il se laisse aller et se rendort illico.

Où est Dieu dans tout cela? Il lui semble de plus en plus difficile de s'adresser à Dieu le Père. Le peu de foi qu'elle avait jadis en lui et en sa Providence, elle l'a perdue. Quand elle pense à Dieu, tout ce qu'elle arrive à imaginer est un visage barbu, une voix caverneuse, un personnage qui prend de grands airs et qui habite une demeure en haut d'une colline, où une armée de serviteurs s'affairent, soucieux de bien faire. En bonne Coetzee, elle préfère se tenir à l'écart de ce genre de gens. Les Coetzee voient d'un mauvais œil les gens qui se donnent de l'importance et, à mi-voix, ils se moquent d'eux. Elle n'a peut-être pas le talent des autres membres de la famille pour sortir des bons mots, mais elle trouve Dieu un peu pénible, un peu rasoir.

Alors là, je proteste. Vous allez vraiment trop loin. Je n'ai rien dit de pareil. Vous me faites tenir des propos qui sont de votre cru.

Pardon. J'ai dû me laisser emporter par mon élan. Je vais arranger ça et baisser d'un ton.

On fait des astuces à mi-voix. Néanmoins, Dieu dans son infinie sagesse, a-t-il quelque chose en vue pour elle et Lukas ? Pour le Roggeveld ? Pour l'Afrique du Sud ? Est-ce que ce qui aujourd'hui paraît chaotique, semble n'aller nulle part, se révélera dans l'avenir faire partie de quelque vaste dessein bienfaisant ? Par exemple, dans quelle perspective plus ample peut-on expliquer pourquoi une femme à la fleur de l'âge doit passer quatre nuits par semaine seule dans son lit dans une chambre minable au deuxième étage du Grand Hôtel de Calvinia, des mois d'affilée, peut-être même des années d'affilée, sans en voir le bout ; et pourquoi son mari, né avec le talent d'exploiter une ferme, doit passer le plus clair de son temps à transporter le bétail des autres aux abattoirs de Paarl ou de Maitland – y a-t-il une explication dans un dessein plus vaste, plutôt que celle de se dire que la ferme péricliterait sans le revenu de ces boulots abrutissants ? Un dessein plus vaste pour expliquer pourquoi la ferme qu'ils s'échinent à garder à flot, le temps venu, ira non pas à un héritier, chair de leur chair, mais à un crétin, un neveu de son mari, à moins qu'elle ne soit engloutie, récupérée par la banque ? Si, dans le grand dessein d'un Dieu bienfaisant, l'intention n'était pas de faire de cette partie du monde – le Roggeveld, le Karoo – une région où on pourrait exploiter la terre avec profit, quelle était donc alors son intention divine ? La terre est-elle destinée à revenir à ceux du *volk*, qui recommenceront comme jadis à errer d'un canton à l'autre avec leurs troupeaux efflanqués pour trouver pâture, à renverser les clôtures, tandis que les déshérités, les gens comme elle et son mari, iront rendre leur dernier soupir dans un coin oublié de tous.

Inutile de poser de telles questions aux Coetzee. *Die boer saai, God maai, maar waar skuil die papegaai ?* disent les Coetzee et tous de glousser. Des mots qui ne veulent rien dire. Une famille loufoque, sans plomb dans la tête ; des clowns. *'n Hand vol vere* : une poignée de plumes. Et même celui d'entre eux en qui elle avait mis quelque espoir, qui est assis à côté d'elle et qui est reparti tout de suite au pays des songes, s'avère être un poids plume. Il s'est sauvé à la conquête du vaste monde et revient maintenant tout penaud dans leur petit monde, la queue entre les jambes. Un évadé raté, un mécano raté en plus, et c'est elle qui en ce moment fait les frais des bourdes de cet incapable. Et un raté de fils. Il va glander dans cette vieille maison poussiéreuse de Merweville, mordillant un crayon en essayant de vous tourner des vers. *O droë land, o barre kranse...* Ô terre sèche et aride, ô falaises ingrates... Et ensuite? Quelque chose sur la *weemoed*, la mélancolie, pour sûr.

Elle se réveille tandis que les premières traînées de mauve et d'orange commencent à s'étirer dans le ciel. Dans son sommeil, elle ne sait comment, elle s'est mise sur le côté et s'est affaissée dans le siège, si bien que son cousin, qui dort toujours, est appuyé non plus sur son épaule mais contre sa croupe. Agacée, elle se dégage. Elle a les yeux englués, ses articulations craquent, elle meurt de soif. Elle ouvre la portière et se glisse dehors.

L'air est frais. Pas de vent. Comme elle regarde autour d'elle, les buissons et les touffes d'herbe, sous les premiers rayons de lumière, sortent du néant. C'est comme si elle assistait au premier jour de la Création. *Mon Dieu*, murmure-t-elle; l'envie lui prend de tomber à genoux.

Elle perçoit un bruissement tout proche. Son regard plonge dans les yeux noirs d'une antilope, un petit steenbok à moins de vingt pas d'elle, qui la regarde aussi, sur ses gardes, mais sans peur encore. *My kleintjie!* dit-elle, mon tout petit. Plus que tout elle voudrait l'étreindre, et poser sur son front cet élan d'amour soudain; mais avant même qu'elle fasse un pas, le petit animal a fait volte-face et s'est sauvé bien vite dans un claquement de sabots. À une centaine de mètres, il s'arrête, se retourne, l'observe à nouveau, puis s'en va en trottant plus calmement pour traverser la lande et descendre dans le lit à sec d'une rivière.

« Qu'est-ce que c'est? » La voix de son cousin qui

a fini par se réveiller. Il s'extirpe de la camionnette, bâille, s'étire.

« Un steenbokkie, dit-elle sèchement. Qu'est-ce qu'on fait maintenant ? »

« Je retourne à Merweville. Tu m'attends ici. Je devrais être revenu à dix heures, onze heures au plus tard. »

« Si une voiture passe et si on veut bien m'emmener, j'accepte. Dans l'une ou l'autre direction, j'accepte. »

Il est en piteux état, les cheveux en désordre, la barbe tout ébouriffée. *Dieu merci, je n'ai pas à me réveiller à côté de toi tous les matins*, se dit-elle. *Un homme à la manque. Un homme, un vrai, aurait une autre dégaine, sowaar !*

Le soleil paraît à l'horizon ; elle sent déjà la chaleur sur sa peau. Le monde est peut-être le monde de Dieu, mais le Karoo appartient avant tout au soleil. « Tu ferais bien de te mettre en route, il va faire chaud. » Et elle le regarde partir d'un pas lourd, balançant le jerrycan vide sur l'épaule.

Une aventure : c'est peut-être la meilleure façon de voir la chose. Ici, dans ce coin paumé, elle et John ont une aventure. Pendant des années les Coetzee ne se priveront pas d'en évoquer le souvenir. *Vous vous rappelez la fois où Margot et John sont tombés en panne sur la maudite route de Merweville ?* Pendant ce temps, en attendant que son aventure prenne fin, qu'est-ce qu'elle a pour se distraire ? Le manuel d'entretien en lambeaux de la Datsun. Rotation des pneus. Entretien de la batterie. Conseils pour économiser le carburant.

La chaleur est étouffante dans la camionnette qui fait face au soleil levant. Elle va s'abriter derrière le véhicule.

En haut d'une côte sur la route, une apparition : dans la brume de chaleur se dégage d'abord le torse d'un homme, puis peu à peu un âne et une charrette. Le vent lui apporte même le bruit régulier des sabots.

La silhouette se précise. C'est Hendrik, de Voëlfontein, et derrière lui, assis dans la charrette, son cousin.

On rit. On se salue. John explique : Hendrik était en visite chez sa fille à Merweville. Il va nous ramener à la ferme, si son âne est d'accord, bien entendu. Il dit qu'il peut prendre la Datsun en remorque.

Hendrik s'affole. « *Nee, Meneer !* »

« *Ek jok maar net* », dit son cousin. Je blaguais.

Hendrik est un homme entre deux âges. Il a perdu la vue d'un œil à la suite d'une opération de la cataracte mal exécutée. Il a aussi quelque chose aux poumons et le moindre effort physique lui donne une respiration sifflante. Comme ouvrier agricole, il n'est pas bon à grand-chose, mais son cousin Michiel le garde parce que c'est comme ça que ça se fait ici.

Hendrik a une fille qui habite avec son mari et ses enfants aux abords de Merweville. Le mari avait un emploi au bourg mais il semble qu'il ne l'ait plus ; la fille fait des ménages. Hendrik a dû partir de chez eux avant le lever du jour. De lui se dégage une légère odeur de vin doux ; quand il descend de la charrette, elle remarque qu'il titube. Bourré dès le milieu de la matinée : drôle de vie !

Son cousin déchiffre sa pensée. « J'ai de l'eau, dit-il en tendant le jerrycan plein. Elle est propre. J'ai rempli le bidon à une éolienne. »

Ils se mettent donc en route pour la ferme, John à côté d'Hendrik, elle derrière, la tête couverte d'un vieux sac de jute pour se protéger du soleil. Une voiture les croise dans un nuage de poussière, en direction de Merweville. Si elle l'avait vue à temps, elle aurait hélé le chauffeur – il l'aurait emmenée à Merweville d'où elle aurait téléphoné à Michiel pour qu'il vienne la chercher. D'autre part, bien que la route soit mauvaise et qu'elle soit inconfortablement installée, l'idée d'arriver à la ferme dans la charrette à âne d'Hendrik lui plaît, lui plaît de plus en plus : les Coetzee rassemblés sur le perron pour prendre le thé, Hendrik les saluant d'un coup de chapeau, ramenant le fils errant de Jack, sale, brûlé par le soleil et assagi par l'aventure. « *Ons was so bekommerd !* » Ils vont réprimander le mécréant. « *Waar was julle dan ? Michiel wou selfs die polisie bel !* » On était si inquiets ! Où donc étiez-vous ? Michiel était sur le point d'appeler la police ! Lui ne sait que marmonner en réponse. « *Die arme Margie ! En wat het van die bakkie geword ?* » Pauvre Margie ! Et où est la camionnette ?

Par endroits, la côte est si raide qu'ils doivent descendre et la monter à pied. Autrement, le petit âne se montre à la hauteur, et le fouet n'effleure sa croupe de temps à autre que pour lui rappeler qui est le maître. Il est de si frêle constitution, ses sabots sont si délicats, et pourtant quel solide courage, quelle endurance ! Pas étonnant que Jésus ait tant aimé les ânes !

Une fois arrivés sur les terres de Voëlfontein, ils font halte à un barrage. Pendant que l'âne se désaltère, elle bavarde avec Hendrik ; ils parlent de sa fille de Merweville, puis de l'autre fille, celle qui travaille aux cuisines d'une maison de vieux à Beaufort West. Par discrétion, elle ne demande pas de nouvelles de la plus récente des femmes d'Hendrik qu'il a épousée alors qu'elle n'était guère qu'une gamine et qui a levé le pied dès qu'elle a pu pour partir avec un employé des chemins de fer de Leeuw Gamka.

Hendrik parle plus facilement avec elle qu'avec son cousin, elle le voit bien. Ils parlent la même langue tous les deux, alors que l'afrikaans que parle John est gauche et livresque. La moitié de ce que John dit passe sans doute au-dessus de la tête d'Hendrik. *Qu'est-ce qui est plus poétique, à ton avis, Hendrik : le lever du soleil ou le coucher du soleil ? Une chèvre ou un mouton ?*

« *Het Katryn dan nie vir padkos gesorg nie ?* » dit-elle pour taquiner Hendrik : Ta fille n'a donc pas prévu quelque chose à manger pour nous ?

Hendrik se dandine d'un pied sur l'autre, mal à l'aise, évitant son regard. « *Ja-nie, mies* », dit-il dans un souffle rauque. Un *plaashotnot* du temps jadis, un Hottentot de la campagne.

En fait, la fille d'Hendrik a bien donné un casse-croûte, un *padkos*. D'une poche de sa veste, Hendrik sort une cuisse de poulet et deux tranches de pain blanc beurré, enveloppées dans du papier brun, que de honte il s'interdit de partager équitablement avec eux, mais que la honte lui interdit tout autant de dévorer devant eux.

« *In Godsnaam eet, man !* dit-elle d'un ton péremptoire. *Ons is glad nie honger nie, ons is ook binnekort tuis* » : On n'a pas faim, et de toute façon on va bientôt être à la maison. Et elle entraîne John pour faire le tour du barrage afin de laisser Hendrik qui leur tourne le dos s'enfiler son casse-croûte en vitesse.

Ons is glad nie honger nie : pur mensonge. Elle meurt de faim. Rien que l'odeur du poulet froid la fait saliver.

« Mets-toi à côté du cocher, propose John. Pour notre retour triomphal. » C'est ce qu'elle fait. Comme ils s'approchent des Coetzee, rassemblés sur le stoep exactement comme elle s'y attendait, elle s'applique à afficher un sourire et les salue d'un geste comme le ferait un membre de la famille royale. On lui répond par quelques applaudissements discrets. Elle descend de la charrette. « *Dankie Hendrik, eerlik dankie* », dit-elle : Merci du fond du cœur. « *Mies* », dit Hendrik. Plus tard dans la journée, elle ira jusque chez lui et laissera un peu d'argent : pour Katryn, dira-t-elle, pour acheter quelques vêtements aux enfants, bien qu'elle sache que cet argent, il va le boire.

« *En toe ?* dit Carol devant tout le monde. *Sê vir ons : waar was julle ?* » Où étiez-vous donc ?

L'espace d'une seconde, c'est le silence total durant lequel elle se rend compte que la question qui semblerait l'inviter à sortir une réplique amusante, un bon mot, est en fait une vraie question. Les Coetzee veulent savoir où elle et John étaient ; ils veulent être rassurés : il ne s'est rien passé de scandaleux. Cela lui coupe le souffle, quel toupet ! Que des gens qui la connaissent et l'aiment depuis toujours puissent la croire capable d'inconduite ! « *Vra vir John* », répond-elle sèchement (Demandez à John), et elle entre dans la maison, l'air indigné.

Quand elle vient les retrouver une demi-heure plus tard, l'atmosphère est encore tendue.

« Où est parti John ? »

Il s'avère que John et Michiel viennent de partir dans la camionnette de Michiel pour aller récupérer la Datsun. Ils vont la remorquer jusqu'à Leeuw Gamka, et la laisser au mécanicien qui la réparera comme il faut.

« Nous nous sommes couchés tard hier au soir, dit

la tante Beth. On a attendu des heures. Et puis on a conclu que vous aviez dû aller à Beaufort et que vous y passeriez la nuit parce que la route nationale est si dangereuse en cette période de l'année. Mais vous n'avez pas téléphoné, et cela nous a inquiétés. Ce matin, Michiel a appelé l'hôtel de Beaufort et on lui a dit qu'on ne vous avait pas vus. Il a appelé Fraserburg aussi. On ne se serait jamais douté que vous étiez allés à Merweville. Qu'est-ce que vous êtes allés faire à Merweville ? »

Mais oui, enfin, qu'est-ce qu'ils faisaient à Merweville ? Elle se tourne vers le père de John. « John dit que lui et toi, vous envisagez d'acheter à Merweville. Est-ce que c'est vrai, Oncle Jack ? »

Ils sont tous stupéfaits. Silence pesant.

Elle insiste. « Est-ce que c'est vrai, Oncle Jack ? Est-ce que c'est vrai que vous allez vous installer à Merweville ? »

« Si tu formules ta question comme ça – ce n'est plus le ton de la plaisanterie des Coetzee, il est sur ses gardes –, non, personne ne va réellement s'installer à Merweville. John s'est mis dans la tête l'idée – je ne sais pas si c'est bien réaliste – d'acheter une de ces vieilles maisons abandonnées et de la retaper pour en faire une maison de vacances. On n'est pas allés plus loin dans nos conversations sur le sujet. »

Une maison de vacances à Merweville ! Elle est bien bonne ! Merweville, comme coin paumé on ne fait pas mieux, avec des voisins toujours à vous épier et le *diaken*, le diacre, qui vient cogner à la porte et vous embêter pour que vous alliez à l'église ! Comment Jack, qui dans sa jeunesse était le plus déluré et le plus irrévérencieux de la famille, peut-il envisager d'aller s'installer à Merweville ?

« Tu devrais essayer Koegenaap d'abord, Jack, dit son frère Alan. Ou pourquoi pas Pofadder ? À Pofadder, le grand jour de l'année c'est l'arrivée du dentiste d'Upington qui vient arracher des dents. Ils appellent ça le *Groot Trek*, le Grand Trek – à l'arraché ! »

Dès qu'ils risquent de se trouver mal à l'aise, les Coetzee se dépêchent de faire une plaisanterie. C'est une famille repliée dans son petit *laager*, son camp retranché, à l'abri du monde et de ses misères. Mais pendant combien de temps les plaisanteries vont-elles garder leur pouvoir magique ? Un de ces jours, la camarde va frapper à la porte, affûtant la lame de sa faux, et elle les appellera tour à tour. Ils seront alors bien avancés avec leurs plaisanteries.

« D'après John, tu vas aller t'installer à Merweville, et lui va rester au Cap. Tu es sûr que tu vas pouvoir te débrouiller tout seul, Oncle Jack, sans voiture ? »

Elle pose la question sérieusement. Les Coetzee n'aiment pas les questions sérieuses : « *Margie word 'n bietjie grim* », vont-ils chuchoter entre eux : Margie commence à perdre le sens de l'humour. *Est-ce que ton fils envisage de te mettre au rancart dans le Karoo et de t'y abandonner, et si c'est ce qui se mijote, pourquoi n'élèves-tu pas la voix ? Voilà ce qu'elle veut dire.*

« Non, non, répond Jack. Il ne s'agit pas de ça. Merweville sera simplement pour venir se détendre un peu. Si le projet se réalise. Mais c'est une idée, rien de plus. Une idée de John. Rien n'est arrêté. »

« C'est une combine pour se débarrasser de son père, dit sa sœur Carol. Il veut le larguer en plein Karoo et se laver les mains de son sort. Alors c'est Michiel qui devra s'occuper de lui. Parce que c'est Michiel qui sera le plus près. »

« Pauvre John, le pauvre vieux, dit-elle. Tu vois toujours le pire en lui. Et s'il disait la vérité ? Il promet qu'il viendra voir son père à Merweville tous les week-ends, et qu'il y passera aussi toutes les vacances scolaires. Pourquoi ne pas lui accorder le bénéfice du doute ? »

« Parce que je ne crois pas un traître mot de ce qu'il dit. Tout me paraît louche dans ce projet. Il ne s'est jamais entendu avec son père. »

« Il s'occupe de son père au Cap. »

« Il habite avec son père, mais uniquement parce qu'il n'a pas le sou. Il a trente ans passés et pas d'avenir. Il s'est sauvé d'Afrique du Sud pour échapper au service militaire. Et puis il s'est fait jeter d'Amérique parce qu'il a eu maille à partir avec la justice. Et maintenant il ne trouve pas de travail parce qu'il est trop prétentieux. Ils vivent tous les deux du maigre salaire que son père touche chez les ferrailleurs pour qui il travaille. »

Elle s'insurge : « Ce n'est pas vrai ! » Carol est plus jeune qu'elle. Il fut un temps où Margot était la meneuse et Carol suivait. Maintenant c'est Carol qui fonce et elle qui trotte craintivement derrière. Comment s'est produit ce renversement des rôles ? « John enseigne dans un lycée. Il gagne sa vie », dit-elle.

« Ce n'est pas ce qu'on me dit. On me dit qu'il donne des cours de rattrapage à des élèves en difficulté pour le bac et qu'il est payé à l'heure. C'est un travail à temps partiel, genre petit boulot d'étudiant pour se faire de l'argent de poche. Demande-lui donc carrément. Demande-lui dans quel établissement il enseigne. Demande-lui combien il gagne. »

« Un gros salaire, ce n'est pas tout ce qui compte dans la vie. »

« Ce n'est pas qu'une question de salaire. Il s'agit de dire la vérité. Qu'il te dise donc la vérité, qu'il te dise pourquoi il veut acheter cette maison à Merweville. Qu'il te dise qui va la payer, son père ou lui. Qu'il te dise ses projets pour l'avenir. » Puis, comme elle a l'air de ne pas comprendre, Carol ajoute : « Il ne t'a pas dit tout ça ? Il ne t'a pas expliqué ses projets ? »

« Il n'a pas de projets. C'est un Coetzee. Les Coetzee ne font pas de projets, ils n'ont pas d'ambition, ils ont de vagues désirs. John a le vague désir de vivre dans le Karoo. »

« Son ambition est d'être poète, poète à plein temps. La combine de Merweville n'a rien à voir avec le bien-être de son père. Il veut quelque chose dans le Karoo où il pourra venir quand ça lui conviendra, et où il pourra contempler le coucher du soleil, le menton dans la main, et écrire des poèmes. »

Nous y revoilà : John et ses poèmes ! Elle ne peut s'empêcher d'éclater de rire. John sur le stoep de cette petite maison minable en train de composer des poèmes. Un béret sur la tête, sans doute, et un verre de vin devant lui. Et les petits métis du coin qui se pressent autour de lui, et le bombardent de questions. *Wat maak oom ? – Nee, oom maak gedigte. Op sy ou ramkiekie maak oom gedigte. Die wêreld is ons woning nie...* Qu'est-ce qu'il fait, le monsieur ? – Monsieur fait des poèmes sur son vieux banjo. On n'est pas chez nous dans ce monde...

« Je vais lui demander, dit-elle, riant encore. Je vais lui demander de me montrer ses poèmes. »

Elle rattrape John le lendemain matin comme il part pour une de ses balades. « Permets-moi de t'accompagner. Je vais mettre les chaussures qu'il faut. J'en ai pour une minute. »

Ils prennent le chemin qui part de la ferme et suit les berges embroussaillées de la rivière jusqu'au barrage dont le mur de retenue a cédé lors des inondations de 1943 et n'a pas été réparé depuis. Sur les hauts fonds du barrage un trio d'oies sauvages évolue paisiblement. Il fait encore frais, il n'y a pas de brume, la vue est dégagée jusqu'aux monts de Nieuweveld.

« *God*, dit-elle, *dis darem mooi. Dit raak jou siel aan, nè, dié ou wêreld.* » Comme c'est beau ! Ça vous remue jusqu'au fond de l'âme, ce paysage.

Ils sont une minorité, une toute petite minorité, tous les deux, dont l'âme s'émeut à la vue de ces vastes étendues désolées. Si quelque chose a continué de les unir au fil des ans, c'est bien cela : ce paysage, ce *kontrei*, qui a conquis son cœur. À sa mort, quand on l'enterrera, elle se dissoudra dans cette terre tout naturellement, comme si elle n'avait jamais eu de vie humaine.

« Carol dit que tu écris toujours des poèmes. C'est vrai ? Tu vas me les montrer ? »

« Je regrette de décevoir Carol, répond-il d'un ton crispé, mais je n'ai pas écrit un seul poème depuis mon adolescence. »

Elle se mord la langue. Elle a oublié qu'on ne demande pas à un homme de vous montrer ses poèmes, pas en Afrique du Sud, sans l'avoir auparavant rassuré : il ne risque rien, on ne se moquera pas de lui. Drôle de pays où la poésie n'est pas une activité pour les hommes, mais un domaine réservé aux enfants et aux *oujongnooiens*

[vieilles filles] – aux *oujongnooiens* des deux sexes !
Comment Totius et Louis Leipoldt se sont débrouillés,
elle se le demande. Pas étonnant que Carol ait choisi
de porter ses coups à John-le-poète, Carol qui a le nez
creux pour trouver le point faible chez les autres.

« Si tu as abandonné il y a si longtemps, pourquoi
Carol croit-elle que tu écris toujours ? »

« Je n'en sais rien. Elle m'a peut-être vu corriger
des dissertations d'élèves, et en a tiré la mauvaise
conclusion. »

Elle n'en croit pas un mot, mais elle ne va pas le
tarabuster davantage. S'il cherche un faux-fuyant, libre
à lui. Si la poésie représente quelque chose dans sa vie
dont il ne veut pas parler parce qu'il est trop timide ou
parce qu'il en a honte, soit.

Elle ne croit pas que John soit un *moffie*, mais elle
continue à s'étonner qu'il n'y ait pas de femme dans sa
vie. Un homme seul, et particulièrement un Coetzee,
lui fait penser à un bateau sans rames, sans voile, sans
gouvernail. Et voilà ces deux hommes, ces deux Coetzee,
qui vivent ensemble comme un couple ! Tant que Jack
avait encore la redoutable Vera derrière lui, il tenait
plus ou moins son cap ; mais maintenant qu'elle n'est
plus là, il semble plutôt désemparé. Et quant au fils de
Jack et de Vera, il aurait bien besoin que quelqu'un de
bon sens lui tienne la main. Mais quelle femme de bon
sens voudrait se consacrer à ce pauvre John ?

Carol est persuadée que John ne vaut pas la mise ; et
tous les autres Coetzee, même si ce sont des gens de
cœur, sont enclins à partager son avis. Ce qui la distingue des autres, elle, Margot, ce qui empêche tout juste
sa confiance de chavirer, c'est, bizarrement, la façon

dont lui et son père se comportent l'un envers l'autre : pas avec affection, ce serait aller trop loin, mais ils se montrent au moins un respect mutuel.

Ces deux-là étaient ennemis jurés. Toute la famille hochait la tête devant l'animosité entre Jack et son fils aîné. Quand ce fils a disparu pour aller à l'étranger, les parents se sont efforcés de garder la tête haute. Il est parti faire une carrière scientifique, a proclamé sa mère. Pendant des années elle s'est obstinée à raconter que John faisait un travail de scientifique en Angleterre, même lorsqu'il s'est avéré qu'elle ne savait pas du tout pour qui il travaillait ni quel genre de travail il faisait. Vous savez bien comment il est, John, disait son père, il a toujours été indépendant. *Indépendant* : qu'est-ce que cela voulait dire ? Non sans raison, les Coetzee comprenaient par là qu'il avait renié son pays, sa famille, et même ses parents.

Puis Jack et Vera ont changé de chanson : John, en fin de compte, n'était pas en Angleterre, mais en Amérique où il faisait des études encore plus poussées. Le temps a passé ; faute de nouvelles concrètes, on a fini par se désintéresser de John et de ce qu'il faisait. Lui et son frère cadet n'étaient que deux parmi des milliers de jeunes Blancs qui s'étaient sauvés pour échapper au service militaire, plantant là leur famille gênée de leur conduite. Il avait quasiment disparu de leur mémoire collective, lorsque le scandale de son expulsion des États-Unis leur était tombé dessus.

Cette terrible guerre, disait son père : tout cela était la faute d'une guerre dans laquelle les jeunes Américains sacrifiaient leur vie pour des Asiatiques qui semblaient n'avoir aucune reconnaissance. Pas étonnant que l'Américain moyen s'insurge. Pas étonnant qu'ils descendent dans la rue. Suite de l'histoire : John s'était fait prendre, à son corps défendant, dans une manifestation ; ce qui s'est passé ensuite n'est rien d'autre qu'un fâcheux malentendu.

Est-ce que c'est la disgrâce de son fils et les contre-vérités qu'elle l'a mené à raconter qui ont fait de Jack cet homme tremblotant, prématurément vieilli ? Comment peut-elle seulement lui poser la question ?

« Tu dois être content de revoir le Karoo. N'es-tu pas soulagé d'avoir décidé de ne pas rester en Amérique ? »

« Je ne sais pas, répond-il. Bien sûr, au milieu de tout ça – il ne fait aucun geste, mais elle sait ce qu'il veut dire : ce ciel, cet espace infini, le grand silence qui les enveloppe –, je me sens béni des dieux ; un des happy few qui ont de la chance. Mais d'un point de vue pratique, quel est mon avenir dans ce pays, où je n'ai jamais trouvé ma place ? Peut-être après tout aurait-il mieux valu couper les ponts. S'arracher à ce qu'on aime et espérer que la plaie guérira. »

Voilà une réponse franche. Elle en remercie le Ciel.

« John, j'ai bavardé avec ton père hier, pendant que tu étais parti avec Michiel. Sérieusement, je crois qu'il ne saisit pas bien ce que tu envisages. Je veux parler de Merweville. Ton père n'est plus jeune et il ne va pas fort. Tu ne peux pas le larguer dans une ville qu'il ne connaît pas et t'attendre à ce qu'il se débrouille tout seul. Et tu ne peux attendre du reste de la famille qu'ils viennent à la rescousse et s'occupent de lui si les choses tournent mal. Voilà, c'est tout ce que je voulais dire. »

Il ne répond pas. Il a à la main un bout de fil de fer tombé d'une clôture et qu'il a ramassé. Il le balance de droite et de gauche avec humeur, décapitant le haut des herbes qui ondulent doucement en descendant la pente du mur du barrage écroulé.

« Ne réagis pas comme ça ! crie-t-elle, trottant derrière lui. Parle-moi, je t'en prie ! Dis-moi que j'ai tort, que je fais erreur ! »

Il s'arrête et lui lance un regard froid et hostile. « Je vais te mettre au courant de la situation de mon père. Mon père n'a pas d'économies, pas un sou, pas d'assurance. Il ne peut compter que sur une retraite de l'État qui se montait à quarante-trois rands par mois la dernière fois que je me suis renseigné. Alors, malgré son âge, malgré sa mauvaise santé, il est obligé de continuer à travailler. À nous deux, nous gagnons en un mois ce qu'un vendeur de voitures gagne en une semaine. Mon père peut renoncer à son emploi seulement s'il va s'installer quelque part où la vie est moins chère qu'en ville. »

« Mais pourquoi faut-il qu'il déménage ? Et pourquoi s'installer à Merweville, dans une vieille baraque décrépite ? »

« Mon père et moi ne pouvons vivre ensemble pour toujours, Margie. Cela nous rend malheureux, l'un et l'autre. C'est contre nature. Les pères et les fils ne sont pas censés vivre sous le même toit. »

« Ton père ne me donne pas l'impression d'être difficile à vivre. »

« Peut-être ; mais moi je suis difficile à vivre. Ce qui me rend difficile, c'est que je ne veux pas vivre avec quelqu'un d'autre. »

« Alors, toute l'affaire de Merweville revient à ça – tu veux vivre tout seul ? »

« Oui. Oui et non. Je veux pouvoir être seul quand j'en ai envie. »

Ils sont tous rassemblés sur le stoep, tous les Coetzee, pour le thé de la matinée ; on bavarde, en regardant d'un œil distrait les trois jeunes fils de Michiel qui jouent au cricket sur le *werf* dégagé.

Au loin sur l'horizon s'élève un nuage de poussière qui flotte dans l'air.

« Ce doit être Lukas, dit Michiel qui a la vue plus perçante que les autres. Margie, c'est Lukas ! »

Lukas annonce qu'il est sur la route depuis le point du jour. Il est fatigué mais de belle humeur malgré tout, plein d'entrain. Il a à peine salué sa femme et la famille qu'il se laisse entraîner dans le jeu des gamins. Il n'est peut-être pas très bon joueur de cricket, mais il aime être parmi les enfants, et les enfants l'adorent. Quel bon père il ferait : cela lui fend le cœur de le voir sans enfants.

John se met à jouer avec eux. Il est meilleur à ce sport que Lukas, il le pratique plus souvent, ça se voit tout de suite, mais les enfants ne vont pas vers lui spontanément. Ni les chiens, elle l'a remarqué. À l'inverse de Lukas, il n'a pas la nature d'un père. Un *alleenloper*, comme certains animaux le sont : un solitaire. C'est peut-être aussi bien qu'il ne se soit pas marié.

Le contraire de Lukas ; et pourtant elle a des choses en commun avec John qu'elle ne pourrait jamais partager avec Lukas. Pourquoi ? Cela tient à leur enfance ensemble, cette période de la vie précieuse entre toutes, quand ils s'ouvraient leur cœur l'un à l'autre comme on ne peut jamais le faire plus tard, même avec un mari, même avec un mari qu'on aime plus que tout au monde.

Mieux vaut s'arracher à ce qu'on aime, avait-il dit lors de leur promenade – *se libérer des attaches et espérer que la plaie guérira*. Elle le comprend parfaitement. C'est ce qu'ils partagent plus que tout : pas seulement l'amour de la ferme, de ce *kontrei*, ce pays, le Karoo, mais aussi la compréhension qui va avec l'amour, la compréhension que l'amour peut peser trop lourd. Il leur a été donné, à elle et à lui, de passer les étés de leur enfance dans un espace sacré. Ils ne sauraient retrouver le bonheur d'alors ; mieux vaut ne pas retourner sur les lieux du passé pour en repartir en pleurant ce qui est à jamais perdu.

Craindre de trop aimer ne veut rien dire pour Lukas. Pour Lukas, l'amour est quelque chose de simple, on y met tout son cœur. Lukas se donne à elle de tout son cœur et en retour elle lui donne tout d'elle-même : *De tout mon corps je t'adore*. L'amour que lui voue son mari révèle ce qu'il y a de meilleur en elle : même en ce moment, assise là à boire son thé et à le regarder jouer, elle sent son corps s'émouvoir pour lui. De Lukas elle a appris ce que peut être l'amour. Alors que son cousin... Elle ne saurait imaginer son cousin se donner de tout cœur à quiconque. Il retient toujours un petit quelque chose, en réserve. Il n'est pas nécessaire d'être un chien pour voir ça.

Ce serait bien si Lukas pouvait souffler un peu, si elle et lui pouvaient passer une nuit ou deux à Voëlfontein. Mais non, demain c'est lundi, il faut qu'ils soient à Middelpos avant la tombée de la nuit. Après le déjeuner, ils font donc leurs adieux aux oncles et tantes. Quand elle en arrive à John, elle le serre bien fort, sentant contre elle que son corps tendu résiste. « *Totsiens*, dit-elle. Au revoir. Je vais t'écrire et je veux que tu répondes à ma lettre. » « Au revoir. Bonne route. »

Elle se met à écrire la lettre promise le soir même, installée en robe de chambre et en pantoufles à sa table de cuisine, la cuisine qui l'a accueillie jeune mariée et qu'elle aime bien à présent, avec son énorme cheminée et son garde-manger sans fenêtre, toujours frais, dont les étagères ploient sous les pots de confiture et autres conserves de l'automne dernier.

> *Mon cher John, écrit-elle, j'étais furieuse contre toi quand nous sommes tombés en panne sur la route de Merweville – j'espère que je ne l'ai pas trop laissé voir et que tu me pardonnes. Cette mauvaise humeur s'est dissipée, il n'en reste rien. On dit qu'on ne connaît pas vraiment quelqu'un si on n'a pas passé une nuit avec lui (ou elle). Je suis contente d'avoir eu l'occasion de passer une nuit avec toi. Quand on dort, nos masques tombent et on se montre tel qu'on est réellement.*
>
> *La Bible attend le jour où le lion se couchera auprès de l'agneau, et où nous n'aurons plus à être sur nos gardes puisque nous n'aurons plus à avoir peur. (Rassure-toi, tu n'es pas le lion et je ne suis pas l'agneau.)*
>
> *Je veux aborder la question de Merweville pour la dernière fois.*
>
> *Tous tant que nous sommes, nous finissons un jour par être vieux, et nous serons alors sûrement traités comme nous traitons nos parents. On n'a que ce qu'on mérite, comme on dit. Je suis sûre que c'est dur pour toi, qui as pris l'habitude de vivre seul, de vivre avec ton père. Mais Merweville n'est pas la bonne solution.*
>
> *Tu n'es pas le seul à connaître ces difficultés, John. Carol*

et moi avons le même problème avec notre mère. Quand Klaus et Carol partiront pour l'Amérique, ce fardeau retombera sur Lukas et moi.
Je sais que tu n'es pas croyant, je ne vais donc pas te conseiller de prier pour que Dieu te guide. Je ne suis guère croyante moi non plus, mais la prière est une bonne chose. Même s'il n'y a personne là-haut pour nous écouter, on s'exprime avec des mots, ce qui vaut mieux que de tout garder sur le cœur.
Je regrette que nous n'ayons pas eu plus de temps pour bavarder. Tu te rappelles comme on se parlait quand on était enfants ? Le souvenir de ce temps-là m'est infiniment précieux. Il est bien triste de penser que lorsque nous mourrons notre histoire, l'histoire de toi et moi, mourra avec nous.
Je ne saurais te dire la tendresse que j'éprouve en t'écrivant cette lettre. Tu as toujours été mon cousin préféré, mais mes sentiments vont plus loin que ça. Je voudrais tant te protéger du monde, bien que tu n'aies sans doute pas besoin qu'on te protège (hypothèse de ma part). Que faire de sentiments pareils ? C'est bien difficile à dire. C'est devenu bien démodé, la relation entre cousins, tu ne crois pas ? Bientôt toutes les règles que nous avons dû apprendre par cœur, qui peut épouser qui, cousins germains, cousins issus de germains, cousins au troisième degré, ne seront plus que de l'anthropologie.
Mais quand même, je suis contente que nous n'ayons pas réalisé les vœux échangés dans notre enfance (tu te rappelles ?) et que nous ne nous soyons pas mariés. Tu t'en félicites aussi sans doute. Nous aurions fait un bien mauvais couple.
John, il te faut quelqu'un dans ta vie, quelqu'un qui veillera sur toi. Même si tu choisis quelqu'un qui ne sera pas forcément le grand amour de ta vie, une fois marié tu auras une vie meilleure que ce que tu vis en ce

moment, seul avec ton père et personne d'autre. Il n'est pas bon de passer ses nuits seul. Excuse-moi de te dire ça, mais j'en fais l'amère expérience.
Je devrais déchirer cette lettre, tant je suis gênée de l'écrire ; mais je n'en ferai rien. Je me dis que nous nous connaissons depuis longtemps, et que tu me pardonneras si je mets les pieds dans le plat.
Lukas et moi sommes heureux ensemble, sur tous les plans. Je tombe à genoux tous les jours (c'est une image) pour remercier le Ciel que nos chemins se soient croisés.
Je voudrais que tu connaisses le même bonheur.

Comme si elle l'avait appelé, Lukas arrive dans la cuisine, se penche sur elle, pose ses lèvres sur sa tête, glisse sa main sous la robe de chambre, lui palpe les seins. « *My skat* », dit-il : mon trésor.

Ah, non ! Vous ne pouvez pas écrire ça. Vous inventez de toutes pièces.

Je vais le supprimer. Effleure sa tête de ses lèvres. « *My skat*, dit-il, tu viens te coucher ? » « Tout de suite. » Elle pose son stylo. « Je viens tout de suite. »

Skat : un mot doux qu'elle n'aimait pas jusqu'à ce qu'elle l'entende de sa bouche. Maintenant, quand il le prononce, cela la fait fondre. Le trésor de cet homme, où il peut puiser quand il en a envie.

Ils sont dans les bras l'un de l'autre. Le sommier gémit, mais cela lui est bien égal, ils sont chez eux, ils peuvent faire gémir le sommier tant qu'ils veulent.

Vous recommencez !

Quand j'aurai fini, je vous soumettrai le texte, le texte intégral, et je vous laisserai faire les coupures que vous souhaitez. Je vous le promets.

« Est-ce que c'est à John que tu écris ? » dit Lukas.

« Oui. Il est tellement malheureux. »

« C'est peut-être dans sa nature. Une nature mélancolique. »

« Mais il n'était pas comme ça. Dans le temps, c'était un garçon heureux comme tout. Si seulement il pouvait trouver quelqu'un qui le fasse sortir de lui-même ! »

Mais Lukas dort. Il est comme ça. C'est sa nature : il s'endort tout d'un coup comme un enfant innocent.

Elle voudrait bien le rejoindre, mais le sommeil est lent à venir. On dirait que le fantôme de son cousin rôde encore, la rappelle à la cuisine plongée dans le noir pour finir ce qu'elle lui écrivait. *Garde foi en moi*, murmure-t-elle. *Je te promets que je vais revenir.*

Mais quand elle se réveille, c'est lundi, pas le temps d'écrire, pas de temps pour la vie intime, il faut qu'ils prennent tout de suite la route pour Calvinia, elle pour son travail à l'hôtel, Lukas pour le dépôt. Dans le petit bureau sans fenêtre, derrière le comptoir de la réception, elle travaille d'arrache-pied sur les factures accumulées ; le soir venu, elle est trop fatiguée pour reprendre sa lettre et, de toute façon, le sentiment qui inspirait ses propos s'est dissipé. *Je pense à toi*, écrit-elle au bas de la page. Mais même cela n'est pas vrai : elle n'a pas pensé à John de la journée, elle n'a pas eu le temps. *Bien affectueusement*, écrit-elle. *Margie*. Elle rédige l'adresse sur l'enveloppe et la ferme. Bon. Une bonne chose de faite.

Bien affectueusement, mais jusqu'à quel point ? Au point de sauver John, à la rigueur ? Assez affectueusement pour le faire sortir de lui-même, pour l'arracher à son naturel mélancolique ? Elle en doute. Et s'il ne veut pas s'en sortir ? Si son grand projet est de passer les week-ends sur le stoep de la maison de Merweville à écrire des poèmes, alors que soleil cogne sur le toit de tôle et que son père tousse dans une pièce de derrière, il a peut-être besoin de toute la mélancolie dont il est capable.

Premier moment de doute. Puis nouvel accès d'appréhension quand elle poste la lettre, comme l'enveloppe tremblote au bord de la fente de la boîte. Est-ce que ce qu'elle a écrit, ce que son cousin est destiné à lire si elle lâche la lettre, est vraiment ce qu'elle a de mieux à lui offrir ? *Il te faut quelqu'un dans ta vie.* En quoi cela va-t-il l'aider de se faire dire ça ? *Bien affectueusement.*

Et puis elle se dit : *C'est un adulte après tout, pourquoi serait-ce à moi de le sauver ?* Et elle pousse l'enveloppe qui tombe dans la boîte.

Il lui faudra attendre dix jours, jusqu'au vendredi de la semaine suivante, pour recevoir une réponse.

> *Chère Margot,*
> *Merci de ta lettre qui nous attendait à notre retour de Voëlfontein et merci des bons conseils sur le mariage, qu'il m'est impossible de suivre.*
> *Nous avons fait la route du retour sans incident. L'ami mécanicien de Michiel a fait un excellent boulot.*
> *Je m'excuse à nouveau de la nuit que je t'ai fait passer à la belle étoile.*
> *Tu me parles de Merweville. Je suis d'accord, nos projets*

n'étaient pas bien pensés, et maintenant que nous sommes de retour au Cap, ils me semblent un peu fous. C'est une chose d'acheter un cabanon sur la côte pour les weekends, mais c'est perdre le nord que de vouloir passer ses vacances d'été à mourir de chaleur dans une petite ville du Karoo.
J'espère que tout va bien à la ferme. Je me joins à mon père pour vous adresser à toi et à Lukas nos affectueuses pensées.

John

C'est tout ? Elle est ahurie de cette réponse froide et conventionnelle, et elle se sent rougir de colère.

« Qu'est-ce qu'il y a ? » demande Lukas.

Elle hausse les épaules. « Ce n'est rien », et elle lui passe la lettre. « Une lettre de John. »

Il la parcourt rapidement. « Alors, ils laissent tomber le projet de Merweville. Quel soulagement ! Pourquoi es-tu contrariée comme ça ? »

« Ce n'est rien. C'est le ton de sa lettre. »

Ils sont ensemble, garés devant la poste. C'est ce qu'ils font le vendredi après-midi, une routine qu'ils ont mise en place : la dernière chose qu'ils font après les courses et avant de rentrer à la ferme, c'est d'aller chercher le courrier de la semaine et de l'ouvrir assis côte à côte dans la camionnette. Elle pourrait aller chercher le courrier n'importe quel jour de la semaine, mais elle n'en fait rien. Lukas et elle font cela ensemble, comme ils font ensemble tout ce qu'il leur est possible de faire.

Pour l'instant, Lukas est plongé dans la lecture d'une lettre de la Land Bank, à laquelle est joint un long document, des pages et des pages de chiffres, bien plus importante que de simples questions familiales. « Ne te presse pas, je vais faire un tour. » Elle descend de la voiture et traverse la rue.

La poste est de construction récente, bâtiment bas et compact, éclairé par des briques de verre au lieu de fenêtres, et une lourde grille de fer qui double la porte. Ça ne lui plaît pas du tout. On dirait un commissariat de police. Elle se rappelle avec émotion l'ancienne poste qu'on a démolie pour construire celle-ci, et qui était dans le temps la vieille maison Truter.

Elle n'en est pas à la moitié de sa vie et déjà elle a la nostalgie du passé !

La question n'a jamais été Merweville, John et son père, ou qui allait vivre soit en ville, soit à la campagne. *Qu'est-ce que nous faisons là ?* : voilà la vraie question, jamais formulée. Il le savait bien, tout comme elle. Dans sa lettre, même si elle l'avait fait lâchement, elle avait au moins fait allusion à la question : *Que faisons nous dans ce coin du monde aride ? Pourquoi vivre une vie de morne labeur si, en fait, jamais des hommes n'ont été censés vivre ici, si toute l'entreprise d'humaniser la région était au départ une aberration ?*

Ce coin du monde. Elle ne pense pas à Merweville ou Calvinia, mais à tout le Karoo, au pays tout entier peut-être. Qui a eu l'idée de faire des routes, de poser des voies de chemin de fer, de bâtir des villes, d'y faire venir des gens et de les attacher à ce pays, de les y river par des liens qui leur percent le cœur, de sorte qu'ils ne peuvent s'échapper ? *Mieux vaut se libérer des attaches et espérer que la plaie guérira*, c'est ce qu'il a dit lors de leur promenade dans le veld. Mais comment arracher ces rivets de fer ?

L'heure de la fermeture est passée depuis longtemps.

La poste est fermée, les magasins sont fermés, la rue est déserte. La bijouterie Meyerowitz. Babes in the Wood, Layette. On accepte les arrhes. Le Café Cosmos. Foschini, Toute la mode.

Meyerowitz (« Les diamants sont éternels ») existe depuis aussi longtemps qu'elle se le rappelle. Babes in the Wood était autrefois Jan Harmse Slagter, le boucher. Le Café Cosmos s'appelait le Milk Bar Cosmos, et Foschini était Winterberg Algemene Handelaars, commerce en tout genre. Comme tout change ! Quelle frénésie de commerce ! *O droewige land !* Ô terre de chagrin ! Foschini est assez optimiste pour ouvrir une succursale à Calvinia. Qu'est-ce que son cousin, cet émigrant raté, poète de la mélancolie, peut prétendre savoir de l'avenir de ce pays que Foschini ne sait pas ? Son cousin qui croit que même les babouins sont saisis de *weemoed* quand ils contemplent le veld ?

Lukas est persuadé qu'on arrivera à une solution politique. John peut se dire libéral, mais comme libéral Lukas a plus de sens pratique que John n'en aura jamais, et il a aussi plus de courage. S'ils voulaient, Lukas et elle, *boer* et *boervrou*, mari et femme, pourraient vivoter de leur ferme. Il faudrait peut-être qu'ils se serrent la ceinture, d'un cran ou deux ou trois, mais ils y arriveraient. Au lieu de ça, si Lukas fait le chauffeur de camion pour la coopérative, si elle tient les comptes de l'hôtel, ce n'est pas parce que la ferme est condamnée à péricliter, mais parce que Lukas et elle ont décidé il y a longtemps qu'ils logeraient convenablement leurs ouvriers, qu'ils leur paieraient un salaire honnête, qu'ils s'assureraient que leurs enfants iraient à l'école et que, plus tard, ils s'occuperaient de ces employés quand ils seront vieux et infirmes. Mais traiter son monde honnêtement, apporter son soutien, coûte cher, plus d'argent que la ferme ne rapporte ou ne rapportera jamais dans un avenir prévisible.

Une ferme n'est pas une affaire : Lukas et elle sont partis de là, il y a longtemps. Lukas et elle, et les fantômes de leurs enfants qui n'ont pas vu le jour, ne sont pas seuls à vivre à la ferme. Il y a treize âmes de plus. Afin de gagner l'argent nécessaire pour entretenir cette petite communauté, Lukas doit passer des jours d'affilée sur les routes et elle passer ses nuits seule à Calvinia. C'est ce qu'elle entend quand elle appelle Lukas un libéral : il a le cœur généreux, un cœur ouvert à la libéralité ; c'est de lui qu'elle a appris cette libéralité.

Et qu'est-ce que tu as à redire à ce mode de vie ? Voilà la question qu'elle aimerait poser à son cousin si malin, lui qui a commencé par se sauver d'Afrique du Sud et qui parle à présent de couper ses attaches. De quoi donc cherche-t-il à se libérer ? De l'amour ? Du devoir ? *Je me joins à mon père pour vous adresser mes affectueuses pensées.* Quelle tiédeur de sentiment ! Non, John et elle sont peut-être du même sang, mais quel que soit ce qu'il éprouve pour elle, ce n'est pas de l'amour. Et il n'aime pas davantage son père, pas vraiment. Il ne s'aime même pas lui-même. Et d'ailleurs, à quoi bon se couper de tout et de tous ? Qu'est-ce qu'il va faire de sa liberté ? *Charité bien ordonnée commence par soi-même* – n'est-ce pas un dicton anglais ? Au lieu de passer sa vie à fuir, il devrait se trouver une femme bien, la regarder droit dans les yeux et lui dire : *Veux-tu m'épouser ? Veux-tu être ma femme et accueillir chez nous mon vieux père et le soigner fidèlement jusqu'à sa mort ? Et si tu es prête à porter ce fardeau, je m'engage à t'aimer, à t'être fidèle, à trouver un emploi digne de ce nom, à travailler dur et à rapporter ma paye à la maison, à me montrer gai et ne plus râler sur les* droewige vlaktes, *les mornes plaines.* Elle voudrait qu'il soit là, dans la Kerkstraat, à Calvinia, et elle pourrait *raas* avec lui, lui dire sa façon de penser : elle est d'humeur à ça.

Quelqu'un siffle. Elle se retourne. C'est Lukas, penché par la fenêtre de la camionnette. « *Skattie, hoe mompel jy dan nou ?* » crie-t-il en riant. Pourquoi est-ce que tu marmonnes toute seule ?

Il n'y a pas d'autre échange de correspondance entre elle et son cousin. Lui et ses problèmes cessent bientôt de la préoccuper. De plus graves soucis ont surgi. Les visas qu'attendaient Klaus et Carol ont été délivrés, les visas pour la Terre promise. Ils s'affairent efficacement à se préparer à partir. L'une de leurs priorités est de ramener à la ferme sa mère, qui habitait chez eux et que Klaus appelle *Ma*, bien qu'il ait sa mère à lui, irréprochable, à Düsseldorf.

Ils font les seize cents kilomètres depuis Johannesburg en douze heures, se relayant au volant de la BMW. Klaus est très content de cette performance. Carol et lui ont pris des leçons de perfectionnement en conduite automobile et ont obtenu des brevets faisant foi de leur haute compétence ; ils se réjouissent à l'idée de conduire en Amérique où les routes sont bien meilleures qu'en Afrique du Sud, même si, bien sûr, elles ne valent pas les *Autobahnen* allemandes.

Ma n'est pas bien du tout : Margot le voit immédiatement quand on l'aide à descendre de la banquette arrière de la voiture. Elle a le visage bouffi, elle respire avec difficulté, elle se plaint d'avoir mal aux jambes. En fin de compte, explique Carol, c'est le cœur qui est malade : elle a vu un spécialiste à Johannesburg et elle a un nouveau traitement de cachets qu'elle doit prendre impérativement trois fois par jour.

Klaus et Carol passent la nuit à la ferme, puis repartent pour Johannesburg. « Dès que Ma ira mieux, toi et Lukas vous devez l'amener nous rendre visite en Amérique, dit Carol. Nous vous aiderons à payer les billets d'avion. » Klaus l'embrasse, sur les deux joues (« C'est plus chaleureux comme ça »). Il serre la main de Lukas.

Lukas ne peut pas sentir son beau-frère. Pas la moindre chance que Lukas aille les voir en Amérique. Quant à Klaus, il ne s'est jamais gêné pour donner son verdict sur l'Afrique du Sud. « Beau pays, beaux paysages, beaucoup de richesses naturelles, mais beaucoup, beaucoup de problèmes. Je ne vois pas comment vous allez les résoudre. À mon avis, les choses vont empirer avant de s'améliorer. Mais ce n'est qu'une opinion. »

Elle aimerait lui cracher au visage.

Sa mère ne peut rester seule à la ferme pendant la semaine, quand elle et Lukas n'y sont pas, c'est hors de question. Elle fait donc installer un deuxième lit dans sa chambre à l'hôtel. Cela l'incommode, empiète sur son espace privé, mais elle n'a pas le choix. On lui fait payer la pension complète pour sa mère, qui en fait mange comme un oiseau.

Durant la deuxième semaine de ce nouveau mode de vie, une des femmes de ménage trouve sa mère affalée sur un canapé dans le salon désert de l'hôtel, inconsciente et le visage bleu. On la transporte d'urgence à l'hôpital local où elle est ranimée. Le médecin de garde hoche la tête. Le cœur bat très faiblement, dit-il, il lui faut des soins d'urgence spécialisés qui ne sont pas disponibles à Calvinia ; le plus près, c'est Upington, mais il serait préférable qu'elle aille au Cap.

En moins d'une heure, Margot a fermé son bureau et est en route pour Le Cap, installée tant bien que mal à l'arrière de l'ambulance, tenant la main de sa mère dans la sienne. Elles sont accompagnées d'une jeune infirmière métisse du nom d'Aletta, dont l'uniforme lavé et amidonné de frais et l'efficacité enjouée la mettent bientôt à l'aise.

Elle apprend qu'Aletta est née pas loin de là, à Wuppertal, dans le Cederberg, où habitent encore ses parents. Elle ne sait combien de fois elle a fait le voyage du Cap. Elle raconte que, pas plus tard que la semaine dernière, ils ont dû emmener en urgence à l'hôpital de Groote Schuur un homme de Loeriesfontein avec trois doigts dans une glacière, doigts qu'il avait perdus dans un accident avec une scie à ruban.

« Votre mère va s'en tirer, dit Aletta. Groote Schuur, on ne fait pas mieux. »

À Clanwilliam, ils s'arrêtent pour prendre de l'essence Le chauffeur de l'ambulance, qui est encore plus jeune qu'Aletta, s'est muni d'une thermos de café. Il en offre une tasse à Margot, mais elle refuse. « J'essaie de moins boire de café, dit-elle (pur mensonge), ça m'empêche de dormir. »

Elle aurait aimé leur offrir le café quand ils se sont arrêtés, s'asseoir à une table avec eux et bavarder amicalement, de façon normale, mais bien sûr on ne peut faire ça sans causer un petit scandale. *Ô mon Dieu, faites que cela vienne vite, que toutes ces bêtises d'apartheid soient enterrées et oubliées*, prie-t-elle tout bas.

Ils reprennent leurs places dans l'ambulance. Sa mère dort. Elle a retrouvé une couleur plus normale, sa respiration est régulière sous le masque à oxygène.

« Il faut que je vous dise combien j'apprécie ce que vous et Johannes faites pour nous. » Aletta lui répond par un sourire tout à fait gentil, sans la moindre nuance d'ironie. Elle espère que ses mots seront compris au sens le plus large et diront ce que la honte l'empêche d'exprimer : *Je dois vous dire combien je vous suis reconnaissante de ce que vous et votre collègue faites pour une vieille femme blanche et sa fille, deux inconnues qui n'ont jamais rien fait pour vous, mais qui, au contraire, ont été complices de votre humiliation de jour en jour sur la terre où vous êtes nés. Je vous suis reconnaissante de la leçon que vous me donnez par votre conduite où je ne vois que bonté humaine, et surtout pour votre si joli sourire.*

Ils arrivent au Cap dans les encombrements de fin de journée. Bien que leur cas ne soit pas à proprement parler une urgence, Johannes active la sirène tandis qu'il se faufile dans la circulation intense. Une fois à l'hôpital, elle suit comme elle peut alors qu'on mène sa mère aux urgences dans un fauteuil roulant. Quand elle revient pour remercier Aletta et Johannes, ils sont partis pour refaire la longue route vers le nord de la Province du Cap.

Quand je serai rentrée ! se promet-elle. Ce qu'elle veut dire, c'est : *quand je serai de retour à Calvinia, je ne manquerai pas de les remercier personnellement !* Mais elle entend aussi : *quand je serai rentrée, je vais devenir une femme meilleure, je le jure !* Elle se dit aussi : *qui était cet homme de Loeriesfontein qui a perdu trois doigts ? Est-ce qu'il n'y a que nous, les Blancs, qu'on emmène dare-dare en ambulance à l'hôpital – ce qu'il y a de mieux ! – où des chirurgiens bien formés nous recoudront les doigts ou nous donneront un cœur tout neuf, selon le cas, et tout ça pour rien ? Ô Seigneur, faites que cela change !*

Quand elle revoit sa mère, celle-ci est dans une chambre particulière, elle est réveillée, dans un lit propre aux draps blancs, et dans la chemise de nuit qu'elle, Margot, a eu la jugeote de mettre dans son bagage. Elle n'a plus ce teint inquiétant, elle arrive même à écarter le masque et à murmurer quelques mots : « Quel tintouin ! »

Elle porte la main menue de sa mère, comme une main de bébé en fait, à ses lèvres. « Mais non, voyons ! Maintenant il faut que Ma se repose. Je reste là si Ma a besoin de moi. »

Elle compte passer la nuit au chevet de sa mère, mais le médecin de service l'en dissuade. Sa mère n'est pas en danger ; elle est surveillée par les infirmières ; on va lui donner un somnifère et elle va dormir jusqu'à demain matin. Elle, Margot, a fait son devoir filial, elle a eu des moments éprouvants, il vaut mieux qu'elle aussi ait une bonne nuit de sommeil. Est-ce qu'elle peut se faire héberger quelque part ?

Elle a un cousin au Cap, répond-elle, elle peut aller chez lui.

Le médecin est plus vieux qu'elle, pas rasé, des yeux sombres aux paupières tombantes. On lui a dit son nom, mais elle ne l'a pas saisi. Il est peut-être juif, mais pourrait être d'une autre origine. Il sent la fumée de cigarette ; un paquet de cigarettes bleu dépasse de sa poche de poitrine. Le croit-elle quand il lui dit que sa mère n'est pas en danger ? Oui, elle le croit ; mais elle a toujours eu tendance à faire confiance aux médecins, à croire ce qu'ils disent même quand elle sait bien qu'ils tâtonnent ; donc elle n'a pas confiance en la confiance qu'elle lui fait.

« Êtes-vous bien sûr qu'elle est hors de danger, docteur ? »

Il lui répond d'un signe las de la tête. Absolument, je vous assure ! Qu'est-ce que ça veut dire, *absolument*, dans les choses humaines ? « Si vous voulez soigner votre mère, il faut commencer par vous ménager », dit-il.

Elle sent monter les larmes, et une bouffée d'apitoiement sur elle-même. Elle voudrait le supplier : *Prenez soin de nous deux !* Elle a envie de tomber dans les bras de cet étranger, pour qu'il l'étreigne et la réconforte. « Merci, docteur. »

Lukas est sur la route quelque part dans dans le nord du pays, elle ne peut le joindre. D'une cabine téléphonique publique, elle appelle son cousin John. « Je viens te chercher tout de suite. Tu peux rester chez nous aussi longtemps que tu veux. »

Il y a des années qu'elle n'est pas venue au Cap. Elle ne connaît pas Tokai, la banlieue où John et son père habitent. Leur maison est derrière une clôture en bois qui sent le moisi et l'huile de vidange. Il fait nuit noire, le sentier qui mène à la maison n'est pas éclairé ; il lui prend le bras pour la guider. « Je te préviens, dit-il, tout est un peu en bazar. »

Son oncle l'attend sur le pas de la porte. Il la salue d'un air absent; il donne des signes d'agitation qu'elle connaît bien chez les Coetzee, il parle vite, se passe la main dans les cheveux. « Ma va bien, dit-elle, rassurante, ce n'était qu'un épisode cardiaque. » Mais il ne veut pas être rassuré. Il est d'humeur à vivre un drame.

John lui fait faire le tour de la maison. C'est petit, mal éclairé; ça sent le papier journal humide et le bacon frit. Si elle était la maîtresse de maison, elle descendrait les tristes rideaux et les remplacerait par quelque chose de plus léger, de plus coloré; mais dans ce monde d'hommes, ce n'est pas elle qui commande.

Il lui montre la pièce qu'il lui destine. Cela lui donne un coup. Le tapis est constellé de taches qui pourraient être des taches d'huile. Contre un mur, il y a un lit à une place et, à côté, un bureau où sont empilés pêle-mêle des livres et des papiers. Du plafond tombe la lumière crue d'une lampe au néon comme celle qu'elle a fait enlever de son bureau.

Tout semble d'une couleur uniforme: brunâtre, virant ici au jaune terne, là au grisâtre. Elle se demande depuis combien d'années on n'a pas fait le ménage, le ménage à fond.

En temps normal, c'est sa chambre, explique John. Il a changé les draps. Elle trouvera ce qu'il faut de l'autre côté du couloir.

Elle va voir ce qu'il en est. La salle de bains est crasseuse, la tinette est tachée et sent la vieille urine.

Elle n'a rien mangé depuis qu'elle a quitté Calvinia, en dehors d'une barre de chocolat. Elle meurt de faim. John lui offre ce qu'il appelle du *French toast*, du pain blanc trempé dans de l'œuf et frit à la poêle; elle en mange trois tranches. Il lui donne aussi du thé avec du lait, qui s'avère tourné (elle le boit quand même).

Son oncle arrive sans bruit dans la cuisine, une veste de pyjama par-dessus son pantalon. « Je te dis bonsoir, Margie. Dors bien. Gare aux puces. » Il ne dit pas bonsoir à son fils. Avec son fils, il a une attitude clairement hésitante. Est-ce qu'ils se sont disputés ?

« Je ne tiens pas en place, dit-elle à John. Si on allait faire un tour ? J'ai passé la journée enfermée à l'arrière de l'ambulance. »

Il l'emmène se balader dans les rues bien éclairées de cette banlieue. Les maisons devant lesquelles ils passent sont plus grandes, mieux construites que la sienne. « Il n'y a pas bien longtemps, on cultivait ces terres. Et puis on a fait des lots de terrain qu'on a vendus. Notre maison était une chaumière pour des ouvriers agricoles. Cela explique la construction minable. Tout fuit : le toit, les murs suintent. Je passe mes loisirs à faire des réparations. Je bouche les trous, je rafistole. »

« Oui, je commence à voir ce qui vous attire à Merweville. Au moins à Merweville, il ne pleut pas. Mais pourquoi ne pas acheter une maison plus confortable au Cap ? Écris un livre, un best-seller. Tu gagneras beaucoup d'argent. »

Elle dit ça comme une plaisanterie, mais lui la prend au sérieux. « Je ne serais pas capable d'écrire un best-seller. Je ne connais pas assez les hommes et les vies qu'ils s'imaginent. Et de toute façon, ce n'est pas le sort que le destin m'a réservé. »

« Quel sort ? »

« Le sort d'un écrivain riche qui a réussi. »

« Alors quel est le sort que le destin te réserve ? »

« Le sort qui est le mien aujourd'hui : la vie avec un père qui vieillit dans une maison dont le toit fuit, dans une banlieue de Blancs. »

« Tu dis des bêtises, tu parles *slap*. C'est le Coetzee en toi qui parle. Tu pourrais changer ton sort demain si seulement tu t'y décidais. »

Les chiens du quartier n'aiment pas que des étrangers rôdent dans le voisinage la nuit, en discutant qui plus est. Le chœur des aboiements se fait de plus en plus puissant.

Elle se jette à l'eau : « Je voudrais que tu t'entendes parler, John. Tu n'as vraiment pas les idées en place. Si tu ne te prends pas en main, tu vas finir comme un vieux chnoque qui veut rester dans son coin à ruminer son amertume. Rentrons. Il faut que je me lève tôt demain. »

Elle dort mal dans le lit inconfortable, sur le matelas trop dur. Elle se lève avant le jour, fait du café et prépare des toasts pour eux trois. Dès sept heures ils sont en route pour l'hôpital de Groote Schuur, serrés comme des harengs en caque à l'avant de la Datsun.

Elle laisse Jack et son fils dans la salle d'attente, mais n'arrive pas à localiser sa mère. Votre mère a eu une nouvelle crise durant la nuit, lui dit la surveillante, et on l'a ramenée au service de soins intensifs. Elle, Margot, devrait retourner à la salle d'attente, où un docteur va venir lui dire ce qu'il en est.

Elle va rejoindre Jack et John. Déjà la salle d'attente se remplit. Une femme, une inconnue, est affalée sur une chaise en face d'eux. Elle s'est noué autour de la tête un pull de laine maculé de sang, qui lui cache un œil. Elle porte une toute petite jupe et des sandales de plastique ; il émane d'elle une odeur de linge pas frais et de vin doux ; elle gémit doucement.

Elle fait de son mieux pour ne pas la regarder, mais la femme cherche la bagarre. « *Waarna loer jy ?* dit-elle, le regard mauvais : Qu'est-ce que vous avez à me reluquer ? *Jou moer !* »

Elle baisse les yeux, s'enferme dans le silence.

Sa mère, si elle s'en sort, aura soixante-huit ans le mois prochain. Soixante-huit ans de vie irréprochable, une vie qui l'a satisfaite. Une femme bien, l'un dans l'autre : bonne mère, bonne épouse, du genre un peu fofolle, fantasque. Le genre de femmes que les hommes trouvent faciles à aimer parce qu'elles ont clairement besoin d'être protégées. Et la voilà jetée dans ces bas-fonds, dans cet enfer ! *Jou moer !* Mal embouchée, celle-là. Il faut qu'elle sorte sa mère de là, le plus vite possible, qu'elle la mette dans une clinique privée, à n'importe quel prix.

Mon petit oiseau, c'est comme cela que l'appelait son père : *my tortelduifie*, ma petite tourterelle. Un oiseau qui préfère ne pas quitter sa cage. En grandissant, Margot s'était sentie trop grosse, trop gauche à côté de sa mère. *Qui m'aimera jamais ?* se demandait-elle. *Qui m'appellera jamais sa petite tourterelle ?*

On lui tapote l'épaule. « Madame Jonker ? (Une nouvelle jeune infirmière.) Votre mère est réveillée, elle vous réclame. »

« Venez. » Jack et John la suivent.

Sa mère est consciente, elle est calme, si calme qu'on la dirait un peu absente. On a remplacé le masque à oxygène par un tube passé dans le nez. Ses yeux ont perdu leur couleur, ne sont plus que des cailloux plats gris pâle. « Margie ? » murmure-t-elle.

Elle pose les lèvres sur le front de sa mère. « Je suis là, Ma. »

Le docteur entre, le même que la veille, des cernes noirs aux yeux. *Kiristany*, dit le badge sur sa blouse. De garde hier après-midi, toujours de garde ce matin.

Sa mère a eu une crise cardiaque, dit le docteur Kiristany, mais elle est maintenant dans un état stable. Elle est très faible. On stimule son cœur électriquement.

« Je voudrais faire transférer ma mère dans une clinique privée, dans un endroit plus calme qu'ici. »

Il fait non de la tête. Impossible. Il ne saurait l'autoriser. Peut-être dans quelques jours si elle reprend des forces.

Elle s'écarte du lit. Jack se penche sur sa sœur, murmure quelque chose qu'elle n'entend pas. Les yeux de sa mère sont ouverts, ses lèvres bougent, elle semble lui répondre. Deux vieux, deux innocents, nés au temps jadis, qui n'ont pas leur place dans le monde de bruit et de fureur que ce pays est devenu.

« John, dit-elle, tu veux parler à Ma ? »

Il secoue la tête. « Elle ne saura pas qui je suis. »

[Silence.]

Et ensuite ?

C'est tout.

C'est tout ? Mais pourquoi s'arrêter là ?

C'est un bon mot de la fin : *Elle ne saura pas qui je suis*. Bonne réplique.

[Silence.]

Alors, quel est votre verdict ?

Mon verdict ? Je ne comprends toujours pas : si c'est un livre sur John, pourquoi y inclure tant de choses sur moi ? Qui voudra lire ce qui me concerne – moi, Lukas, ma mère, Carol et Klaus ?

Vous faites partie de votre cousin. Il faisait partie de vous. C'est assez clair, je pense. Ce que je vous demande, c'est : est-ce que cela se tient tel que c'est ?

Pas tel que c'est, non. Je veux le relire, comme vous me l'avez promis.

Ces entretiens se sont tenus à Somerset West, en Afrique du Sud, en décembre 2007 et juin 2008.

Adriana

Senhora Nascimento, vous êtes brésilienne de naissance, mais vous avez passé plusieurs années en Afrique du Sud. Comment vous êtes-vous retrouvée là-bas ?

Nous sommes allés en Afrique du Sud depuis l'Angola, mon mari, moi et nos deux filles. En Angola, mon mari travaillait pour un journal, et j'étais employée par la Compagnie nationale de ballets. Et puis, en 1973, le gouvernement a déclaré l'état d'urgence et a fermé son journal. Ils voulaient même le mobiliser dans l'armée – ils appelaient tous les hommes de moins de quarante-cinq ans, même ceux qui n'étaient pas ressortissants angolais. Nous ne pouvions pas retourner au Brésil, c'était encore trop dangereux, et nous ne pouvions envisager un avenir en Angola. Alors nous sommes partis, nous avons pris le bateau pour l'Afrique du Sud. Nous n'étions pas les premiers à faire ça, ni les derniers.

Et pourquoi au Cap ?

Pourquoi au Cap ? Aucune raison spéciale, sauf que nous avions un parent là-bas, un cousin de mon mari qui tenait un commerce de fruits et légumes. À notre arrivée, nous avons habité chez lui avec sa famille, c'était difficile pour tous, pour neuf personnes dans trois pièces, en attendant les papiers pour régulariser notre situation. Puis mon mari a réussi à trouver du travail comme garde de sécurité et nous avons pu nous installer dans notre propre appartement. Il était situé dans un endroit qui s'appelle Epping. Quelques mois plus tard, avant la catastrophe qui a bouleversé notre vie, nous sommes allés nous installer à Wynberg, pour nous rapprocher de l'école des enfants.

De quelle catastrophe parlez-vous ?

Mon mari travaillait de nuit. Il assurait la surveillance d'un hangar près des docks. Il était le seul garde sur les lieux. Il y a eu un vol : un gang s'est introduit dans le hangar. Ils ont agressé mon mari, l'ont frappé avec une hache. C'était peut-être une machette, mais il est plus vraisemblable que c'était une hache. Il a eu la moitié du visage fracassée. À ce jour il m'est encore difficile de parler de ça. Une hache. Frapper un homme à la face parce qu'il fait son boulot. Je n'arrive pas à comprendre.

Qu'est-ce qui lui est arrivé ?

Le cerveau était touché. Il est mort. Cela a mis longtemps, près d'un an, mais il est mort. Cela a été terrible.

Je suis navré.

Oui. Pendant quelque temps, la compagnie qui l'employait a continué à payer son salaire. Puis nous n'avons plus touché d'argent. Ce n'était plus de leur responsabilité, ont-ils dit. Cela relevait de la Sécurité sociale. La Sécurité sociale ! La Sécurité sociale ne nous a jamais donné un sou. Ma fille aînée a dû arrêter ses études. Elle a pris un emploi de magasinière dans un supermarché. Elle rapportait à la maison cent vingt rands par semaine. J'ai moi aussi cherché du travail, mais je n'ai rien trouvé dans les compagnies de ballet. Ma spécialité ne les intéressait pas. Alors j'ai dû donner des cours dans un studio de danse. Danse latino-américaine, qui avait du succès en Afrique du Sud à l'époque. Maria Regina a continué ses études. Il lui fallait terminer l'année en cours, puis l'année suivante pour finir le secondaire et obtenir son certificat. Maria Regina, c'est ma cadette. Je voulais qu'elle ait son certificat de fin d'études pour qu'elle ne suive pas sa sœur dans le supermarché, à mettre des boîtes de conserve sur les rayons pour le restant de ses jours. C'était la plus intelligente des deux. Elle adorait les livres.

À Luanda, mon mari et moi avions fait un effort pour parler un peu anglais à table, et un peu de français aussi, pour que les filles sachent bien que le monde ne se limitait pas à l'Angola. À l'école, au Cap, l'anglais était la matière dans laquelle Maria Regina était la plus faible. Alors je l'ai inscrite à des cours supplémentaires d'anglais. L'école organisait ces leçons supplémentaires l'après-midi pour les enfants comme elle, récemment arrivés dans le pays. C'est dans ces circonstances que j'ai entendu parler de M. Coetzee, l'homme sur lequel vous vous renseignez, qui, c'est ce que j'ai appris, ne faisait pas partie du corps enseignant de l'établissement, pas du tout, mais était embauché par l'école pour donner ces cours supplémentaires.

Ce M. Coetzee m'a tout l'air d'un Afrikaner, ai-je dit à Maria Regina. Est-ce que l'école ne peut pas s'offrir un véritable professeur d'anglais ? Je veux que tu apprennes l'anglais comme il faut, de quelqu'un qui parle correctement anglais.

Je n'ai jamais aimé les Afrikaners. Des Afrikaners, nous en avions vu beaucoup en Angola ; ils travaillaient dans les mines ou étaient mercenaires dans l'armée. Ils traitaient les Noirs comme des chiens. Ça ne me plaisait pas. En Afrique du Sud, mon mari a appris un peu d'afrikaans – bien obligé, il n'y avait que des Afrikaners dans la compagnie de sécurité – mais moi, je n'aimais même pas entendre parler cette langue. L'école n'obligeait pas les filles à apprendre l'afrikaans. Cela aurait été le comble.

M. Coetzee n'est pas un Afrikaner, m'a dit Maria Regina. Il porte la barbe et il écrit de la poésie.

Les Afrikaners peuvent porter la barbe eux aussi, lui ai-je dit, et on n'a pas besoin d'une barbe pour écrire de la poésie.

Je veux voir ce M. Coetzee moi-même. Ce que j'entends ne me dit rien de bon. Dis-lui de venir ici, à l'appartement. Dis-lui de venir prendre le thé et nous montrer qu'il est un professeur comme il faut. Qu'est-ce que c'est que cette poésie qu'il écrit ?

Maria Regina a commencé à s'énerver. Elle était à l'âge où les enfants n'aiment pas qu'on se mêle de ce qu'ils font à l'école. Mais je lui ai dit que du moment que je payais des cours supplémentaires, je ne me priverais pas de me mêler de ce qu'elle faisait. Quel genre de poésie est-ce que cet homme écrit ?

Je ne sais pas, a-t-elle dit. Il nous fait réciter de la poésie. Il nous la fait apprendre par cœur.

Qu'est-ce qu'il vous fait apprendre par cœur ? Dis-moi un peu.

Keats, a-t-elle répondu.

C'est quoi Keats ? (Je n'avais jamais entendu parler de Keats, je ne connaissais aucun de ces anciens écrivains anglais, on ne nous les faisait pas étudier du temps que j'étais à l'école.)

Mes esprits engourdis somnolent, a récité Maria Regina, comme si de la ciguë j'avais bu. La ciguë, c'est du poison qui cause des troubles du système nerveux.

C'est ce que M. Coetzee vous fait apprendre ?

C'est dans notre anthologie, a-t-elle dit. C'est un des poèmes que je dois apprendre pour l'examen.

Mes filles se plaignaient toujours que j'étais trop sévère avec elles. Mais je ne cédais jamais. Il fallait garder sur elles un œil de faucon pour les empêcher de faire des bêtises dans cet étrange pays où elles n'étaient pas chez elles, sur un continent où nous n'aurions jamais dû venir. Joana était plus facile. C'était la bonne petite, qui ne faisait pas de bruit. Maria Regina était plus téméraire, toujours prête à me défier. Il fallait la tenir fermement, Maria et sa poésie et ses rêves romantiques.

Mais comment s'adresser par écrit au professeur de votre fille pour l'inviter à prendre le thé chez ses parents ? J'ai téléphoné au cousin de Mario, mais il n'a été d'aucun secours. Alors j'ai fini par demander à la réceptionniste du studio de danse d'écrire la lettre.

Cher M. Coetzee, a-t-elle écrit, *je suis la mère de Maria Regina Nascimento qui est dans votre classe d'anglais. Je vous invite à prendre le thé à notre domicile – j'ai donné l'adresse – tel jour à telle heure. Nous mettrons un moyen de transport à votre disposition pour vous amener de l'école. RSVP : Adriana Teixeira Nascimento.*

Par moyen de transport, je voulais dire Manuel, le fils aîné du cousin de Mario qui ramenait Maria Regina de l'école dans sa camionnette l'après-midi, après avoir fait ses livraisons. Il lui serait facile de prendre aussi le professeur.

Mario était votre mari ?

Oui, Mario, mon mari, qui est mort.

Continuez, je vous en prie. Je m'assurais que je comprenais bien.

M. Coetzee était la première personne que nous invitions chez nous – le premier, en dehors de la famille de Mario. Ce n'était qu'un maître d'école – nous connaissions beaucoup de maîtres d'école à Luanda, et avant cela à São Paulo, et je n'avais pas beaucoup d'estime pour ces gens-là. Mais pour Maria Regina, et même pour Joana, les maîtres d'école n'étaient rien moins que des dieux ou des déesses, et je n'avais pas de raison de leur ôter leurs illusions. La veille au soir de sa visite, les filles ont fait un gâteau, l'ont glacé et ont même écrit dessus (elles voulaient écrire « Bienvenue M. Coetzee », mais je leur ai fait mettre « Saint Bonaventure 1974 »). Elles ont aussi fait plusieurs fournées de ces petits biscuits qu'au Brésil on appelle *brevidades*.

Maria Regina était tout excitée. *Rentre tôt, je t'en supplie*, l'ai-je entendue dire à sa sœur. *Dis à ton supérieur que tu ne te sens pas bien*. Mais Joana n'était pas disposée à faire ça. Ce n'est pas si facile de se libérer, a-t-elle dit, ils retiennent sur ta paye si tu ne fais pas ta journée.

Donc, Manuel a amené M. Coetzee à l'appartement et j'ai vu tout de suite que ce n'était pas un dieu. Je lui donnais la trentaine, mal habillé, une mauvaise coupe de cheveux et une barbe dont il aurait dû se dispenser, sa barbe n'était pas assez fournie. Ce qui m'a frappée chez lui, dès le premier instant, je ne saurais dire pourquoi, c'est son air de *célibataire**. Je ne veux pas dire son air d'homme qui n'est pas marié, mais l'air d'un homme qui n'est pas fait pour le mariage, comme un homme qui a passé sa vie dans le clergé, qui a perdu sa virilité et n'est plus compétent avec les femmes. Aussi, il ne se comportait pas bien (je vous donne mes premières impressions). Il était mal à l'aise, et semblait n'avoir qu'une envie, partir tout de suite. Il n'avait pas appris à dissimuler ses sentiments, ce qui est le b-a ba des manières de quelqu'un de civilisé.

« Depuis combien de temps êtes-vous dans l'enseignement, monsieur Coetzee ? » lui ai-je demandé.

Il s'est tortillé sur son siège, a dit quelque chose que je ne me rappelle plus sur l'Amérique, qu'il était professeur en Amérique. Puis après d'autres questions, il s'est révélé qu'en fait il n'avait jamais enseigné dans une école avant et – pis encore – qu'il n'avait pas de certificat d'aptitude. J'ai été surprise, il va sans dire. « Si vous n'avez pas de qualification, comment se fait-il que vous soyez le professeur de Maria Regina ? Je ne comprends pas. »

La réponse, qu'il a fallu encore lui arracher, était que pour l'enseignement de la musique, le ballet et les langues étrangères, les établissements scolaires étaient autorisés à employer des gens non qualifiés, ou du moins qui n'étaient pas titulaires d'un certificat d'aptitude. Ces enseignants non qualifiés ne percevaient pas un salaire comme les professeurs dûment formés ; ils étaient payés par l'école sur des fonds perçus des parents comme moi.

« Mais vous n'êtes pas anglais », ai-je dit. Cette fois, ce n'était pas une question. Je le mettais en accusation. Nous avions affaire à quelqu'un, employé pour enseigner l'anglais, payé avec mon argent et l'argent de Joana, et qui n'était même pas un enseignant de métier, et qui plus est, était un Afrikaner, et pas un Anglais.

« Je reconnais que je ne suis pas anglais de souche. Néanmoins je parle anglais depuis ma tendre enfance, j'ai fait des études d'anglais, j'ai un diplôme universitaire en anglais, et je me crois donc capable d'enseigner l'anglais. L'anglais n'a rien de spécial. C'est une langue comme une autre. »

C'est ce qu'il a dit. L'anglais n'est qu'une langue comme une autre. « Ma fille n'est pas un perroquet qui s'embrouille dans les langues, monsieur Coetzee. Je veux qu'elle apprenne à parler anglais comme il faut, avec un bon accent anglais. »

Heureusement pour lui, c'est à ce moment-là que Joana est arrivée. Joana avait déjà vingt ans, mais elle était encore timide en présence d'un homme. Comparée à sa sœur, elle était loin d'être belle – tenez, voilà une photo d'elle avec son mari et leurs petits garçons ; elle a été prise peu de temps après notre retour au Brésil ; vous voyez, pas une reine de beauté ; toute la beauté est allée à sa sœur –, mais c'était une gentille fille et j'ai toujours su qu'elle ferait une bonne épouse.

Joana est venue dans la pièce où nous étions installés ; elle avait encore son imperméable sur le dos (je me rappelle encore cet imper). « Ma sœur », a dit Maria Regina, comme si elle expliquait qui était cette nouvelle arrivée plutôt que pour la présenter. Joana n'a rien dit, a pris son air timide, et quant à M. Coetzee, le maître d'école, il a presque renversé la table basse en essayant de se lever de sa chaise.

Mais pourquoi est-ce que Maria Regina est entichée de cet imbécile ? Qu'est-ce qu'elle lui trouve donc ? Voilà la question que je me posais. Il était assez facile d'imaginer ce qu'un *célibataire** esseulé pouvait trouver d'attirant chez ma fille en qui il voyait une belle aux yeux noirs, alors que ce n'était encore qu'une enfant, mais pourquoi apprenait-elle par cœur des poèmes pour cet homme-là, alors qu'elle ne l'avait jamais fait pour ses autres professeurs ? Lui aurait-il dit à l'oreille des mots qui lui avaient tourné la tête ? Était-ce l'explication ? Y avait-il entre eux deux quelque chose qu'elle me cachait ?

Mais si cet homme s'intéressait à Joana, me disais-je, ce serait tout autre chose. La poésie ne disait peut-être rien à Joana, mais au moins elle avait les pieds sur terre.

« Cette année, Joana travaille à Clicks, ai-je dit. Pour acquérir de l'expérience. L'an prochain elle va suivre un cours de gestion, pour avoir un emploi de cadre. »

M. Coetzee a hoché la tête, l'air ailleurs. Joana n'a pas pipé mot.

« Enlève donc ton manteau, ma grande, et prends une tasse de thé. » D'habitude nous ne buvions pas de thé, nous buvions du café. Joana avait rapporté du thé la veille en vue de la visite de notre invité, de l'Earl Grey, ça s'appelait, très anglais, mais pas très agréable comme boisson. Je me demandais ce que nous allions faire du reste du paquet.

« M. Coetzee est de l'école, ai-je répété à Joana, comme si elle ne le savait pas. Il est en train de nous expliquer qu'il n'est pas anglais mais qu'il est le professeur d'anglais malgré cela. »

« Je ne suis pas à proprement parler le professeur d'anglais, est intervenu M. Coetzee, s'adressant à Joana. Je suis le professeur d'anglais pour les cours supplémentaires. Cela veut dire que l'école m'a embauché pour aider les élèves qui ont des difficultés en anglais. J'essaie de les préparer à l'examen. En somme, je les fais bachoter. Cela décrirait mieux ce que je fais, du coaching en quelque sorte. »

« Pourquoi parlons-nous de l'école ? a dit Maria Regina. C'est d'un ennuyeux ! »

Mais ce dont nous parlions n'était pas ennuyeux du tout. Pénible, pour M. Coetzee, peut-être, mais pas ennuyeux. « Continuez », lui ai-je dit, sans écouter Maria Regina.

« Il n'est pas dans mes intentions de faire faire du bachotage pour le restant de mes jours. Je fais ce travail pour l'instant, il se trouve que je suis compétent pour le faire, je le fais pour gagner ma vie. Mais ce n'est pas ma vocation. Ce n'est pas pour cela que j'ai été appelé en ce monde. »

Appelé en ce monde. Bizarre. De plus en plus bizarre.

« Si vous souhaitez que je vous explique ma philosophie de l'enseignement, je puis le faire, ce sera bref. Bref et tout simple. »

« Allez-y. Écoutons votre brève philosophie. »

« Ce que j'appelle ma philosophie de l'enseignement est en fait une philosophie de l'apprentissage. Cela vient de Platon, quelque peu amendé. Avant que l'élève n'apprenne quoi que ce soit, il faut qu'au fond du cœur elle éprouve une certaine soif de vérité, qu'elle brûle d'une flamme. L'élève de bonne foi brûle d'apprendre. En son maître elle reconnaît ou perçoit celui qui a approché la vérité de plus près qu'elle. Elle aspire à la vérité qu'incarne le maître au point qu'elle est prête à se consumer tout entière pour y accéder. De son côté, le maître reconnaît cette flamme chez l'élève et l'encourage, la nourrit, en brûlant lui-même d'une flamme plus vive encore. Ainsi, ensemble, ils s'élèvent vers de nouvelles hauteurs. Si l'on peut dire. »

Il a marqué une pause, en souriant. Maintenant qu'il avait pu dire son mot, il semblait plus détendu. *Il est bizarre, ce type, quelle prétention ! me suis-je dit. Se consumer tout entière ! Il raconte des bêtises ! De dangereuses bêtises, en plus. Et du Platon ! Est-ce qu'il se paye notre tête ?* Mais Maria Regina, je l'ai remarqué, était tout ouïe, penchée en avant, dévorant son visage des yeux. Maria Regina ne pensait pas qu'il plaisantait. *Cela ne vaut rien de bon !* me suis-je dit.

« Cela n'a pas l'air d'être de la philosophie, monsieur Coetzee. Ça a l'air de tout autre chose. Je ne dirais pas de quoi puisque vous êtes notre invité. Maria, tu peux aller chercher le gâteau maintenant. Va l'aider, Joana ; et enlève-moi cet imperméable. Mes filles ont fait un gâteau hier au soir en l'honneur de votre visite. »

Dès que les filles sont sorties de la pièce, je suis allée droit au cœur de la question, à voix basse pour qu'elles ne m'entendent pas. « Maria est encore une enfant, monsieur Coetzee. Je paie des leçons pour qu'elle apprenne l'anglais et qu'elle ait une bonne note à l'examen. Je ne paie pas pour vous permettre de jouer avec ses sentiments. Vous comprenez ? » Les filles sont revenues, avec le gâteau. « Vous comprenez bien ? » ai-je répété.

« Nous apprenons ce que souhaitons profondément apprendre, a-t-il répondu. Maria veut apprendre – n'est-ce pas, Maria ? »

Maria a rougi et s'est assise.

« Maria veut apprendre et elle fait des progrès satisfaisants. Elle a le sens de la langue. Elle sera peut-être un jour écrivain. Quel gâteau magnifique ! »

« C'est une bonne chose qu'une fille sache faire de la pâtisserie. Mais c'est mieux encore si elle parle un bon anglais et si elle a de bonnes notes à son examen d'anglais. »

« Bonne élocution. Bonnes notes, a-t-il dit. Je comprends parfaitement ce que vous souhaitez. »

Après son départ, une fois que les filles ont été couchées, je me suis installée pour lui écrire une lettre dans mon mauvais anglais, je ne pouvais faire autrement, ce n'était pas le genre de lettre que je pouvais laisser voir à mon amie au studio : *Honoré M. Coetzee, je répète ce que je vous ai dit pendant votre visite. Vous êtes employé pour enseigner l'anglais à ma fille, pas pour jouer sur ses sentiments. C'est une enfant, vous êtes un adulte. Si vous souhaitez exhiber vos sentiments, faites-le en dehors de la classe. Salutations distinguées, ATN.*

Voilà ce que j'ai dit. Ce n'est peut-être pas comme ça qu'on s'exprime en anglais, mais c'est comme ça qu'on parle en portugais – votre traductrice comprendra. *Exhibez vos sentiments en dehors de la classe* – ce n'était pas une invite à me courir après, c'était un avertissement pour qu'il ne coure pas après ma fille.

J'ai mis ma lettre dans une enveloppe que j'ai fermée et ai écrit son nom dessus : *M. Coetzee/Saint Bonaventure*, et le lundi matin je l'ai mise dans le sac de Maria Regina. « Donne ça à M. Coetzee, en mains propres. »

« Qu'est-ce que c'est ? » a-t-elle demandé.

« C'est un mot d'un parent d'élève au professeur de sa fille. Ça ne te regarde pas. Allez, en route, tu vas manquer ton autobus. »

C'était une erreur de ma part. Je n'aurais pas dû dire *Ça ne te regarde pas*. Maria avait passé l'âge d'obéir quand sa mère lui donnait un ordre. Elle avait passé cet âge, mais je ne le savais pas encore. J'étais d'un autre temps.

« Est-ce que tu as donné mon mot à M. Coetzee ? » lui ai-je demandé quand elle rentrée.

« Oui. » Rien de plus. Je n'ai pas jugé bon de lui demander : *as-tu ouvert la lettre en douce et l'as-tu lue avant de la lui remettre ?*

À ma grande surprise, le lendemain Maria Regina a rapporté un mot de son petit prof ; il ne me répondait pas, c'était une invitation : accepterions-nous de venir faire un pique-nique avec lui et son père ? Tout d'abord, j'ai pensé refuser. « Réfléchis un peu, ai-je dit à Maria, est-ce que tu as envie que tes copines à l'école aient l'impression que tu es la chouchoute du professeur ? Tu veux vraiment qu'elles cancanent derrière ton dos ? » Mais cet argument n'avait aucun poids pour elle, ce qu'elle voulait, c'était justement être la chouchoute du professeur. Elle m'a tarabustée sans relâche, et Joana avec elle, alors j'ai fini par dire oui.

Grande excitation dans la maison, des fournées de gâteaux, et Joana a rapporté diverses choses du magasin, si bien que lorsque M. Coetzee est venu nous chercher le dimanche matin, nous avions tout un panier de gâteaux, de biscuits et autres friandises, de quoi nourrir toute une armée.

Il n'est pas venu nous chercher en voiture, non, il n'avait pas de voiture ; il est venu dans un de ces véhicules ouverts à l'arrière qu'au Brésil on appelle une *caminhonete* [camionnette]. Alors les filles dans leurs habits du dimanche ont dû prendre place à l'arrière avec le bois pour le barbecue, et moi devant, avec lui et son père.

Je n'ai vu son père qu'à cette seule occasion. Son père était déjà assez âgé. Pas solide sur ses jambes, et ses mains tremblaient. J'ai pensé qu'il tremblait parce qu'il se retrouvait assis à côté d'une femme inconnue, mais par la suite j'ai vu que ses mains tremblaient tout le temps. Quand son fils nous l'a présenté, il a dit « Enchanté », d'un ton très aimable, très courtois, mais ensuite il s'est tu. Pendant tout le trajet il n'a pas dit un mot, ni à moi ni à son fils. Un homme très taciturne, très humble, ou peut-être qui avait peur de tout.

Nous sommes montés dans les montagnes – à un moment il a fallu s'arrêter pour que les filles mettent leurs manteaux, elles commençaient à avoir froid – jusqu'à un parc, je ne me rappelle plus le nom de l'endroit, avec des pins entre lesquels les gens pouvaient s'installer pour pique-niquer – des Blancs uniquement, bien sûr –, un endroit agréable, où il n'y avait presque personne parce qu'on était en hiver. Dès que nous avons eu choisi l'emplacement qui nous plaisait, M. Coetzee s'est affairé à décharger la camionnette et à faire le feu. Je pensais que Maria Regina allait l'aider, mais elle s'est esquivée, elle voulait explorer le coin. Ce n'était pas bon signe. Parce que si leur relation avait été *comme il faut**, entre un professeur et son élève, rien de plus, elle n'aurait pas éprouvé de la gêne à l'aider. Mais c'est Joana qui s'est proposée, Joana était bien pour ce genre de choses, efficace et avec le sens pratique.

Me voilà donc, laissée en plan avec son père, comme si nous étions deux vieux, les grands-parents ! Je trouvais difficile d'avoir une conversation avec lui, comme je le disais, il ne comprenait pas mon anglais, et il était timide en plus, avec une femme ; ou peut-être ne comprenait-il pas qui j'étais.

Et puis, avant même que le feu ait pris, le ciel s'est couvert, s'est assombri et il s'est mis à pleuvoir. « Ce n'est qu'une averse, ça va passer, a dit M. Coetzee. Pourquoi n'allez-vous pas vous mettre à l'abri toutes les trois dans la camionnette ? » Alors les filles et moi sommes allées nous abriter pendant que lui et son père se blottissaient sous un arbre, et nous avons attendu que la pluie cesse. Mais, bien sûr, ça n'a pas cessé, il a continué à pleuvoir, et les filles ont commencé à déchanter. « Pourquoi est-ce qu'il faut qu'il pleuve *aujourd'hui* justement ? » Maria Regina pleurnichait comme un bébé. « Parce que c'est l'hiver, lui ai-je dit, parce que c'est l'hiver et les gens qui ont un peu de jugeote, qui ont les pieds sur terre, ne partent pas en pique-nique en plein hiver. »

Le feu que Joana et M. Coetzee avaient mis en route s'est éteint. Tout le bois était maintenant humide, et on n'allait donc pas pouvoir faire cuire notre viande. « Pourquoi ne vas-tu pas leur offrir quelques-uns des biscuits que vous avez faits ? » ai-je dit à Maria Regina. Parce que je n'avais jamais rien vu de si pitoyable que ces deux Hollandais, le père et le fils, assis côte à côte sous un arbre, faisant semblant de n'avoir pas froid et de n'être pas trempés. Tableau pitoyable, mais drôle aussi. « Offre-leur quelques biscuits et demande-leur ce que nous allons faire maintenant. Demande-leur s'ils ne veulent pas nous emmener nous baigner à la plage. »

J'ai dit cela pour faire sourire Maria Regina, mais je n'ai réussi qu'à la fâcher davantage ; alors, en fin de compte, c'est Joana qui est allée sous la pluie leur parler et qu'ils ont chargée de dire que nous partirions dès qu'il ne pleuvrait plus, et que nous retournerions chez eux pour prendre le thé. « Non, ai-je dit à Joana, va dire à M. Coetzee que nous ne pouvons venir pour le thé, il faut qu'il nous ramène directement à l'appartement, demain c'est lundi, et Maria Regina a des devoirs à faire, elle n'a même pas commencé. »

Évidemment, ce n'était pas une bonne journée pour M. Coetzee. Il avait espéré me faire bonne impression ; il voulait peut-être aussi se faire valoir auprès de son père en lui montrant les trois belles dames brésiliennes qui étaient ses amies ; au lieu de ça, il se retrouvait à faire la route avec tout un chargement de passagers mouillés. Mais je me félicitais que Maria Regina voie ce que valait son héros dans la vie, ce poète qui n'était même pas fichu de faire du feu.

Voilà donc l'histoire de notre expédition en montagne avec M. Coetzee. Quand on est enfin rentrés à Wynberg, je lui ai dit, devant son père, devant les filles, ce que j'avais attendu de lui dire toute la journée : « Monsieur Coetzee, c'était très gentil à vous de nous inviter pour cette sortie, très courtois de votre part, mais ce n'est peut-être pas une bonne idée de montrer sa préférence pour une fille de la classe simplement parce qu'elle est jolie. Je ne vous réprimande pas, je vous demande seulement de réfléchir. »

C'est ce que j'ai dit textuellement : *simplement parce qu'elle est jolie*. Maria Regina était furieuse de m'entendre m'exprimer de la sorte, mais moi, je m'en moquais bien, du moment que je me faisais comprendre.

Plus tard ce soir-là, alors que Maria Regina était déjà couchée, Joana est venue dans ma chambre. « Mamãe, pourquoi es-tu si dure avec Maria ? Franchement il n'y a rien de mauvais dans tout ça. »

« Rien de mauvais ? Que sais-tu du monde ? Que sais-tu du mal ? Que sais-tu de ce que les hommes sont capables de faire ? »

« Cet homme n'est pas un méchant homme, tu le vois bien, Mamãe, j'en suis sûre. »

« C'est un homme faible. Un faible est pire qu'un méchant. Un homme faible ne sait pas où s'arrêter. Un homme faible ne sait pas résister à ses impulsions, il leur obéit où qu'elles le conduisent. »

« Mamãe, nous sommes tous faibles. »

« Non, tu te trompes, moi, je ne suis pas faible. Où serions-nous, toi, Maria Regina et moi, si je me laissais aller à la faiblesse ? Maintenant va te coucher. Et ne dis rien de tout ça à Maria Regina. Pas un mot. Elle ne comprendrait pas. »

J'espérais que nous n'entendrions plus parler de M. Coetzee. Pas du tout. Un jour ou deux plus tard, une lettre est arrivée ; elle n'avait pas été confiée à Maria Regina, cette fois, elle est arrivée par la poste ; une lettre en bonne et due forme, dactylographiée, adresse dactylographiée aussi. Il commençait par s'excuser du pique-nique qui avait été un fiasco. Il espérait pouvoir à cette occasion me parler en privé, mais cela n'avait pas pu se faire. Pouvait-il venir me voir ? Pouvait-il venir à l'appartement, ou préférerais-je que nous nous rencontrions ailleurs, peut-être pour déjeuner ? Ce qui le préoccupait n'était pas Maria Regina, il tenait à le souligner. Maria était une jeune fille intelligente, elle avait du cœur ; il se sentait privilégié de l'avoir pour élève ; je pouvais être assurée que jamais, *au grand jamais*, il ne trahirait la confiance que j'avais en lui. Intelligente et belle – il espérait ne pas me fâcher en disant cela. Car la beauté, la vraie beauté, allait plus loin que l'apparence, c'était l'âme qui se montrait au-delà de la chair ; et d'où Maria Regina tenait-elle sa beauté si ce n'était de moi ?

[Silence.]

Et puis ?

C'était tout. Tout ce qu'il disait, en substance. Pouvait-il me rencontrer seul à seule ?

Évidemment je me suis demandé d'où lui venait l'idée que je souhaiterais le rencontrer, et même recevoir une lettre de lui. Parce que je n'avais jamais dit un mot pour l'encourager.

Alors qu'avez-vous fait ? L'avez-vous rencontré ?

Ce que j'ai fait ? Rien du tout, en espérant qu'il me laisserait tranquille. J'étais en deuil, bien que mon mari ne soit pas mort, je ne souhaitais pas être l'objet des attentions d'autres hommes, surtout pas d'un homme qui était le professeur de ma fille.

Vous avez encore cette lettre ?

Je n'ai aucune de ses lettres. Je ne les ai pas gardées. Quand nous avons quitté l'Afrique du Sud, j'ai fait le grand nettoyage à l'appartement et j'ai jeté toutes les vieilles lettres et les vieilles factures.

Et vous n'avez pas répondu ?

Non.

Vous n'avez pas répondu et vous n'avez pas laissé vos relations aller plus loin – j'entends les relations entre vous et Coetzee.

Où voulez-vous en venir ? Pourquoi ces questions ? Vous faites le voyage d'Angleterre pour me parler, vous me dites que vous écrivez la biographie d'un homme qui, par hasard, a été le professeur d'anglais de ma fille, et voilà que tout d'un coup vous vous croyez autorisé à me poser des questions sur mes « relations » ? Quel genre de biographie écrivez-vous donc ? Des potins, à la mode d'Hollywood, les secrets des riches célébrités ? Si je refuse de discuter mes prétendues relations avec cet homme, allez-vous dire que j'en fais un secret ? Non, je n'ai pas eu, et je reprends le mot que vous utilisez, de *relations* avec M. Coetzee. Et je vais vous en dire plus. Pour moi, il n'était pas naturel d'éprouver des sentiments pour un homme comme lui, un homme si mou. Je dis bien, mou.

Insinuez-vous qu'il était homosexuel ?

Je n'insinue rien du tout. Mais il lui manquait une qualité qu'une femme veut trouver chez un homme, de la force, de la virilité. Cette qualité, mon mari l'avait, l'avait toujours eue, mais elle s'est manifestée durant le temps qu'il a passé en prison ici au Brésil, sous le régime des *militares*, bien qu'il ne soit pas resté longtemps incarcéré, six mois seulement. Au bout de ces six mois, il disait que rien de ce que des êtres humains pouvaient infliger à d'autres êtres humains ne saurait le surprendre. C'est une expérience que Coetzee n'avait pas faite, qui lui aurait permis de mettre sa force virile à l'épreuve et lui aurait appris quelque chose de la vie. C'est pourquoi je dis qu'il était mou. Ce n'était pas un homme, c'était encore un gamin.

[Silence.]

Homosexuel, non. Je ne dis pas qu'il était homosexuel, mais c'était, comme je vous le disais, un *célibataire** – je ne connais pas le mot anglais pour dire cela.

Le genre d'homme sans femme ? Sans sexe défini ? Asexué ?

Non, non. Pas sans caractère sexuel. Un solitaire. Pas fait pour la vie conjugale. Pas fait pour la compagnie des femmes.

[Silence.]

Vous avez dit qu'il y avait eu d'autres lettres.

Oui. Comme je n'avais pas répondu, il a écrit de nouveau. Il a écrit de nombreuses lettres. Il pensait peut-être que s'il écrivait beaucoup, les mots finiraient par user ma résistance, comme les vagues usent les rochers. Je mettais ses lettres dans un tiroir de bureau ; et certaines, je ne les ai pas même lues. Mais je me disais : *Il manque beaucoup de choses à cet homme, beaucoup, beaucoup de choses, mais ce qu'il lui faudrait plus que tout, c'est quelqu'un qui lui donnerait des petits cours en amour.* Parce que, lorsqu'on tombe amoureux d'une femme, on ne passe pas son temps à sa machine à écrire pour taper une longue lettre après l'autre, des pages et des pages, en terminant invariablement par « Veuillez agréer »... Non, on écrit à la main, une vraie lettre d'amour, et on la fait porter avec un bouquet de roses rouges. Et puis j'ai pensé que c'est peut-être ainsi que s'y prennent ces protestants hollandais quand ils tombent amoureux : avec prudence, intarissables, sans flamme, sans charme. Et nul doute qu'il ferait l'amour dans le même style, si on lui en donnait l'occasion.

Je rangeais ses lettres et je n'en disais rien aux enfants. C'était une erreur de ma part. J'aurais très bien pu dire à Maria Regina : *Ton Monsieur Coetzee m'a écrit un mot pour s'excuser pour dimanche. Il me dit qu'il est content de tes progrès en anglais.* Mais j'ai choisi de me taire, ce qui en fin de compte a causé bien des ennuis. Jusqu'à ce jour, je crois que Maria Regina ne l'a pas oublié ou pardonné.

Est-ce que vous voyez ce que je veux dire, monsieur Vincent ? Vous êtes marié ? Vous avez des enfants ?

Oui. Je suis marié. Nous avons un enfant, un petit garçon. Il aura quatre ans le mois prochain.

Les garçons, c'est autre chose. Je ne sais rien des garçons. Mais je vais vous dire une chose, *entre nous**, dont vous ne devez pas faire état dans votre livre. J'aime mes filles, l'une comme l'autre, mais j'aimais Maria différemment de Joana. Je l'aimais, mais je suis devenue très critique envers elle comme elle grandissait. Envers Joana, je n'étais pas critique. Joana était une fille très simple, très directe. Mais Maria jouait de son charme. Elle pouvait – utilisez-vous cette expression ? – vous embobiner un homme. Si vous aviez pu la connaître, vous verriez ce que je veux dire.

Qu'est-ce qu'elle est devenue ?

Elle en est à son deuxième mariage. Elle habite en Amérique du Nord, à Chicago, avec son mari américain. Il travaille dans un cabinet d'avocats. Je crois qu'elle est heureuse avec lui. Elle a fait sa paix avec le monde.

Auparavant, elle a eu des problèmes personnels que je n'évoquerai pas.

Vous avez une photo d'elle que je pourrais peut-être inclure dans le livre ?

Je ne sais pas. Je vais chercher. Je vais voir. Mais il se fait tard. Votre collègue doit être épuisée. Oui, je sais ce que c'est que de faire le traducteur. De l'extérieur, cela paraît facile, mais la vérité est qu'on ne peut relâcher son attention un seul instant, pas un instant de détente, c'est fatigant pour le cerveau. Alors on en reste là. Éteignez votre machine.

Est-ce qu'on peut se revoir demain ?

Demain ne me convient pas. Mais mercredi, oui Ce n'est pas une bien longue histoire, l'histoire de M. Coetzee et moi. Je suis désolée si c'est décevant pour vous. Vous faites ce grand voyage pour découvrir qu'il n'y a pas de grande histoire d'amour avec une danseuse, tout juste une brève tocade, c'est le mot que je choisirais pour décrire la chose, une brève tocade sans réciprocité qui n'a mené à rien. Revenez mercredi à la même heure. Je vous offrirai le thé.

La dernière fois, vous m'avez demandé des photos. J'ai cherché, mais, comme je le pensais, je n'en ai pas de nos années au Cap. Mais je vais vous montrer celle-ci. Elle a été prise à l'aéroport, le jour de notre retour à São Paulo. C'est ma sœur qui était venue nous chercher qui l'a prise. Vous voyez, nous voilà, toutes les trois. Là, c'est Maria Regina. C'était en 1977, elle avait dix-huit ans, elle allait sur ses dix-neuf ans. Comme vous le voyez, une fille très jolie, avec une belle silhouette. Là, c'est Joana, et me voilà.

Elles sont plutôt grandes, vos filles. Est-ce que votre mari était grand ?

Oui, Mario était un homme costaud. Les filles ne sont pas si grandes que ça. Elles ont l'air grandes à côté de moi.

Merci de me montrer cette photo. Est-ce que je peux l'emporter pour en faire faire une copie ?

Pour votre livre ? Non, je ne peux pas vous permettre de faire ça. Si vous voulez mettre Maria Regina dans votre livre, il faut le lui demander personnellement. Je ne peux pas parler à sa place.

J'aimerais l'inclure dans le livre comme une photo de vous trois.

Non. Si vous voulez des photos des filles, il faut le leur demander. Quant à moi, j'ai décidé que non. Ce serait mal interprété. Les gens iront s'imaginer que j'étais une des femmes dans la vie de Coetzee, et cela n'a jamais été le cas.

Pourtant vous étiez importante pour lui. Il était amoureux de vous.

C'est vous qui le dites. Mais en vérité, s'il était amoureux, c'était d'une image qu'il avait rêvée, concoctée dans sa tête, et à laquelle il avait donné mon nom. Vous pensez que je devrais être flattée que vous souhaitiez me mettre dans votre livre comme sa maîtresse ? Vous vous trompez. Pour moi, cet homme n'était pas un écrivain célèbre, ce n'était qu'un maître d'école, un maître d'école qui n'avait même pas son certificat d'aptitude. Donc, non. Pas de photo. Quoi d'autre ? Qu'est-ce que vous voulez que je vous dise d'autre ?

Vous me parliez la dernière fois des lettres qu'il vous écrivait. Je sais bien que vous m'avez dit que vous ne les lisiez pas toujours ; cependant est-ce que par hasard vous vous rappelleriez autre chose de ce qu'il vous y disait ?

Une des lettres parlait de Franz Schubert – vous connaissez Schubert, le musicien. Il disait qu'écouter Schubert lui avait appris un des grands secrets de l'amour : comment on peut sublimer l'amour comme jadis les chimistes sublimaient les substances, les épuraient. Je me rappelle cette lettre à cause du mot *sublimer*. Sublimer les corps pour les épurer : cela ne voulait rien dire pour moi. J'ai cherché *sublimer* dans le gros dictionnaire anglais que j'avais acheté pour les filles. Sublimer : chauffer un corps pour en extraire son essence. Nous avons le même mot en portugais, *sublimar*, mais ce n'est pas un mot courant. Mais qu'est-ce que tout cela voulait dire ? Qu'il s'asseyait, fermait les yeux et écoutait la musique de Schubert, tandis que dans sa tête il chauffait son amour pour moi, ce corps à purifier, pour en faire quelque chose de plus élevé, de plus spirituel ? C'était de la bêtise, pis que de la bêtise. Cela ne me faisait pas l'aimer, au contraire, cela me donnait des haut-le-cœur.

C'est de Schubert, disait-il, qu'il avait appris à sublimer l'amour. Et ce n'est qu'après m'avoir connue qu'il a compris pourquoi en musique on appelle les mouvements, des mouvements. *Mouvements dans l'immobilité, immobilité dans le mouvement.* Encore une phrase sur laquelle je me suis cassé la tête. Que voulait-il dire et pourquoi m'écrivait-il, à moi, ces choses-là ?

Vous avez bonne mémoire.

Oui. Je n'ai pas de problèmes de mémoire. Le corps, c'est une autre affaire. Je souffre d'arthrose de la hanche, c'est pourquoi j'ai une canne. La malédiction des danseurs, dit-on. Et la douleur – vous n'avez pas idée de la douleur ! Mais je me rappelle bien l'Afrique du Sud. Je me rappelle l'appartement où nous habitions à Wynberg, où M. Coetzee est venu prendre le thé. Je me rappelle la montagne, la Montagne de la Table. L'appartement était situé au pied de la montagne, donc nous n'avions pas de soleil l'après-midi. Je détestais Wynberg. J'ai détesté toute la période durant laquelle nous y avons vécu, d'abord quand mon mari était à l'hôpital, puis après sa mort. Je m'y sentais très seule, je ne saurais vous dire à quel point je me sentais seule. C'était pire que Luanda, à cause de la solitude. Si votre M. Coetzee nous avait offert son amitié je n'aurais pas été si dure, si froide envers lui. Mais l'amour ne m'intéressait pas, j'étais encore trop proche de mon mari, je le pleurais encore. Et ce n'était qu'un gamin, ce M. Coetzee. J'étais une femme, lui était un gamin. C'était un gamin comme un prêtre reste un petit garçon jusqu'à ce qu'un beau jour il soit un vieillard. La sublimation de l'amour ! Il s'offrait à m'apprendre l'amour, mais qu'est-ce qu'un garçon comme lui pouvait m'apprendre, un garçon qui ne savait rien de la vie ? Moi, j'aurais pu peut-être lui apprendre quelque chose, mais il ne m'intéressait pas. Tout ce que je voulais, c'est qu'il ne touche pas à Maria Regina.

Vous dites que s'il vous avait offert son amitié, les choses auraient été différentes. À quel genre d'amitié pensez-vous ?

Quel genre d'amitié ? Je vais vous le dire. Pendant longtemps après la catastrophe qui nous est tombée dessus, la catastrophe dont je vous ai parlé, j'ai dû me débattre avec la bureaucratie, d'abord pour une indemnisation, puis pour les papiers de Joana – Joana est née avant notre mariage, donc légalement elle n'était pas la fille de mon mari, pas même sa belle-fille. Je ne vais pas vous ennuyer avec les détails. Je sais que partout dans le monde la bureaucratie est un labyrinthe et je ne dis pas que c'était pire en Afrique du Sud qu'ailleurs, mais je passais des journées entières de queue pour faire tamponner ci, faire tamponner ça, et je me trouvais toujours, je dis bien toujours, dans le mauvais bureau, dans le mauvais service, dans la mauvaise file.

Cela aurait été différent si nous avions été portugais. Beaucoup de Portugais venaient en Afrique du Sud à cette époque-là, du Mozambique, d'Angola et même de

Madère. Il y avait des organisations qui s'occupaient des Portugais. Mais nous étions du Brésil, et la réglementation concernant les Brésiliens était inexistante, il n'y avait pas de précédents. Pour les bureaucrates de l'administration, nous aurions pu aussi bien arriver de la planète Mars.

Et puis il y avait le problème de mon mari. Vous ne pouvez pas signer ça, il faut que votre mari vienne en personne, me disait-on. Mon mari ne peut pas signer, il est à l'hôpital, disais-je. Alors emportez le papier à l'hôpital pour qu'il le signe et rapportez-le-nous. Mon mari ne peut rien signer, il est à Stikland, vous savez ce que c'est, Stikland ? Alors qu'il mette son empreinte. Il ne peut pas mettre son empreinte. Par moments, il ne peut même pas respirer. Dans ce cas, nous ne pouvons rien pour vous : il faut vous rendre dans tel ou tel service et leur raconter votre histoire. On pourra peut-être faire quelque chose pour vous.

Et toutes ces démarches, ces demandes, il fallait que je les fasse toute seule, sans aide aucune, dans le mauvais anglais que j'avais appris à l'école, dans les livres. Au Brésil cela aurait été plus facile, au Brésil nous avons de ces gens qu'on appelle des *despachantes*, qui s'emploient à vous faciliter les choses : ils ont des contacts dans l'administration, ils savent comment faire passer vos papiers dans le labyrinthe bureaucratique, on les rémunère et ils règlent toutes ces paperasseries en moins de deux. C'est ce qui me fallait au Cap : quelqu'un qui me faciliterait les choses. M. Coetzee aurait pu m'offrir de remplir cet office de facilitation. Faciliter les choses pour moi et se faire le protecteur de mes filles. Alors, l'espace d'une minute, d'un seul jour, j'aurais pu me permettre de me montrer faible, d'être une faible femme ordinaire. Mais non, je n'osais pas baisser la garde un instant, sinon que serait-il advenu à mes filles et à moi-même ?

Parfois, vous savez, je me traînais dans les rues de cette ville horrible, balayée par le vent, d'un service administratif à l'autre, et j'entendais ce petit cri, *yi, yi, yi*, s'échapper de ma gorge, si doucement que personne ne pouvait l'entendre. J'étais en détresse. J'étais comme un animal qui crie de détresse.

Permettez-moi de vous parler de mon pauvre mari. Quand ils ont ouvert le hangar, le lendemain matin après le raid, et qu'ils l'ont trouvé, baignant dans son sang, ils l'ont cru mort, sans le moindre doute. Ils voulaient l'emmener directement à la morgue. Mais il n'était pas mort. C'était un homme solide, il s'est battu comme un lion contre la mort, il ne l'a pas laissée le prendre. À l'hôpital en ville, je ne sais plus son nom, le célèbre hôpital, il a subi opération sur opération du cerveau. Puis ils l'ont fait transporter à l'hôpital dont j'ai parlé, celui qu'ils appellent Stikland, qui se trouve en dehors de la ville, à une heure de train. À Stikland, les visites n'étaient autorisées que le dimanche. Donc, tous les dimanches matin je prenais le train au Cap et reprenais le train pour rentrer l'après-midi. Encore une chose que je me rappelle comme si c'était hier : ces tristes trajets aller et retour.

Il n'y avait pas la moindre amélioration dans l'état de mon mari, pas le moindre changement. De semaine en semaine, j'arrivais et le trouvais exactement dans la même position, les yeux fermés, les bras le long du corps. Sa tête était toujours rasée et on voyait la marque des points sur son cuir chevelu. Et aussi, pendant longtemps il a eu sur le visage un masque de fil métallique qui couvrait la greffe de peau.

Durant tout ce temps passé à Stikland, mon mari n'a jamais ouvert les yeux, il ne m'a jamais vue, jamais entendue. Il était vivant, il respirait, mais il était dans un coma si profond qu'il aurait aussi bien pu être mort. Officiellement, je n'étais peut-être pas veuve, mais en fait je me considérais déjà en deuil, en deuil de lui, mais aussi en deuil pour nous tous, échoués, sans défense dans ce cruel pays.

J'ai demandé à le ramener à l'appartement de Wynberg pour pouvoir m'occuper de lui moi-même, mais ils n'ont pas autorisé sa sortie. Ils n'abandonnaient pas, disaient-ils. Ils espéraient que le courant électrique qu'ils faisaient passer dans son cerveau serait tout d'un coup efficace, et *le tour serait joué* (c'est l'expression qu'ils ont employée).

Alors ils l'ont gardé à Stikland, ces docteurs, pour pratiquer sur lui leurs tours de passe-passe. Autrement il leur était totalement indifférent, un étranger, un homme venu de Mars qui aurait dû mourir mais qui n'était pas mort.

Je me suis promis que, lorsqu'ils renonceraient à leurs décharges électriques, je le ramènerais à la maison. Alors il pourrait avoir une mort décente, si c'est ce qu'il souhaitait. Parce que, bien qu'il soit inconscient, je savais qu'au fond de lui-même il ressentait l'humiliation de ce qui lui arrivait. Et si on pouvait lui permettre de mourir décemment, en paix, nous aussi nous serions délivrées, mes filles et moi. Alors nous pourrions cracher sur cette terre atroce d'Afrique du Sud et plier bagage. Mais ils ne l'ont jamais laissé partir, jusqu'au bout.

Ainsi, de dimanche en dimanche, je m'asseyais à son chevet. *Jamais plus une femme ne regardera ce visage mutilé avec amour*, me disais-je, *alors qu'on me laisse au moins le regarder, sans broncher.*

Dans le lit voisin, je me rappelle (il y avait au moins une douzaine de lits les uns contre les autres dans une salle prévue pour six), il y avait un vieil homme si décharné, si cadavérique, que les os de ses poignets et l'arête de son nez semblaient chercher à percer sa peau. Il n'avait jamais de visite, mais il était toujours réveillé lorsque je venais. Il roulait des yeux vers moi, des yeux bleus, comme noyés. *Aidez-moi*, semblait-il dire, *aidez-moi à mourir*. Mais je ne pouvais pas l'aider.

Maria Regina n'est jamais venue là-bas, Dieu merci. Un hôpital psychiatrique n'est pas un endroit pour les enfants. Le premier dimanche, j'ai demandé à Joana de m'accompagner, pour m'aider à m'y retrouver avec ces trains que je ne connaissais pas. Même Joana est sortie de là perturbée, non seulement à la vue de son père, mais aussi par ce qu'elle a vu dans cet hôpital, des choses dont une jeune fille ne devrait pas être témoin.

Pourquoi faut-il qu'il soit ici ? ai-je demandé au docteur, à celui qui parlait des tours et des trucs qu'il pratiquait. Il n'est pas fou. Pourquoi le mettre parmi des fous ? Parce que nous avons ce qu'il faut pour traiter les cas comme le sien, a-t-il dit. Parce que nous avons l'équipement nécessaire. J'aurais dû lui demander de quel équipement il parlait, mais j'étais trop bouleversée. Par la suite, j'ai appris de quoi il s'agissait. Il parlait de l'équipement d'électrochoc, l'équipement qui déclenchait des convulsions dans le corps de mon mari, dans l'espoir que ça marcherait, que *le tour serait joué* et que cela le ramènerait à la vie.

Si j'avais dû passer tout un dimanche dans cette salle encombrée, je vous jure que je serais devenue folle moi aussi. Pour me distraire, je sortais de temps en temps, je me promenais autour des bâtiments de l'hôpital. Mon coin préféré était un banc, sous un arbre, à l'écart. Un jour je suis arrivée à mon banc et j'ai trouvé une femme assise là avec un petit enfant à côté d'elle. Dans la plupart des lieux publics – les jardins, les quais de gare, etc. –, il y avait sur les bancs une pancarte qui disait *Blancs* ou *Non-Blancs* ; mais il n'y en avait pas sur ce banc-là. Quel joli petit enfant, ai-je dit à la femme, ou quelque chose de ce genre, pour me montrer aimable. Elle a eu un air effrayé. *Dankie, mies*, a-t-elle murmuré, ce qui voulait dire « Merci, mademoiselle », et elle a pris son enfant et s'est sauvée comme une voleuse.

J'ai eu envie de crier : *Je ne suis pas comme eux*. Mais, bien sûr, je ne l'ai pas fait.

Je voulais que le temps passe, et je ne voulais pas que le temps passe. Je voulais être auprès de Mario, et en même temps je voulais être loin de lui, libérée de lui. Au début, j'apportais un livre dans l'espoir de lire à son chevet. Mais je ne pouvais pas lire dans un lieu pareil, je ne pouvais pas me concentrer. Je me disais : *Je devrais me mettre à tricoter, je pourrais tricoter des dessus-de-lit en attendant que passe le temps, le temps pesant et lourd.*

Lorsque j'étais jeune, au Brésil, je n'avais jamais le temps de faire tout ce que je voulais faire. Maintenant, le temps était mon pire ennemi, ce temps qui ne voulait

pas passer. Je désirais tant que tout cela en finisse, cette vie, cette mort, cette mort vivante! Nous avions fait une erreur fatale quand nous avons pris le bateau pour l'Afrique du Sud. Oui, une erreur fatale!
Voilà. C'était l'histoire de Mario.

Il est mort à l'hôpital ?

Il y est mort. Il aurait pu vivre plus longtemps, c'était un homme de solide constitution, un taureau. Cependant, quand ils ont compris que tous leurs trucs ne marcheraient pas, ils se sont désintéressés de lui. Ils ont même peut-être cessé de lui donner à manger, je ne peux l'affirmer, il est resté le même pour moi, il ne maigrissait pas. Mais pour vous dire la vérité, cela m'était égal, nous voulions être libérés, tous, lui et moi, et les médecins tout pareil.

Nous l'avons enterré pas loin de l'hôpital, je ne sais plus comment s'appelle ce cimetière. Sa tombe est donc en Afrique. Je n'y suis jamais retournée, mais il m'arrive de penser à lui, tout seul là-bas, sous terre.

Quelle heure est-il? Comme je suis fatiguée, et triste. Cela me déprime toujours de repenser à cette période de ma vie.

Voulez-vous que nous arrêtions là ?

Non, nous pouvons continuer. Il n'y a plus grand-chose à dire. Je vais vous parler de mes leçons de danse, parce que c'est là qu'il m'a poursuivie, votre M. Coetzee. Et alors peut-être vous pourrez répondre à une question que je vous poserai. Et puis nous en aurons fini.

À cette époque-là, je ne trouvais pas de travail digne de ce nom. Il n'y avait aucun débouché pour les professionnels comme moi, spécialistes du *balet folclórico*. En Afrique du Sud, les compagnies de ballet ne se produisaient que dans *Gisèle* et *Le Lac des cygnes*, pour bien montrer qu'elles se plaçaient dans la tradition européenne. Alors j'ai accepté le job dont je vous ai parlé, dans un studio où j'enseignais la danse latino-américaine. La plupart de mes élèves étaient ce qu'ils appelaient des Coloureds, des métis. Dans la journée, ils travaillaient dans des magasins ou des bureaux, puis le soir ils venaient au studio pour apprendre les nouveaux pas de danse latino-américaine. Je les aimais bien. C'étaient des gens sympathiques, aimables, gentils. Ils se faisaient des illusions romantiques sur l'Amérique latine, sur le Brésil surtout. Beaucoup de palmiers, beaucoup de plages. Au Brésil, s'imaginaient-ils, les gens comme eux se sentiraient chez eux. Je me gardais bien de les décevoir.

Chaque mois nous prenions de nouveaux élèves, c'est ainsi que fonctionnait le studio. On ne refusait personne. Si un élève payait, je devais le prendre dans ma classe. Un jour, comme j'arrivais pour prendre mes nouveaux élèves, je le trouvais parmi les nouvelles recrues, et son nom était bel et bien sur la liste : *Coetzee, John*.

Bon, je ne saurais vous dire combien cela m'a fait un coup. Quand on est danseur professionnel, qu'on se produit en public et que des admirateurs vous poursuivent de leurs assiduités, c'est une chose. J'étais habituée à ça. Mais là, c'était très différent. Je ne me donnais plus en spectacle. J'étais professeur, rien de plus, j'avais le droit de ne pas me faire harceler.

Je ne l'ai pas salué. Je voulais qu'il voie d'emblée qu'il n'était pas le bienvenu. Qu'est-ce qu'il s'imaginait – que s'il dansait devant moi, cela ferait fondre mon cœur de glace ? Il était fou ! D'autant plus qu'il n'avait pas le sens de la danse, aucune aptitude. J'ai vu cela tout de suite, à sa façon de marcher. Il n'était pas à l'aise dans son corps. Il se bougeait comme si son corps était un cheval qu'il montait, un cheval qui n'aimait pas son cavalier et qui regimbait. Je n'ai rencontré des hommes comme ça qu'en Afrique du Sud, raides, rétifs, impossible de leur enseigner quoi que ce soit. Je me demandais pourquoi donc ils étaient venus en Afrique, en Afrique où la danse était née. Il aurait mieux valu pour eux qu'ils restent en Hollande, dans leurs officines de marchands, derrière leurs comptoirs à compter leur argent de leurs doigts froids.

J'ai fait mon cours, comme j'étais payée pour le faire, puis à la fin de l'heure j'ai quitté le bâtiment par la porte de derrière. Je ne voulais pas parler à M. Coetzee. J'espérais qu'il ne reviendrait pas.

Mais le lendemain soir, il était là parmi les autres élèves, suivant obstinément les instructions, exécutant des pas qu'il ne sentait pas. Je voyais bien que les autres ne l'aimaient pas. Ils essayaient d'éviter de l'avoir pour partenaire. Quant à moi, sa présence me gâchait le plaisir. J'essayais de l'ignorer, mais il ne se laissait pas ignorer : les yeux fixés sur moi, il dévorait ma vie.

À la fin du cours, je l'ai retenu. « Je vous en prie, arrêtez ce manège. » Il m'a dévisagée sans protester, sans un mot. Je sentais sur son corps une sueur froide. J'ai eu envie de le frapper, de lui flanquer une bonne gifle. « Arrêtez ça ! Arrêtez de me suivre. Je ne veux pas vous revoir ici. Et arrêtez de me regarder comme ça. Arrêtez de m'obliger à vous humilier. »

J'aurais pu en dire plus long, mais je craignais de perdre mon sang-froid et de me mettre à crier.

Ensuite, j'ai parlé au propriétaire du studio ; il s'appelait M. Anderson. Il y a un élève dans mon cours qui dérange les autres, ai-je dit. Je vous en prie, rendez-lui son argent et qu'il quitte le cours. Mais M. Anderson a refusé. Si un élève perturbe votre cours, c'est à vous d'y mettre bon ordre, a-t-il dit. Cet homme ne fait rien de mal, ai-je dit, mais sa présence est néfaste. On ne peut mettre un élève à la porte parce que sa présence est néfaste, a-t-il dit. Trouvez une autre solution.

Après le cours suivant, je l'ai appelé. Il n'y avait nulle part pour parler en privé, alors j'ai dû lui parler dans le couloir, avec des gens qui allaient et venaient. « Je travaille ici. Et vous perturbez mon travail. Allez-vous-en. Laissez-moi tranquille. »

Il n'a pas répondu, mais il a avancé la main et m'a touché la joue. C'est la seule fois qu'il m'a touchée. Je bouillais de colère. J'ai écarté sa main d'un coup sec. « On ne joue pas au jeu de l'amour, lui ai-je sifflé à la figure. Ne voyez-vous donc pas que je vous déteste ? Laissez-moi tranquille et laissez ma fille tranquille, ou je signale votre conduite à l'école ! »

C'était vrai : s'il n'avait pas bourré le crâne de ma fille de dangereuses bêtises, je ne l'aurais jamais convoqué à l'appartement et il ne se serait pas mis à me poursuivre de ses assiduités pitoyables. Qu'est-ce qu'un homme adulte faisait dans une école de filles, de toute façon, Saint Bonaventure, qui était censée être une école de bonnes sœurs, sauf qu'il n'y avait pas de bonnes sœurs ?

Et c'était vrai que je le détestais. Je n'avais pas peur de le dire. Il me forçait à le détester.

Quand j'ai prononcé ce mot, *déteste*, il m'a seulement regardée, ahuri, comme s'il n'en croyait pas ses oreilles – que la femme à qui il s'offrait puisse le refuser. Je n'ai trouvé aucun plaisir à le voir ahuri, vulnérable à ce point. Je n'aimais même pas le voir sur la piste de danse. On aurait dit qu'il était nu : un homme qui dansait nu, et qui ne savait pas danser. J'avais envie de lui crier dessus. De le battre. J'avais envie de pleurer.

[Silence.]

Ce n'est pas l'histoire que vous vouliez entendre, n'est-ce pas ? Vous vouliez autre chose pour votre livre. Vous vouliez entendre l'histoire romanesque de votre héros et de la belle ballerine étrangère. Eh bien, ce n'est pas un conte à l'eau de rose que je vous offre, mais la vérité. Trop de vérité peut-être. Tellement de vérité qu'elle ne trouvera pas place dans votre livre. Je ne sais pas. Cela m'est bien égal.

Continuez. Ce n'est guère un portrait bien digne de Coetzee qui se dégage de votre histoire, je ne dis pas le contraire, mais je ne changerai rien, je vous le promets.

Pas bien digne, dites-vous. Eh bien, c'est le risque qu'on prend quand on tombe amoureux : on risque de perdre sa dignité.

[Silence.]

Quoi qu'il en soit, je suis retournée voir M. Anderson : Vous m'enlevez cet homme de mon cours, ou je vous donne ma démission. Je vais voir ce que je peux faire, a-t-il répondu. Nous avons tous affaire à des étudiants difficiles, vous n'êtes pas la seule dans cette situation. Il n'est pas difficile, ai-je dit. Il est fou.

Était-il fou ? Je n'en sais rien. Mais il est certain que j'étais pour lui une *idée fixe**.

Le lendemain, je suis allée à l'école de ma fille, comme je l'en avais menacé, et j'ai demandé à voir la directrice. La directrice était occupée, m'a-t-on dit. Bien, j'attendrais. Pendant une heure, j'ai attendu dans le bureau de la secrétaire. Pas un mot aimable. Pas : *Voulez-vous une tasse de thé, madame Nascimento ?* Puis, quand enfin il a été clair que je ne partirais pas, ils ont capitulé et m'ont laissée voir la directrice.

« Je viens vous parler des cours d'anglais de ma fille, lui ai-je dit. Je souhaite qu'elle continue à prendre ces cours, mais je veux qu'elle ait un professeur digne de ce nom, un professeur qualifié. S'il faut payer davantage, je paierai. »

La directrice a sorti un dossier d'un classeur. « Selon M. Coetzee, Maria Regina fait des progrès satisfaisants en anglais. Les autres professeurs confirment son opinion. Donc où est le problème exactement ? »

« Je ne peux vous donner de détails sur le problème en question. Tout ce que je veux, c'est qu'elle ait un autre professeur. »

La directrice n'était pas idiote. Quand j'ai dit que je ne pouvais lui dire où était le problème, elle a compris tout de suite de quoi il retournait. « Madame Nascimento, si je comprends bien ce que vous dites, la plainte que vous portez ici est très sérieuse. Mais je ne peux prendre aucune mesure si vous n'êtes pas disposée à donner plus de précisions. Vous plaignez-vous du comportement de M. Coetzee envers votre fille ? Êtes-vous en train de me dire qu'il y a eu quelque chose d'inconvenant dans sa conduite ? »

Elle n'était pas idiote, mais je ne suis pas idiote non plus. *Inconvenant* : qu'est-ce que cela veut dire ? Est-ce que je souhaitais porter des accusations contre M. Coetzee, signer en bas de page, et me retrouver dans un tribunal pour être interrogée par un juge ? « Non, je ne porte pas plainte contre M. Coetzee. Tout ce que je demande est que si vous avez une dame professeur d'anglais, dûment qualifiée, Maria Regina peut-elle prendre des leçons avec cette personne ? »

Cela n'a pas plu à la directrice. Elle a secoué la tête. « Ce n'est pas possible. M. Coetzee est le seul professeur, la seule personne parmi le personnel enseignant de l'école qui donne des cours d'anglais supplémentaires. Maria Regina ne peut passer dans aucune autre classe. Nous ne pouvons nous offrir le luxe de donner à nos filles le choix de leurs professeurs, madame Nascimento. Et de plus, puis-je, avec tout le respect que je vous dois, vous demander de réfléchir un peu : êtes-vous vraiment bien placée pour vous faire juge de l'enseignement de M. Coetzee, s'il ne s'agit ici que de la qualité de son enseignement ? »

Je sais que vous êtes anglais, monsieur Vincent. Alors ne prenez pas ce que je dis personnellement, mais les Anglais ont une attitude qui m'exaspère, qui exaspère beaucoup de monde : ils vous enrobent une insulte dans de jolis mots, comme une pilule dans du sucre. *Dago* :

vous pensez que je ne connais pas ce mot-là, monsieur Vincent? *You Portugoose dago!* Sale métèque, voilà ce qu'elle me disait – *Comment osez-vous venir ici critiquer mon établissement! Retournez dans les bas quartiers d'où vous venez!*

« Je suis la mère de Maria Regina. C'est à moi seule de dire ce qui est bon pour elle et ce qui ne l'est pas. Je ne viens pas causer des ennuis, ni à vous, ni à M. Coetzee, ni à personne d'autre, mais je vous le dis ici même, Maria Regina ne restera pas dans la classe de cet homme, c'est mon dernier mot. Je paie pour que ma fille soit élève dans une bonne école, une école de filles. Je ne veux pas qu'elle soit dans une classe confiée à un professeur qui n'en est pas un, qui n'est pas qualifié; il n'est même pas anglais; c'est un Boer. »

Je n'aurais peut-être pas dû utiliser ce mot-là, c'était comme *métèque*. Mais j'étais en colère. On m'avait provoquée: dans son petit bureau de directrice, cela a fait l'effet d'une bombe. Un mot explosif. Pas aussi mauvais que *fou*. Si j'avais dit que le professeur de Maria Regina, avec ses poèmes incompréhensibles et qui parlait de faire brûler les élèves d'une flamme plus vive, était fou, pour le coup la pièce aurait bel et bien explosé.

Le visage de la femme s'est crispé. « Madame Nascimento, c'est à moi et au comité de direction de décider qui est qualifié pour enseigner dans notre établissement et qui ne l'est pas. Je juge, ainsi que le comité, que M. Coetzee, qui a un diplôme universitaire en anglais, a les qualifications nécessaires. Vous pouvez retirer votre fille de sa classe, si vous le souhaitez, vous pouvez même la retirer de l'école. C'est votre droit. Mais ne perdez pas de vue qu'en fin de compte c'est votre fille qui pâtira de votre décision. »

« Je vais la retirer de la classe de cet homme, mais je ne la retirerai pas de l'école. Je veux qu'elle bénéficie d'un bon enseignement. Je vais lui trouver moi-même un professeur d'anglais. Merci de m'avoir reçue. Vous pensez que je ne suis qu'une pauvre réfugiée qui ne comprend rien à rien. Vous vous trompez. Si je vous racontais toute l'histoire, vous verriez à quel point vous faites erreur. Au revoir. »

Réfugiée. Ils ne cessaient de me traiter de réfugiée dans leur fichu pays, alors que je ne demandais qu'à m'en échapper.

Quand Maria Regina est rentrée de l'école le lendemain, c'est une vraie tempête qui s'est déchaînée sur ma tête. « Comment est-ce que tu as pu faire ça ? m'a-t-elle crié au visage. Comment as-tu pu faire ça derrière mon dos ? Pourquoi faut-il que tu te mêles toujours de ma vie ? »

Depuis des semaines et des mois, depuis que M. Coetzee était apparu dans notre vie, les rapports entre Maria Regina et moi étaient tendus. Mais jamais ma fille n'avait usé d'un tel langage avec moi. J'ai essayé de la calmer. D'autres filles n'ont pas un père à l'hôpital et une mère qui est obligée de s'abaisser à gagner quelques sous pour que sa fille qui ne lève jamais le petit doigt à la maison, et ne dit jamais merci, puisse avoir des cours supplémentaires dans telle ou telle matière.

Ce n'était pas vrai, bien sûr. Comme filles, je n'aurais pu souhaiter mieux que Joana et Maria Regina, toutes deux sérieuses et travailleuses. Mais il est parfois nécessaire de se montrer un peu dur, même avec ceux qu'on aime.

Maria Regina était dans une telle rage qu'elle n'a pas entendu un mot de ce que je disais. « Je te hais ! hurlait-elle. Tu crois que je ne sais pas pourquoi tu fais ça ! C'est parce que tu es jalouse, parce que tu ne veux pas que je voie M. Coetzee, parce que tu le veux pour toi ! »

« Moi, jalouse de toi ? Quelle bêtise ! Pourquoi est-ce que je voudrais cet homme-là pour moi, cet homme qui n'est même pas un homme, un vrai ? Oui, je te le dis, cet homme n'est pas ce qui s'appelle un homme ! Qu'est-ce que tu sais des hommes, toi, une enfant ? Pourquoi crois-tu qu'il veut se trouver parmi des filles jeunes ? Tu trouves ça normal ? Pourquoi tu crois qu'il encourage tes rêvasseries et tes songes creux ? On ne devrait pas permettre à des hommes pareils de s'approcher d'une école. Et toi, tu devrais me remercier de venir à ton secours. Mais au lieu de ça, tu cries des insultes et tu portes des accusations contre moi, ta mère ! »

J'ai vu ses lèvres bouger sans lâcher un son, comme s'il n'y avait pas de mots assez amers pour dire ce qu'elle avait sur le cœur. Puis elle a fait volte-face et est sortie en trombe de la pièce. Elle est revenue quelques instants plus tard, brandissant les lettres que cet homme, son prof, m'avait écrites, et que j'avais rangées dans le bureau, sans raison spéciale, elles n'avaient rien de précieux pour moi. « Il t'écrit des lettres d'amour ! a-t-elle crié à tue-tête. Et tu lui écris des lettres d'amour ! Ça me dégoûte ! S'il n'est pas normal, pourquoi est-ce que tu lui écris des lettres d'amour ? »

Bien sûr, ce n'était pas vrai. Je ne lui ai pas écrit de lettres d'amour, pas une. Mais pouvais-je faire croire ça à la pauvre petite ? « Comment oses-tu te permettre de fouiller dans mes papiers personnels ? »

Comme j'ai regretté à ce moment-là de ne pas avoir brûlé ses lettres, des lettres que je n'avais jamais sollicitées !

Maria Regina pleurait maintenant. « Je regrette de t'avoir écoutée, sanglotait-elle. Je n'aurais pas dû te laisser l'inviter ici. Tu gâches tout ! »

« Ma pauvre enfant ! » Je l'ai prise dans mes bras. « Je n'ai jamais écrit de lettres à M. Coetzee, il faut me croire. Oui, lui m'a écrit, je ne sais pas pourquoi, mais je n'ai jamais répondu. Il ne m'intéresse pas, pas du tout, pas comme tu le penses. Que cette histoire ne nous éloigne pas l'une de l'autre, ma chérie. J'essaie de te protéger, c'est tout. Il n'est pas ce qu'il te faut. C'est un homme adulte, tu es encore une enfant. Je vais te trouver un professeur qui viendra ici pour te donner des leçons particulières et qui t'aidera. Nous nous débrouillerons. Un professeur ne coûte pas cher. Nous trouverons quelqu'un qui a un certificat d'aptitude et qui saura te préparer à l'examen. Et puis on pourra oublier cette triste affaire. »

Voilà donc l'histoire, toute l'histoire de ses lettres et des tracas qu'elles m'ont causés.

Il n'y a pas eu d'autres lettres ?

Une de plus, mais je ne l'ai pas ouverte. J'ai écrit RETOUR À L'EXPÉDITEUR sur l'enveloppe et l'ai laissée dans le hall de l'immeuble pour que le facteur la reprenne. « Tu vois, Maria Regina ? Tu vois ce que je pense de ses lettres ? »

Et les cours de danse ?

Il a cessé de venir. M. Anderson lui a parlé et il a cessé de venir. On l'a peut-être remboursé, je ne sais pas.

Est-ce que vous avez trouvé un autre professeur pour Maria Regina ?

Oui, j'ai trouvé quelqu'un d'autre, une dame, retraitée de l'enseignement. Cela coûtait cher, mais qu'est-ce que l'argent quand l'avenir de votre enfant est en jeu ?

Donc, cela a marqué la fin de vos rapports avec John Coetzee ?

Oui. Absolument.

Vous ne l'avez jamais revu, vous n'avez jamais eu de ses nouvelles ?

Jamais. Et j'ai fait en sorte que Maria Regina ne le voie pas. Il avait peut-être la tête farcie d'idées romanesques, mais il était trop hollandais pour prendre des risques. Quand il a compris que je ne plaisantais pas, que je ne voulais pas jouer à son petit jeu de l'amour, il a cessé ses assiduités. Il nous a laissées tranquilles. La sublime passion qu'il proclamait ne volait pas bien haut, en fin de compte. Ou il a peut-être trouvé à s'amouracher de quelqu'un d'autre.

Peut-être que oui. Peut-être que non. Peut-être vous a-t-il gardée bien vivante au fond de son cœur.

Pourquoi dites-vous cela ?

[Silence.]

Eh bien, peut-être. C'est vous qui l'avez étudié, vous savez mieux ce qu'il en est. Il est des gens pour qui l'objet de l'amour est sans importance, pourvu qu'ils soient amoureux.
Il était peut-être de ceux-là.

[Silence.]

Avec le recul, comment voyez-vous toute cette affaire ? Êtes-vous toujours en colère contre lui ?

En colère ? Non. Je vois bien comment un jeune homme solitaire et excentrique, qui passait son temps à lire les anciens philosophes et à écrire des poèmes, a pu être séduit par Maria Regina, qui était très belle et qui allait briser bien des cœurs. Il n'est pas si facile de voir ce que Maria Regina lui trouvait ; mais elle était jeune et facile à impressionner, et il la flattait, lui faisait croire qu'elle était différente des autres et qu'elle avait un bel avenir devant elle.
Et puis quand elle l'a amené à la maison, et qu'il m'a vue, je conçois qu'il ait pu changer d'avis et décider que ce serait plutôt moi son grand amour. Je ne prétends pas avoir été d'une grande beauté, et bien sûr je n'étais plus jeune, mais Maria Regina et moi étions le même genre de femme : mêmes attaches fines, même chevelure, mêmes yeux noirs. Et il est plus commode, n'est-ce

pas, d'aimer une femme que d'aimer une enfant. Plus commode, et moins dangereux.

Que voulait-il de moi, d'une femme qui ne répondait pas à ses avances et qui ne faisait rien pour les encourager ? Espérait-il coucher avec moi ? Quel plaisir un homme peut-il trouver à coucher avec une femme qui ne veut pas de lui ? Parce que, franchement, je ne voulais pas de cet homme qui ne faisait pas jaillir en moi la moindre étincelle d'émotion. Et dans quelle situation nous serions-nous trouvés si j'avais eu une liaison avec le professeur de ma fille ? Aurais-je pu garder la chose secrète ? Certainement pas pour Maria Regina. Je me serais couverte de honte devant mes enfants. Même seule avec lui, j'aurais pensé : *Ce n'est pas moi qu'il désire, c'est Maria Regina, qui est jeune et belle mais qui lui est interdite.*

Mais peut-être ce qu'il voulait, c'était l'une et l'autre, Maria Regina et moi, la mère et la fille – c'était peut-être son fantasme, je ne sais pas, je ne sais pas ce qu'il avait dans la tête.

Je me souviens qu'à l'époque où je faisais mes études, la mode était à l'existentialisme, il fallait que tous nous soyons existentialistes. Mais pour se faire accepter comme existentialiste, il fallait prouver qu'on était libertin, extrémiste. *N'obéissez à aucune restriction. Soyez libres !* – c'est ce qu'on nous disait. Mais comment puis-je être libre, me demandais-je, si je dois obéir à un ordre d'être libre ?

Je crois que Coetzee était comme ça. Il avait décidé d'être un existentialiste, un romantique, un libertin. Le problème, c'était que cela ne venait pas de lui, alors il ne savait pas s'y prendre. La liberté, la sensualité, l'amour érotique – tout cela n'était qu'une idée dans sa tête, pas un élan que lui dictait son corps. Il n'était pas doué pour cela. Ce n'était pas un être sensuel. Et d'ailleurs, je soupçonne qu'il aimait qu'une femme soit froide et distante.

Vous avez dit que vous aviez décidé de ne pas lire sa dernière lettre. Avez-vous jamais regretté cette décision ?

Pourquoi ? Pourquoi l'aurais-je regrettée ?

Parce que Coetzee était écrivain, il savait se servir des mots. Et si cette lettre que vous n'avez pas lue contenait des mots qui vous auraient émue, ou même qui vous auraient fait changer de sentiment à son égard ?

Monsieur Vincent, pour vous John Coetzee est un grand écrivain, un héros, je veux bien, sinon pourquoi seriez-vous là, pourquoi écririez-vous ce livre ? Pour moi, en revanche – excusez-moi de dire ça, mais il est mort, je ne peux donc le blesser –, pour moi, il n'est rien. Il n'est rien, n'était rien si ce n'est un sujet d'irritation et de gêne. Il n'était rien, ses mots n'étaient rien. Je vois que vous êtes contrarié, parce je fais de lui un sot. Pourtant, pour moi, c'était bel et bien un sot.

Pour ce qui est de ses lettres, écrire des lettres à une femme n'est pas la preuve qu'on l'aime. Cet homme n'était pas amoureux de moi, il était amoureux d'une idée qu'il se faisait de moi, le fantasme d'une maîtresse latine qu'il s'était fabriqué dans la tête. J'aurais souhaité qu'à ma place il ait trouvé un autre écrivain, un autre amateur de chimères de son acabit pour tomber amoureux. Ils auraient été heureux ensemble à faire l'amour du matin au soir à l'idée qu'ils se faisaient l'un de l'autre.

Vous me trouvez cruelle de parler de la sorte, mais je ne suis pas cruelle, je suis seulement quelqu'un de pratique. Quand le professeur de langue de ma fille, que je ne connais ni d'Ève ni d'Adam, m'adresse des lettres pleines de ses idées sur ci et sur ça, sur la musique, la chimie, la philosophie, les anges et les dieux, des pages et des pages, et des poèmes en plus, je ne lis pas tout et je ne les apprends pas par cœur pour en faire profiter les générations futures. Tout ce que je veux savoir est très simple, d'ordre pratique : *Qu'est-ce qui se passe entre cet homme et ma fille qui n'est qu'une enfant ?* Parce que – excusez-moi de dire cela –, derrière les belles paroles, ce qu'un homme veut d'une femme est d'habitude tout à fait simple et élémentaire.

Vous avez dit qu'il y avait aussi des poèmes ?

Je ne les comprenais pas. C'est Maria Regina qui aimait la poésie.

Vous ne vous rappelez rien de ces poèmes ?

Ils étaient très modernistes, très intellectuels, très obscurs. C'est pour cette raison que je dis que tout cela était une erreur grossière. Il pensait que j'étais le genre de femme avec qui on est au lit dans le noir et on discute de poésie ; mais ce n'était pas du tout mon genre. J'étais une épouse et une mère, la femme d'un homme enfermé dans un hôpital qui aurait aussi bien pu être une prison ou au cimetière, et la mère de deux filles que je devais, d'une manière ou d'une autre, protéger coûte que coûte dans un monde où, quand les gens en veulent à votre argent, ils arrivent armés d'une hache. Je n'avais pas le temps de prendre en pitié ce jeune homme ignorant qui se jetait à mes pieds et s'humiliait devant moi. Et franchement, si j'avais voulu un homme, cela n'aurait pas été un homme comme lui.

Parce que je puis vous assurer – je vous retiens, excusez-moi –, je puis vous assurer que je n'étais pas une femme insensible, loin de là. N'emportez pas de moi une fausse impression. Je n'étais pas morte au monde. Le matin, lorsque Joana était au travail et Maria Regina à l'école, que les rayons du soleil entraient dans notre petit appartement, qui était d'habitude si sombre, si lugubre, il m'arrivait de me mettre dans la plage de soleil devant la fenêtre ouverte pour écouter les oiseaux et sentir la chaleur sur mon visage et sur mes seins ; dans de tels moments je désirais ardemment être à nouveau une femme. Je n'étais pas trop vieille, j'attendais, c'est tout. Voilà. Ça suffit. Merci de m'avoir écoutée.

Lors de notre dernier entretien, vous avez dit que vous aviez une question à me poser.

Oui, j'oubliais. J'ai une question en effet. La voici. En général je ne me trompe pas sur les gens ; alors, dites-moi, est-ce que je me trompe sur John Coetzee ? Parce que pour moi, franchement, il n'était personne. Cet homme n'avait aucune étoffe. Il écrivait bien, peut-être, il avait un certain talent pour manier les mots, peut-être, je n'en sais rien, je n'ai pas lu ses livres, je n'en ai jamais eu la curiosité. Je sais que par la suite il s'est fait une grande réputation ; mais était-ce vraiment un grand écrivain ? Parce qu'à mon avis, manier les mots avec talent ne suffit pas pour être un grand écrivain. Il faut aussi être un grand homme. Ce n'était pas un grand homme. C'était un petit homme, un petit homme insignifiant. Je ne saurais vous énumérer les raisons a), b), c), d) qui me font dire cela, mais cela a été l'impression qu'il m'a donnée dès le début, dès que j'ai posé les yeux sur lui, et rien de ce qui s'est passé par la suite n'a changé cette impression. Alors je me tourne vers vous. Vous l'avez étudié en profondeur, vous écrivez un livre sur lui. Dites-moi ce que vous pensez de lui. Est-ce que je me trompais ?

Ce que je pense de lui en tant qu'écrivain ou en tant qu'être humain ?

En tant qu'être humain.

Je ne saurais vous dire. J'hésiterais à porter un jugement sur quiconque que je n'ai jamais vu face à face. Homme ou femme. Mais je crois qu'à l'époque où vous l'avez connu, Coetzee était très seul, une solitude contre nature. Cela explique peut-être certains – comment dirais-je ? – aspects extravagants de son comportement.

Comment savez-vous ça ?

D'après ce qu'il a laissé. En faisant des rapprochements. Il était un peu seul et désespéré.

D'accord, mais on est tous un peu désespérés. C'est la vie. Si on est fort, on prend le dessus sur le désespoir. C'est pourquoi je vous demande : comment pouvez vous être un grand écrivain si vous n'êtes qu'un petit homme ordinaire ? Il doit sûrement y avoir en vous une flamme qui vous distingue de l'homme de la rue. Dans ses livres, peut-être si on prend la peine de les lire, on perçoit cette flamme. Mais pour moi, au temps où je le côtoyais, je n'ai jamais senti aucun feu. Au contraire, il me semblait – comment dirais-je – tiède.

Jusqu'à un certain point, je serais d'accord avec vous. Feu ou flamme ne sont pas les mots qui vous viennent à l'esprit quand on pense à ses livres. Mais il avait d'autres vertus, sa force était ailleurs. Par exemple, je dirais qu'il était stable : son regard ne flanchait pas. Il ne se laissait pas facilement tromper par les apparences.

Pour un homme qui ne se laissait pas tromper par les apparences, il tombait amoureux plutôt facilement, vous ne croyez pas ?

[Rire.]

Mais peut-être, quand il tombait amoureux, n'était-il pas dupe. Il voyait peut-être des choses que les autres ne voyaient pas.

Dans la femme ?

Oui, dans la femme.

[Silence.]

Vous me dites qu'il est resté amoureux de moi après que je l'ai envoyé promener, après même que j'ai oublié jusqu'à son existence. Est-ce cela que vous appelez de la stabilité ? Parce que pour moi c'est tout bonnement idiot.

Je crois qu'il était tenace. Les Anglais disent tenace comme un chien, dogged. *Je ne sais pas si vous avez un équivalent en portugais. Comme un bouledogue qui vous attrape dans sa gueule et qui ne vous lâche pas.*

Si vous le dites, il faut bien vous croire. Mais être comme un chien, est-ce que c'est admirable, en anglais ?

[Rire.]

Vous savez, dans mon métier, plutôt que simplement écouter ce que les gens disent, nous aimons regarder la façon dont ils se meuvent, comment ils habitent leur corps. C'est notre façon d'accéder à la vérité, et ça marche assez bien. Votre M. Coetzee savait peut-être user des mots avec talent, mais comme je vous l'ai dit, il était incapable de danser. Incapable de danser – et je vous donne une expression que je me rappelle, que Maria Regina m'a apprise en Afrique du Sud –, *incapable de danser, même s'il en allait de sa vie.*

[Rire.]

Mais soyons sérieux, madame Nascimento, beaucoup de grands hommes n'étaient pas de bons danseurs. S'il faut bien danser pour être un grand homme, alors Gandhi n'était pas un grand homme, et Tolstoï pas davantage.

Non. Vous n'écoutez pas ce que je vous dis. Je parle sérieusement, moi aussi. Vous connaissez le mot *désincarné* ? Cet homme était désincarné. Il était divorcé d'avec son corps. Pour lui, le corps était comme une de ces marionnettes de bois qu'on actionne avec des ficelles. On tire une ficelle, et le bras gauche bouge, on en tire une autre et c'est la jambe droite qui bouge. Le moi, le moi véritable, est au-dessus, on ne le voit pas, comme le marionnettiste qui tire les ficelles.

Et voilà cet homme qui m'arrive, à moi, la maîtresse de danse. *Montrez-moi comment danser*, me supplie-t-il. Alors je lui montre, je lui montre comment se mouvoir quand on danse. *Eh bien*, lui dis-je, *vous faites ce pas-là, et puis celui-ci*. Il écoute, et il se dit : *Ah Ah ! elle veut que je tire la ficelle rouge, puis la ficelle bleue ! – Et comme ça, avec l'épaule*, et lui se dit : *Ah Ah ! elle veut que je tire la ficelle verte !*

Mais ce n'est pas comme ça qu'on danse ! Jamais de la vie ! La danse, c'est l'incarnation. Dans la danse, ce n'est pas le marionnettiste qu'on a dans la tête qui mène et le corps qui suit, c'est le corps qui mène, le corps qui a une âme, l'âme-corps. Parce que le corps sait ce qu'il en est ! Il le sait ! Quand le corps sent le rythme en lui, il n'a pas besoin de penser. C'est ainsi que nous fonctionnons si nous sommes humains. C'est pourquoi la marionnette de bois ne saurait danser. Le bois n'a pas d'âme. Le bois ne sent pas le rythme.

Alors voilà la question que je vous pose : comment votre bonhomme pouvait-il être un grand homme alors qu'il n'était pas humain ? Je pose la question sérieusement, on ne plaisante plus. Pourquoi, à votre avis, laissait-il froide la femme en moi ? Pourquoi croyez-vous que j'ai tout fait pour tenir ma fille à l'écart de cet homme, jeune comme elle l'était et sans expérience pour guider sa conduite ? Parce que de cet homme on ne peut attendre rien de bon. L'amour : comment peut-on être un grand écrivain quand on ne sait rien de l'amour ? Pensez-vous que la femme que je suis ne sent pas dans la moelle de ses os quel genre d'amant est un homme ? Je vous le dis, je frissonne de froid quand je pense à des rapports intimes avec un homme pareil. Je ne sais pas s'il s'est jamais marié, mais si c'est le cas, j'en ai des frissons pour la femme qui l'a épousé.

Oui. Il se fait tard. Cela aura été un long après-midi et ma collègue et moi devons partir. Merci, senhora Nascimento, du temps que vous nous avez si généreusement consacré. C'était extrêmement aimable de votre part. Senhora Gross transcrira notre conversation et peaufinera la traduction, après quoi je vous l'enverrai et vous me direz si vous souhaitez changer, ajouter ou éliminer quoi que ce soit.

Je comprends. Bien sûr, vous me proposez d'apporter des changements, de supprimer ou d'ajouter à ce qui a été dit. Mais dans quelle mesure puis-je changer ? Puis-je changer l'étiquette que j'ai autour du cou qui dit que j'étais une des femmes dans la vie de Coetzee ? Me laisserez-vous enlever cette étiquette, la déchirer ? Je pense que non. Parce que cela détruirait votre livre, et vous ne me permettriez pas de faire ça.

Mais je serai patiente. J'attendrai de voir ce que vous allez m'envoyer. Peut-être, qui sait, vous prendrez au sérieux ce que je vous ai dit. Et aussi, je vous l'avoue, je suis curieuse de voir ce que les autres femmes dans la vie de cet homme vous ont dit, les autres femmes qui ont aussi des étiquettes autour du cou; ont-elles aussi trouvé que cet amant était de bois? Parce que, voyez-vous, c'est le titre qu'à mon avis vous devriez donner à votre livre: *L'Homme de bois*.

[Rire.]

Mais dites-moi, et je continue à parler sérieusement: est-ce que cet homme qui ne connaissait rien aux femmes a jamais écrit sur les femmes, ou n'a-t-il écrit que sur des hommes entêtés de son espèce? Je vous le demande parce que, comme je vous l'ai dit, je n'ai rien lu de lui.

Il a écrit sur les hommes et sur les femmes. Par exemple – et cela peut vous intéresser –, il y a un livre intitulé Foe *dans lequel une femme fait naufrage sur une île au large de la côte du Brésil et y passe toute une année. Dans la version définitive du livre, c'est une Anglaise, mais dans la première mouture il avait fait d'elle une* Brasileira.

Et quel genre de femme est-elle, sa *Brasileira*?

Comment vous dire? Elle a beaucoup de solides qualités. Elle est séduisante, débrouillarde, elle a une volonté de fer. Elle court le monde à la recherche de sa fille qui a disparu. C'est l'essence du livre : sa quête pour retrouver sa fille, qui l'emporte sur toutes les autres préoccupations. À mes yeux, c'est une héroïne admirable. Si j'étais l'original d'un personnage de cette trempe, j'en serais fier.

Je vais lire le livre pour me faire une opinion. Rappelez-moi le titre.

Foe, *F-O-E. Le livre a été traduit en portugais, mais cette édition est sans doute épuisée à l'heure qu'il est. Je peux vous envoyer le livre en anglais, si vous voulez.*

C'est ça. Envoyez-le-moi. Il y a longtemps que je n'ai pas lu un livre en anglais, mais ça m'intéresse de voir ce que cet homme de bois a fait de moi.

[Rire.]

Cet entretien s'est tenu à São Paulo,
au Brésil, en décembre 2007.

Martin

Dans l'un de ses derniers carnets, Coetzee raconte sa première rencontre avec vous, ce jour de 1972 où vous étiez l'un et l'autre convoqués à un entretien pour un poste auquel vous postuliez à l'université du Cap. Ce récit ne comporte que quelques pages – je vais vous le lire si vous le souhaitez. J'ai idée qu'il devait prendre place dans le troisième volet des mémoires, celui qui n'a jamais vu le jour. Comme vous allez l'entendre, il adopte la même convention que dans les Scènes de la vie d'un jeune garçon *et dans* Vers l'âge d'homme : *le sujet est à la troisième personne et non à la première.*
Voici ce qu'il écrit :

> *En vue de l'entretien, il s'est fait couper les cheveux. Il a taillé sa barbe. Il a mis cravate et veston. S'il n'est pas encore M. Complet-veston, il n'a au moins plus l'air du sauvage de Bornéo.*
> *Dans l'antichambre, il y a deux autres candidats à ce poste. Ils sont debout, côte à côte, devant la fenêtre qui donne sur les jardins et bavardent à mi-voix. On dirait qu'ils se connaissent, ou du moins qu'ils ont fait connaissance.*

Vous rappelez-vous qui était ce troisième larron ?

Il était de l'université de Stellenbosch, mais je ne me rappelle pas son nom.

Il poursuit :

> *C'est la méthode anglaise : on jette les concurrents dans la fosse et on attend de voir ce qui se passe. Il va falloir qu'il se réhabitue au style anglais de faire les choses, et à leur brutalité. Joli petit navire, l'Angleterre, plein à ras bord. Pas de quartier. Des chiens qui grognent et qui se mordent, chacun voulant défendre son petit territoire. La méthode américaine, en comparaison, élégance, douceur presque. Mais il est vrai qu'il y a plus d'espace en Amérique, plus de place pour la courtoisie.*
>
> *Le Cap n'est peut-être pas l'Angleterre, peut-être même, parti à la dérive, s'en éloigne-t-il chaque jour davantage, mais on s'accroche tant qu'on peut à ce qui reste des mœurs anglaises. Sans ces liens salutaires, que serait Le Cap ? Une étape de second ordre sur la route de nulle part ; un lieu d'oisiveté sauvage.*
>
> *L'ordre de comparution des candidats est punaisé sur la porte : il sera le deuxième à se présenter devant le comité de sélection. Le premier, quand on l'appelle, se lève nonchalamment, tapote sa pipe et la range dans ce qui doit être un étui, et passe la porte du saint des saints. Au bout de vingt minutes, il ressort, le visage impénétrable.*
>
> *C'est son tour. Il entre et on lui fait signe de prendre place au bout d'une longue table. À l'autre bout, ses inquisiteurs, au nombre de cinq, tous des hommes. Comme les fenêtres sont ouvertes et que la pièce donne sur une rue où des voitures ne cessent de passer, il est obligé de*

tendre l'oreille pour les entendre, et de parler fort pour se faire entendre.

Après quelques simagrées de politesse, on porte le premier coup : s'il est nommé à ce poste, quels auteurs aimerait-il enseigner ?

« Je peux enseigner à peu près tout ce qu'il y a à enseigner. Je ne suis pas spécialiste en quoi que ce soit. Je me considère comme généraliste. »

C'est une réponse qui a le mérite d'être défendable. Un petit département dans une petite université serait peut-être heureux d'embaucher un homme à tout faire. Mais au silence qui accueille sa réponse, il comprend qu'il n'a pas bien répondu. Il a pris la question trop littéralement. Cela a toujours été un point faible chez lui : il prend les questions trop littéralement, et ses réponses sont trop succinctes. Ces gens ne veulent pas des réponses succinctes. Ils veulent quelqu'un qui prend son temps, qui développe son propos, dans un style qui leur permettra de se faire une idée du genre de gars qu'ils ont devant eux, quel genre de jeune collègue il ferait, s'il serait à sa place dans une université de province qui fait de son mieux pour maintenir le niveau à une époque difficile, pour entretenir la flamme de la civilisation.

En Amérique, où on prend la recherche d'emploi au sérieux, les gens comme lui qui ne savent pas déchiffrer l'enjeu d'une question, qui ne savent pas filer des paragraphes, qui ne s'expriment pas avec conviction – bref, les gens qui n'ont pas de savoir-faire en relations humaines –, suivent des séances d'entraînement où ils apprennent à regarder l'interrogateur dans les yeux, à sourire, à répondre aux questions de façon exhaustive en donnant l'impression d'une totale sincérité. La présentation de soi. Ils appellent ça comme ça en Amérique, sans ironie.

Quels auteurs préférerait-il enseigner ? Quelles recherches a-t-il en cours ? Se sentirait-il compétent si on lui proposait *des travaux dirigés en moyen anglais ? Ses réponses résonnent de plus en plus comme des phrases creuses. La vérité, c'est qu'en réalité il ne veut pas de ce poste. Il n'en veut pas parce que, au fond de son cœur, il sait qu'il n'est pas fait pour enseigner. Il n'a pas le tempérament d'un enseignant. Il n'a pas le zèle nécessaire.*

Il sort de l'entretien dans un état de sombre découragement. Il veut partir de là tout de suite, sans attendre. Mais non, il faut d'abord remplir des formulaires, se faire remettre l'indemnité de transport.

« Comment ça s'est passé ? »

Celui qui s'adresse à lui est le candidat que le comité a vu le premier, le fumeur de pipe.

C'est vous, si je ne me trompe pas.

Oui. Mais j'ai renoncé à la pipe.

Il hausse les épaules. « Qui sait ? dit-il. Pas bien. »
« On va prendre une tasse de thé ? »
Il n'en revient pas. Est-ce qu'ils ne sont pas censés être en rivalité ? Est-il licite pour des rivaux de fraterniser ?
L'après-midi est bien avancé, le campus est désert. Ils se dirigent vers le restaurant universitaire dans l'espoir d'y prendre le thé. Le restau est fermé. MJ – c'est ainsi qu'il vous appelle – sort sa pipe. « Bon, tant pis, dit-il. Vous fumez ? »
Voilà qui est surprenant : ce MJ commence à lui plaire, son côté décontracté, direct, à moins que ses manières ne soient qu'une forme de présentation de soi dont il maîtrise la pratique. Et cette sympathie mutuelle a fleuri en un clin d'œil !
Mais y a-t-il de quoi être surpris ? Pourquoi ont-ils tous les deux (ou tous les trois si on compte le troisième, le gars peu clair) été sélectionnés pour un entretien d'embauche,

pour un poste d'assistant en littérature anglaise, si ce n'est parce qu'ils sont de la même espèce, avec la même formation (formation: pas un concept anglais, qu'il ne l'oublie pas); et parce qu'en fin de compte ils sont bien évidemment des Sud-Africains, des Blancs sud-africains.

Le fragment s'arrête là. Il n'est pas daté, mais je suis à peu près sûr qu'il a écrit ça en 1999 ou 2000. Donc, là-dessus, quelques questions. La première: c'est vous qui avez obtenu le poste d'assistant, alors que Coetzee a été écarté. Pourquoi, à votre avis, n'a-t-on pas retenu sa candidature? Avez-vous perçu quelque amertume de sa part face à cet échec?

Absolument pas. J'étais un produit du système – le système universitaire colonial tel qu'il était à l'époque –, alors que lui n'était pas dans le système, dans la mesure où il était parti pour l'Amérique poursuivre ses études après la licence. Compte tenu de la nature de tout système, qui est de se reproduire, je ne pouvais qu'avoir l'avantage sur lui. Il le comprenait, en théorie et en pratique. Il ne m'en voulait aucunement de cette situation.

Fort bien. Deuxième question: il laisse entendre qu'il avait trouvé en vous un ami, et continue en faisant la liste de traits de caractère que lui et vous aviez en commun. Mais quand il en vient à votre qualité de Sud-Africain blanc, il s'arrête et n'écrit rien de plus. Avez-vous une idée des raisons pour lesquelles il s'est arrêté précisément là?

Pourquoi il a soulevé la question de l'identité des Sud-Africains blancs, puis a laissé tomber le sujet?

J'ai deux explications à vous proposer. L'une est que le sujet lui a peut-être semblé trop complexe pour être examiné dans des mémoires ou un journal – trop complexe ou trop sensible. L'autre est plus simple : l'histoire de ses aventures universitaires était trop ennuyeuse pour aller plus loin.

Et laquelle de ces explications vous paraît la plus satisfaisante ?

Probablement la première légèrement assaisonnée de la seconde. John a quitté l'Afrique du Sud dans les années soixante, il est revenu peu après 1970 ; pendant des décennies il a fait le va-et-vient entre l'Afrique du Sud et les États-Unis, et a fini par lever le pied pour aller en Australie où il est mort. J'ai quitté l'Afrique du Sud dans les années soixante-dix, et n'y suis jamais retourné. En gros, lui et moi avions la même attitude envers l'Afrique du Sud et la question d'y rester. Notre attitude, pour être bref, était que notre présence était légale mais illégitime. Nous avions un droit abstrait d'y être, droit acquis de naissance, mais ce droit reposait sur une imposture. Notre présence était fondée sur un crime, à savoir la conquête coloniale, perpétuée par l'apartheid. Quel que soit le contraire d'*indigènes* ou d'*enracinés*, c'est ainsi que nous nous percevions. Nous nous voyions comme des gens de passage, résidents provisoires, et partant, sans pays, sans patrie. Je ne crois pas déformer la pensée de John sur ce point. C'est une question dont nous parlions beaucoup ensemble. Et en tout cas cette lecture ne déforme en rien ma propre opinion.

Me dites-vous que vous vous apitoyiez de concert sur votre sort ?

Apitoyer n'est pas le mot juste. Nous étions trop bien lotis pour nous plaindre de notre sort. Nous avions notre jeunesse – je n'avais pas encore trente ans alors, et il était à peine plus vieux –, nous avions bénéficié d'une formation somme toute pas mauvaise, et nous avions même de modestes biens matériels. Si on nous avait enlevés pour nous relâcher quelque part dans le monde, le monde civilisé, pas le tiers-monde – nous aurions prospéré, nous nous serions épanouis. (Dans le tiers-monde, je ne sais pas trop. Nous n'étions ni l'un ni l'autre des Robinson Crusoé.)
Donc non, je ne considérais pas notre sort comme tragique, et je suis sûr que lui non plus. S'il faut le qualifier, je dirais que notre sort était comique. Ses ancêtres, à leur manière, ainsi que les miens à leur manière aussi, avaient travaillé dur, de génération en génération, pour déblayer un coin de l'Afrique sauvage où installer leurs descendants, et quel était le fruit de leur peine ? Le doute qui taraudait le cœur de ces descendants sur leur droit à la terre ; un sentiment de malaise : cette terre ne leur appartenait pas, mais était le bien inaliénable des propriétaires originaux.

Pensez-vous que s'il avait persévéré avec ses mémoires, s'il n'avait pas cessé d'écrire, c'est ce qu'il aurait dit ?

Plus ou moins. Permettez-moi d'ajouter un autre commentaire sur notre attitude envers l'Afrique du Sud :

nous nous complaisions à nous placer dans le provisoire, lui peut-être plus que moi. Nous répugnions à investir profondément dans le pays, puisque tôt ou tard il faudrait couper nos liens, et annuler ce que nous y avions investi.

Et puis ?

C'est tout. Nous partagions un certain état d'esprit, une façon de penser que j'attribue à nos origines, coloniales et sud-africaines, ce qui explique que nous partagions les mêmes points de vue.

En ce qui le concerne, diriez-vous que cette tendance que vous décrivez, à traiter les sentiments comme provisoires, à ne pas s'engager affectivement, allait au-delà des rapports qu'il entretenait avec la terre où il était né et colorait aussi ses rapports personnels ?

Je n'en sais rien. Le biographe, c'est vous. Si vous pensez que c'est une idée qui mérite d'être creusée, allez-y.

Pouvons-nous passer maintenant à son travail d'enseignant ? Il écrit qu'il n'était pas fait pour être professeur. Êtes-vous d'accord ?

Je dirais qu'on enseigne le mieux ce qu'on connaît le mieux et ce qui vous touche le plus. John avait des connaissances assez solides dans de nombreux domaines, mais ne savait rien à fond dans un domaine particulier. Je dirais que c'était un point faible chez lui.

De plus, bien qu'il y eût des écrivains qui lui importaient profondément – les romanciers russes du dix-neuvième siècle, par exemple –, son enseignement ne laissait pas sentir à quel point ces auteurs le touchaient, pas de façon évidente. Il retenait toujours quelque chose par-devers lui. Pourquoi ? Je n'en sais rien. J'expliquerais peut-être cela par un côté secret, quelque chose d'ancré en lui, dans son tempérament, et qui affectait jusqu'à son enseignement.

Pensez-vous qu'il a passé sa vie à faire un métier pour lequel il n'avait pas de talent ?

Ce serait juger à l'emporte-pièce. John était un universitaire tout à fait compétent. Mais ce n'était pas un professeur remarquable. S'il avait enseigné le sanscrit, il en aurait peut-être été autrement, le sanscrit ou une autre discipline que les conventions permettent d'aborder de manière un peu plus sèche, avec plus de réserve.

Il m'a dit une fois qu'il avait manqué sa vocation, qu'il aurait dû être bibliothécaire. Je vois ce qu'il y a de vrai dans cette remarque.

Je n'ai pas réussi à me procurer les programmes d'études pour les années soixante-dix – l'université du Cap ne semble pas archiver ce genre de documents –, mais, dans les papiers de Coetzee, je suis tombé sur une annonce pour un cours que lui et vous proposiez ensemble dans le cadre des conférences publiques. Vous souvenez-vous de ce cours ?

Oui, très bien. C'était un cours de poésie. À l'époque, je travaillais sur Hugh McDiarmid, et j'ai profité de l'occasion pour lire et faire lire cet auteur de près. John a fait lire à ses étudiants Neruda, en traduction. Je n'avais jamais lu Neruda, alors j'ai assisté à ses cours.

Neruda ? Choix bizarre de la part de quelqu'un comme lui, vous ne trouvez pas ?

Non, pas du tout. John aimait la poésie ample, d'une écriture luxuriante : Neruda, Whitman, Stevens. N'oubliez pas qu'à sa manière c'était un enfant des années soixante.

À sa manière – qu'entendez-vous par là ?

Je veux dire dans les limites d'une certaine rectitude, d'une certaine rationalité. Sans être d'un tempérament dionysiaque, il approuvait en principe le comportement dionysiaque. Il trouvait bon qu'on se laissât aller, bien que je ne croie pas qu'il se soit jamais laissé aller – il n'aurait sans doute pas su comment faire. Il avait le besoin de croire aux ressources de l'inconscient, à la force créatrice de ce qui se passe dans l'inconscient. D'où son goût pour les poètes à la voix prophétique.

Vous avez dû remarquer comme il ne parle que rarement de sources de sa propre créativité. Cela s'explique en partie par sa nature secrète que j'ai déjà évoquée. Mais cela trahit aussi une réticence à sonder les sources de son inspiration, comme si trop de conscience de soi pouvait être une entrave.

Est-ce que le cours a eu du succès ? Le cours que vous avez donné ensemble ?

J'y ai beaucoup appris, c'est sûr : sur l'histoire du surréalisme en Amérique latine, par exemple. Comme je le disais, John avait quelques connaissances dans de nombreux domaines. Ce que nos étudiants en ont tiré, je ne sais pas. L'expérience m'a appris que les étudiants se rendent vite compte si ce que vous enseignez vous tient à cœur. Si c'est le cas, ils sont prêts à se laisser gagner par votre enthousiasme. Mais si, à tort ou à raison, ils concluent que le sujet vous laisse froid, alors, rideau, vous pouvez rentrer chez vous.

Et Neruda le laissait froid ?

Non, je n'ai pas dit cela. Neruda était peut-être très important pour lui. Neruda représentait peut-être même un modèle – un modèle inaccessible – de la façon dont un poète réagit à l'injustice et à la répression. Mais – c'est ce sur quoi j'insiste – si vous traitez ce qui vous attache au poète comme un secret personnel, à garder jalousement, et si, par-dessus le marché, en classe vous vous montrez guindé et protocolaire, vous n'allez jamais faire des adeptes.

Vous me dites qu'il n'a jamais fait d'adeptes ?

Pas que je sache. Peut-être s'est-il fait plus avenant sur ses vieux jours. Je n'en sais vraiment rien.

À l'époque où vous avez fait sa connaissance, en 1972, il avait un emploi plutôt précaire dans un lycée. Ce n'est que quelques années plus tard qu'on lui a réellement proposé un poste à l'université. Quoi qu'il en soit, pendant toute sa vie active, de vingt-cinq à soixante-cinq ans, grosso modo, il a eu divers postes d'enseignement. J'en reviens à la question que je vous posais : ne vous semble-t-il pas étrange qu'un homme qui n'avait pas le talent d'un enseignant ait fait une carrière dans l'enseignement ?

Oui et non. Comme vous devez le savoir, dans le métier d'enseignant on trouve toutes sortes de réfugiés et de gens inadaptés.

Et lui qu'était-il ? Un réfugié ou un inadapté ?

Inadapté. Mais c'était aussi un homme prudent. Il aimait la sécurité d'un chèque à la fin du mois.

Cela a l'air d'une critique.

Je ne fais que souligner l'évidence. S'il n'avait pas perdu tant de temps dans sa vie à corriger la grammaire de ses étudiants et à assister à d'ennuyeuses réunions, il aurait peut-être écrit davantage, il aurait même peut-être mieux écrit. Mais ce n'était pas un gamin. Il savait ce qu'il faisait. C'est un choix qu'il avait fait.

D'autre part, l'enseignement lui permettait d'avoir des contacts avec une génération plus jeune, contacts qu'il n'aurait pas eus s'il avait mené une vie de reclus et s'était consacré exclusivement à l'écriture.

Très juste.

À votre connaissance, a-t-il noué des amitiés particulières avec ses étudiants ?

Là, on dirait que vous voulez me tirer les vers du nez. Que voulez-vous dire par amitiés particulières ? Voulez-vous dire qu'il a enfreint les règles de la profession ? Même si je le savais, je ne serais pas prêt à répondre à cette question.

Pourtant, dans sa fiction, on retrouve à maintes reprises le thème de l'homme plus âgé et de la jeune femme.

Il serait très, très naïf de croire que, puisque ce thème parcourt sa fiction, il faut en trouver la source dans sa vie.

Dans sa vie intérieure, peut-être.

Sa vie intérieure. Qui sait ce qui se passe dans la vie intérieure des gens ?

Y a-t-il un autre aspect que vous aimeriez évoquer ? Une histoire ou une autre qui mérite d'être racontée ?

Des histoires ? Je ne crois pas. John et moi étions collègues. Nous étions amis. Nous nous entendions bien. Mais je ne dirais pas que j'avais de lui une connaissance intime. Pourquoi est-ce que vous me demandez si j'ai des histoires à raconter ?

Parce que, dans une biographie, il faut trouver un équilibre entre le récit et les opinions. Je ne suis pas à court d'opinions des uns et des autres : les gens ne demandent qu'à me dire ce qu'ils pensent ou pensaient de Coetzee, mais cela ne suffit pas pour donner vie à l'histoire d'une vie.

Je regrette, mais je n'ai rien de tel à vous offrir. Vos autres sources d'information seront peut-être plus disposées à vous renseigner. Combien de personnes allez-vous consulter ?

Cinq. J'ai limité ma liste à cinq.

Cinq seulement ? Vous ne trouvez pas que vous prenez quelques risques ? Qui sont les cinq qui ont la chance d'être sélectionnés ? Comment nous avez-vous choisis ?

D'ici, je vais faire un autre voyage en Afrique du Sud pour voir la cousine de Coetzee, Margot, dont il était proche. De là, je pars pour le Brésil pour rencontrer une femme du nom d'Adriana Nascimento qui a vécu au Cap quelque temps dans les années soixante-dix. Ensuite – mais la date n'est pas encore fixée – j'irai au Canada voir une Julia Frankl, qui à l'époque qui m'intéresse se serait appelée Julia Smith. J'ai aussi le projet de voir Sophie Denoël à Paris. Est-ce que vous connaissez ou avez connu certains de ces gens-là ?

Sophie, je la connais, mais pas les autres. Comment nous avez-vous choisis ?

Au fond, j'ai laissé Coetzee faire le choix. Je me suis contenté de suivre les pistes qu'il indique en passant dans ses carnets – des pistes qui donnent une idée de ceux ou celles qui comptaient pour lui à l'époque. L'autre critère de sélection était qu'il fallait que vous soyez vivants. La plupart des gens qui l'ont bien connu, comme vous devez le savoir, sont maintenant morts.

Cela me paraît une drôle de méthode pour sélectionner des sources biographiques, si vous me permettez cette remarque.

Ça se peut. Mais je ne cherche pas à porter un jugement définitif sur Coetzee. C'est l'Histoire qui jugera. Je ne fais que raconter l'histoire d'une période de sa vie, ou, si on ne peut avoir une seule histoire, alors plusieurs histoires qui procèdent de plusieurs points de vue.

Et les sources que vous avez retenues n'ont pas de compte à régler, pas d'ambition personnelle de prononcer un jugement définitif sur Coetzee ?

[Silence.]

En dehors de Sophie et sa cousine, est-ce que l'une des deux femmes que vous allez consulter a été liée à Coetzee ?

Oui. Toutes les deux.

Est-ce que cela ne vous fait pas hésiter dans votre démarche ? Allez-vous pouvoir éviter de faire un compte rendu marqué par le parti pris, l'aspect intime et personnel, aux dépens de ce que l'homme a accompli en tant qu'écrivain ? Votre étude ira-t-elle au-delà des potins de bonnes femmes ? Excusez-moi d'être abrupt.

Parce que mes informateurs sont des femmes ?

Parce que les liaisons amoureuses, de par leur nature même, ne permettent pas aux amants d'avoir l'un de l'autre une vision sûre et complète.

[Silence.]

Je vous le dis encore, il me semble étrange de faire la biographie d'un écrivain sans tenir compte de ses écrits. Mais je me trompe peut-être. Peut-être suis-je démodé. Il faut que je parte. Une dernière chose : si vous avez l'intention de me citer, donnez-moi sans faute la possibilité de vérifier le texte.

Je n'y manquerai pas.

Cet entretien s'est tenu à Sheffield,
en Angleterre, en septembre 2007.

Sophie

Madame Denoël, dites-moi dans quelles circonstances vous avez connu John Coetzee.

Nous avons été collègues à l'université du Cap. Il était membre du département d'anglais, et je travaillais dans le département de français. Nous avons collaboré pour un cours de littérature africaine. Il se chargeait des écrivains anglophones, moi, des francophones. C'est comme cela que nous avons fait connaissance.

Et qu'est-ce qui vous a amenée au Cap ?

Mon mari a été nommé directeur de l'Alliance française là-bas. Auparavant, nous étions à Madagascar. Durant notre séjour au Cap, notre mariage a cassé. Mon mari est rentré en France, je suis restée. J'ai pris un poste de chargée de cours à l'université ; j'enseignais la langue française.

En plus, vous partagiez le cours de littérature africaine dont vous parliez à l'instant.

Oui, cela peut sembler bizarre que deux Blancs proposent un cours de littérature noire africaine, mais les choses se passaient ainsi à l'époque. Si nous ne l'avions pas proposé, personne d'autre ne l'aurait fait

Parce que les Noirs étaient exclus de l'université ?

Non, non. Le système commençait déjà à se fissurer. Il y avait des étudiants noirs, peu nombreux, c'est vrai ; quelques enseignants noirs aussi. Mais très peu de spécialistes de l'Afrique, du continent africain. C'est une chose que j'ai découverte en Afrique du Sud et qui m'a surprise : c'était un pays insulaire. J'y suis retournée l'année dernière et j'ai retrouvé la même mentalité : peu ou pas d'intérêt pour le reste de l'Afrique. L'Afrique était un continent obscur au nord qu'il valait mieux ne pas chercher à explorer.

Et vous ? D'où vient votre intérêt pour l'Afrique ?

De l'éducation que j'ai reçue. De la France. Rappelez-vous que la France avait été une grande puissance coloniale. Même après la fin officielle de l'ère coloniale, la France disposait d'autres moyens pour maintenir son influence, moyens économiques et culturels. On a inventé un vocable pour désigner le vieil empire : *la Francophonie*. Les écrivains de la Francophonie ont eu le vent en poupe, on les couvrait de lauriers, on les étudiait. J'ai eu Aimé Césaire au programme pour l'agrégation.

Et ce cours que vous avez enseigné de concert avec Coetzee a-t-il eu du succès ?

Oui, je crois. C'était un cours d'introduction à ces littératures, mais les étudiants ont trouvé, comme vous dites en anglais aussi, que cela leur ouvrait les yeux.

Des étudiants blancs ?

Étudiants blancs et quelques noirs aussi. Nous n'avons pas attiré les étudiants noirs extrémistes. Notre approche leur aurait paru trop académique, pas assez *engagée**. Nous pensions qu'il suffisait de donner aux étudiants un aperçu des richesses du reste de l'Afrique.

Et Coetzee et vous étiez d'accord sur cette démarche ?

Je crois que oui.

Vous étiez spécialiste de littérature africaine, lui pas. Ses études l'avaient porté vers la littérature de la Métropole. Comment en est-il arrivé à enseigner la littérature africaine ?

C'est vrai, il n'avait pas de formation universitaire dans ce domaine. Mais il avait des connaissances solides sur l'Afrique, connaissances livresques, c'est entendu, aucune connaissance du terrain, il n'avait pas voyagé en Afrique. Mais les connaissances acquises dans les livres ne sont pas sans valeur, n'est-ce pas ? Il connaissait mieux que moi la littérature anthropologique, y compris les études francophones. Il comprenait l'histoire, la politique de ces pays. Il avait lu les écrivains importants qui travaillaient en anglais et en français (bien sûr, à cette époque-là, l'ensemble de la littérature africaine était limité. Les choses ont changé depuis). Il avait des lacunes – le Maghreb, l'Égypte, etc. Et il ne savait rien de la diaspora, en particulier des Antilles, alors que j'étais renseignée là-dessus.

Que pensiez-vous de lui en tant qu'enseignant ?

Il était bon. Pas impressionnant, mais compétent. Ses cours étaient toujours bien préparés.

Est-ce qu'il s'entendait bien avec ses étudiants ?

Ça, je ne sais pas. Si vous arrivez à retrouver d'anciens étudiants qu'il a eus, ils vous éclaireront sur ce point.

Et vous-même ? Comparée à lui, est-ce que vous vous entendiez bien avec les étudiants ?

[Rires.] Que voulez-vous me faire dire ? Oui, je crois que, de nous deux, ils me préféraient, j'avais plus d'enthousiasme. Rappelez-vous que j'étais jeune et je trouvais plaisir à parler de livres, ça me changeait de tous les cours de langue. Nous formions une bonne équipe, je crois, lui était plus sérieux, plus réservé ; j'étais plus ouverte, plus exubérante.

Il était beaucoup plus vieux que vous.

Dix ans. Il avait dix ans de plus que moi.

[Silence.]

Souhaitez-vous ajouter quelque chose sur ce point ? Évoquer d'autres aspects de son caractère ?

Nous avons eu une liaison. Je suppose que vous êtes au courant. Cela n'a pas duré.

Pourquoi pas ?

Ce n'était pas viable.

Vous voulez en dire plus long ?

Est-ce que je veux en dire plus long pour votre livre ? Pas avant que vous m'ayez dit de quel genre de livre il s'agit. Est-ce que c'est un livre de potins ou un livre sérieux ? Avez-vous l'autorisation de l'écrire ? Qui d'autre que moi allez-vous consulter ?

Faut-il une autorisation pour écrire un livre ? À qui s'adresse-t-on pour l'obtenir ? Je ne sais vraiment pas. Mais je puis vous assurer que c'est un livre sérieux, une biographie entreprise avec sérieux. Je me concentre sur les années qui vont du retour de Coetzee en Afrique du Sud en 1971/1972 à son premier succès auprès du public en 1977. Cela me paraît une période importante de sa vie, importante et pourtant négligée, une période où il se cherchait en tant qu'écrivain.
Pour ce qui est de ceux et celles que j'ai choisi d'interviewer, la réponse n'est pas toute simple. J'ai fait deux voyages en Afrique du Sud, l'année dernière et l'année précédente, pour parler à des gens qui avaient connu Coetzee.

Ces voyages, dans l'ensemble, n'ont pas été fructueux. Les personnes consultées avaient moins à me dire que je l'avais espéré. Dans un ou deux cas, on prétendait avoir connu Coetzee, mais, en creusant un peu, j'ai découvert qu'il s'agissait du mauvais Coetzee (Coetzee est un nom assez répandu là-bas). Parmi les gens dont il avait été le plus proche, beaucoup avaient quitté le pays, ou étaient morts, ou, pour certains, l'un et l'autre. Toute sa génération était en fait près de s'éteindre. En conséquence, l'essentiel de la biographie proviendra d'une poignée d'amis et de collègues qui sont disposés à partager leurs souvenirs. Y compris vous-même, j'espère. Cela suffit-il à vous rassurer ?

Non. Que faites-vous du journal qu'il tenait, de ses lettres, de ses carnets ? Pourquoi donner une telle importance aux interviews ?

Madame Denoël, j'ai lu les lettres et les journaux qu'il tenait. On ne peut faire confiance à ce que Coetzee y écrit, pas pour ce qui est de rapporter les faits, non pas parce que c'était un menteur, mais parce que son truc, c'était la fiction. Dans ses lettres, il invente une fiction de lui-même à l'intention de ses correspondants; dans son journal, il fait à peu près la même chose pour lui-même, ou peut-être pour la postérité. Ce sont des documents qui ont leur valeur, certes; mais si vous voulez la vérité, il faut aller au-delà des fictions qu'il élabore et entendre ceux qui l'ont connu sans fard, en chair et en os.

Et si tous, tant que nous sommes, nous faisions dans la fiction, comme vous le dites de Coetzee ? Si nous ne cessions d'inventer l'histoire de notre vie ? Pourquoi ce que je vous dis de Coetzee serait-il plus digne de foi que ce qu'il vous dit lui-même ?

Nous avons tous nos fictions, bien sûr. Je ne le nie pas. Mais que préférera-t-on : un ensemble de comptes rendus indépendants issus d'un éventail de perspectives indépendantes, à partir desquels on peut essayer de faire une synthèse qui se tient ; ou l'image imposante, monolithique, qu'il projette de lui-même dans son œuvre ? Entre les deux, je n'hésite pas.

Je le vois bien. Il reste la question de la discrétion. Je ne suis pas de ceux qui croient qu'une fois que quelqu'un est mort, on peut jeter son bonnet par-dessus les moulins. Je ne suis pas forcément prête à partager avec le monde entier ce qu'il y a eu entre nous.

Je respecte votre sentiment. C'est votre prérogative, votre droit. Mais je vous demande de réfléchir un instant. Un grand écrivain devient la propriété de tous. Vous avez connu Coetzee de près. Un jour ou l'autre, vous aussi vous nous quitterez. Pensez-vous qu'il soit bon que vos souvenirs meurent avec vous ?

Un grand écrivain ? John rirait bien s'il vous entendait ! L'ère du grand écrivain est à jamais révolue, dirait-il.

Le grand écrivain comme oracle, oui, je suis d'accord, ce temps n'est plus. Mais refuseriez-vous de dire qu'un écrivain connu – qualifions-le plutôt ainsi –, une figure connue dans la vie culturelle que nous partageons, est, dans une certaine mesure, le bien de tous ?

Sur ce point, mon opinion n'est pas pertinente. Ce qui est pertinent, c'est ce que lui-même croyait. Et la réponse est claire. Il croyait qu'il nous appartient de construire l'histoire de notre vie, à notre gré, dans les limites des contraintes que nous impose le monde réel, voire en faisant fi de ces contraintes, comme vous l'avez reconnu vous-même à l'instant. C'est pourquoi je vous ai posé la question de l'autorisation, question que vous avez éludée. Ce n'est pas l'autorisation de sa famille ou de ses exécuteurs testamentaires que j'avais en tête, je parlais de son autorisation à lui. Si vous n'avez pas été autorisé par lui à mettre au grand jour sa vie privée, je ne suis certainement pas disposée à vous apporter mon aide.

Il ne peut pas m'avoir donné son autorisation pour la bonne raison que lui et moi n'avons jamais eu le moindre contact. Laissons donc de côté cet aspect de ma recherche et retournons au cours dont vous parliez, ce cours que lui et vous avez donné ensemble. Vous avez fait une remarque qui m'intrigue. Vous avez dit que lui et vous n'aviez pas attiré les étudiants africains les plus engagés. Pourquoi, à votre avis?

Parce que nous-mêmes n'étions pas engagés, pas selon leurs critères. L'un comme l'autre, bien sûr, avions été marqués par 1968. En 1968, j'étais étudiante à la Sorbonne et j'ai pris part aux manifestations de Mai. John était aux États-Unis à l'époque, et s'est attiré des ennuis avec les autorités américaines, je ne me souviens pas des détails, mais je sais que cela a été un tournant dans sa vie. Mais je souligne que nous n'étions pas marxistes, ni l'un ni l'autre, et encore moins maoïstes. Je me situais sans doute plus à gauche que lui, mais je pouvais me le permettre parce que mon statut dans l'enclave diplomatique française me protégeait. Si j'avais eu des ennuis avec la police sud-africaine, on m'aurait discrètement mise dans un avion pour Paris, et les choses en seraient restées là. Je n'aurais pas été jetée en prison.

Alors que Coetzee...

Coetzee n'aurait pas été jeté en prison non plus. Ce n'était pas un militant. Ses opinions politiques étaient trop idéalistes, trop utopiques pour ça. En fait, la politique ne l'intéressait pas du tout. Il méprisait la politique. Il n'aimait pas les écrivains politisés, les écrivains qui épousaient un programme politique.

Pourtant il a publié un texte gauchisant dans les années soixante-dix. Je pense à ses essais sur Alex La Guma, par exemple, envers qui il avait de la sympathie, et La Guma était communiste.

La Guma est un cas à part. Il avait de la sympathie pour La Guma parce que La Guma était du Cap, pas parce qu'il était communiste.

Vous dites qu'il ne s'intéressait pas à la politique. Entendez-vous par là qu'il était apolitique ? D'aucuns diraient que l'apolitisme n'est qu'une forme de position politique.

Non, pas apolitique. Je dirais plutôt antipolitique. Il pensait que la politique faisait apparaître ce qu'il y a de pire chez les gens. Ce qu'il y a de pire chez les gens et aussi mettait au premier plan les pires individus de la société. Il préférait se tenir totalement à l'écart.

Faisait-il du prosélytisme pour cette position antipolitique dans ses cours ?

Évidemment pas. Il se gardait scrupuleusement de tout prosélytisme. On ne découvrait ses convictions politiques que lorsqu'on le connaissait mieux.

Vous dites que ses vues politiques étaient utopiques. Insinuez-vous qu'elles n'étaient pas réalistes ?

Il attendait le jour où la politique et l'État finiraient par disparaître. Je dirais que cet espoir relève de l'utopie. Par ailleurs, il ne s'investissait pas profondément dans ces désirs utopiques. Il était trop calviniste pour ça.

Pouvez-vous vous expliquer un peu plus ?

Vous voulez que je vous dise ce qu'il y avait derrière la position politique de Coetzee ? Le mieux serait de voir ce qu'il dit dans ses livres. Mais je vais essayer quand même.
Aux yeux de Coetzee, nous, êtres humains, ne renoncerons jamais à la politique parce que la politique est trop commode et trop attrayante comme théâtre où nous pouvons mettre en scène nos émotions les plus

viles. Par émotions les plus viles comprenez la haine et la rancœur, le dépit et la jalousie, les instincts sanguinaires et ainsi de suite. En d'autres termes, la politique est un symptôme de notre condition déchue et exprime notre déchéance.

Même la politique de libération ?

Si vous faites allusion à la politique de la lutte de libération en Afrique du Sud, la réponse est oui. Du moment que la libération voulait dire la libération nationale, la libération de la nation noire en Afrique du Sud, John ne s'y intéressait pas.

Alors était-il hostile à la lutte de libération ?

Hostile ? Non, il n'y était pas hostile. Hostilité, sympathie – en tant que biographe, vous devriez vous garder de mettre les gens dans de jolies petites boîtes dûment étiquetées.

J'espère que je ne mets pas Coetzee dans une petite boîte.

Eh bien, ça m'en a tout l'air. Non, il n'était pas hostile à la lutte de libération. Si vous êtes fataliste, comme il avait tendance à l'être, il ne sert à rien d'être hostile au cours de l'histoire, même si vous regrettez le tour que prennent les choses. Pour le fataliste, l'histoire est le destin.

Soit. Mais alors regrettait-il la lutte de libération ? Regrettait-il les formes qu'a prises cette lutte ?

Il acceptait l'idée que la lutte de libération était juste. La lutte était juste, mais la nouvelle Afrique du Sud qu'elle cherchait à mettre en place n'était pas assez utopique à son goût.

Qu'est-ce qui aurait été assez utopique pour lui ?

La fermeture des mines. L'arrachage des vignes. La dispersion des forces armées. L'abolition de l'automobile. Le végétarisme universel. La poésie dans la rue. Ce genre de choses.

Autrement dit, la poésie, la voiture à cheval et le végétarisme méritent qu'on se batte, mais pas la libération de l'apartheid ?

Rien ne mérite un combat. Vous me forcez à me faire le défenseur de sa position, alors que c'est une position que je ne partage pas. Rien ne mérite qu'on se batte parce que le combat ne fait que perpétuer le cycle de l'agression et des représailles. Je ne fais que répéter ce que Coetzee dit clairement dans ses écrits, que vous avez lus.

Était-il à l'aise avec ses étudiants noirs ? Avec les Noirs en général ?

Était-il à l'aise avec quiconque ? Il n'était pas homme à être à l'aise – si on peut dire ça en anglais. Il ne se détendait jamais. Je l'ai vu de mes propres yeux. Alors, était-il à l'aise avec les Noirs ? Non, il n'était pas à l'aise avec les gens qui étaient à l'aise. L'aise que manifestaient les autres le mettait mal à l'aise. Ce qui, à mon avis, lui a fait faire fausse route.

Que voulez-vous dire ?

Il voyait l'Afrique à travers une brume romantique. Pour lui, les Africains étaient des gens incarnés, d'une manière qui s'était perdue depuis longtemps en Europe. Qu'est-ce que je veux dire ? Je vais essayer de m'expliquer. En Afrique, aimait-il à le rappeler, le corps ne se distingue pas de l'âme. Le corps, c'est l'âme. Il avait toute une philosophie du corps, de la musique et de la danse, que je ne sais vous rapporter, mais qui me semblait, même alors – comment dirais-je ? –, ne mener nulle part. Nulle part, politiquement parlant.

Continuez, je vous en prie.

Sa philosophie donnait aux Africains le rôle de gardiens d'un mode d'être de l'humanité plus vrai, plus profond, plus primitif. Nous avons eu de longues et chaudes discussions là-dessus, lui et moi. Sa position revenait, lui disais-je, à un primitivisme romantique passé de mode. Dans le contexte des années soixante-dix, de la lutte de libération et contre le régime d'apartheid, cela n'avançait à rien de voir les Africains sous cet angle. Et, de toute façon, c'était un rôle que les Africains ne souhaitaient plus tenir.

Est-ce là la raison pour laquelle les étudiants noirs se tenaient à l'écart de son cours, de votre cours en équipe, en littérature africaine ?

C'était un point de vue qu'il ne faisait pas valoir ouvertement. Il restait toujours prudent à cet égard, très correct. Mais si on l'écoutait attentivement, on devait percevoir sa position.

Il y a un autre aspect, un autre parti pris dans sa façon de penser que je dois évoquer. Comme beaucoup de Blancs, il considérait que les provinces du Cap, Le Cap-Occidental et peut-être aussi Le Cap-Nord, se distinguaient du reste de l'Afrique du Sud. La Province du Cap était un pays à part entière, qui avait sa géographie, son histoire, ses langues, sa culture. Dans ce Cap mythique, les métis, les Coloureds, avaient leurs racines et, à un moindre degré, les Afrikaners aussi, mais les Africains étaient des étrangers, arrivés tardivement, comme les Anglais.

Pourquoi est-ce que je vous parle de cela ? Parce que cela donne une idée de sa façon de justifier l'attitude plutôt abstraite, plutôt anthropologique, qu'il avait envers l'Afrique du Sud noire. Il ne *ressentait* rien pour les Noirs sud-africains. C'est la conclusion à laquelle j'en étais arrivée personnellement. C'étaient ses concitoyens, mais pas ses compatriotes. L'histoire – ou le destin, ce qui était pour lui la même chose – leur avait donné le rôle d'héritiers de cette terre, mais, au fond, ils continuaient à être *eux* par opposition à *nous*.

Si les Africains, c'étaient eux, *qui était* nous *? Les Afrikaners ?*

Non. *Nous* étaient principalement les *métis*. C'est un terme que j'emploie à contrecœur, par souci de concision. Lui – Coetzee – l'évitait autant que possible. J'ai évoqué ses conceptions utopiques. Éviter ce terme relevait de ces convictions. Il espérait voir le jour où chacun en Afrique du Sud ne serait rien du tout, ni africain, ni européen, ni blanc, ni noir, ni rien d'autre, le jour où les familles auraient un passé si mêlé, entremêlé, que les gens ne se distingueraient pas, d'un point de vue ethnique, les uns des autres, c'est-à-dire – et je recours une fois de plus à ce mot porteur de souillure – qu'ils seraient métissés, des métis, des Coloureds. Il appelait ça l'avenir brésilien. Les Brésiliens et le Brésil avaient son approbation. Il n'était, bien sûr, jamais allé au Brésil.

Mais il avait des amis brésiliens.

Il avait rencontré des Brésiliens réfugiés en Afrique du Sud.

[Silence.]

Vous évoquez un avenir métissé. Parlons-nous de métissage biologique ? De mariage entre des races différentes ?

Ne me le demandez pas. Je ne fais que rapporter ses propos.

Alors pourquoi, au lieu de contribuer à un tel avenir en étant le père d'enfants métis, pourquoi donc avait-il une liaison avec une jeune collègue française et blanche ?

[Rire.] Ne me le demandez pas.

De quoi parliez-vous ensemble ?

De notre enseignement. De nos collègues et de nos étudiants. Autrement dit, nous parlions boutique. Et nous parlions de nous-mêmes.

Continuez.

Vous voulez que je vous dise si nous discutions de ce qu'il écrivait ? Non. Il ne m'a jamais parlé de ce qu'il écrivait, et je ne cherchais pas à le faire parler.

C'était à peu près l'époque où il écrivait Au cœur de ce pays.

Il était précisément en train de finir *Au cœur de ce pays*.

Saviez-vous que, dans Au cœur de ce pays, *il serait question de folie, de parricide, etc. ?*

Je n'en avais pas la moindre idée.

Est-ce que vous avez lu le texte avant sa publication ?

Oui.

Qu'est-ce que vous en avez pensé ?

[Rire.] Là, je marche sur des œufs. Vous ne me demandez pas quel a été mon jugement critique, je présume. Vous voulez savoir comment j'ai réagi. Franchement, d'abord j'ai eu peur. J'ai eu peur de me retrouver dans le livre sous une forme plus ou moins gênante.

Pourquoi pensiez-vous que ce serait le cas ?

Parce que – c'est ce qu'il me semblait à l'époque, et je vois maintenant combien c'était naïf de ma part – je ne croyais pas qu'on pouvait être étroitement lié avec une femme, et cependant l'exclure de son imaginaire.

Et vous vous êtes retrouvée dans le livre ?

Non.

Cela vous a contrariée ?

Comment ça ? Est-ce que j'ai été contrariée de ne pas me retrouver dans le livre ?

Avez-vous été contrariée de vous trouver exclue de son univers imaginaire ?

Non. Cela faisait partie de mon éducation. On peut en rester là ? Je vous en ai assez dit.

Et je vous en suis assurément très reconnaissant. Mais, madame Denoël, permettez-moi d'en appeler encore à votre patience. Coetzee n'a jamais été un écrivain à succès. Je ne veux pas seulement dire par là que ses livres se vendaient mal. J'entends aussi que le public dans son ensemble ne l'a jamais porté dans son cœur. L'image que le public avait de lui était celle d'un intellectuel hautain et froid, image qu'il n'a pas cherché à dissiper. En fait, on pourrait même dire qu'il l'a cultivée.

Or je pense que cette image ne lui rend pas justice. Les conversations que j'ai eues avec des gens qui l'ont bien connu révèlent quelqu'un de tout autre – pas forcément quelqu'un de plus chaleureux, mais quelqu'un qui était moins sûr de lui, plus désorienté, plus humain, si je peux utiliser ce mot.

Je me demande si vous seriez disposée à parler de son côté humain. Ce que vous m'avez dit de ses vues sur la politique m'est précieux, mais y a-t-il des histoires plus personnelles datant de l'époque où vous étiez ensemble que vous seriez prête à partager ?

Des histoires qui le feraient paraître sous un jour plus chaleureux ? Des histoires sur sa bonté pour les animaux – les animaux et les femmes ? Non, ces histoires-là je les garde pour mes propres mémoires.

[Rire.]

Bon, d'accord, je vais vous raconter une histoire. Cela n'aura peut-être pas l'air de quelque chose de personnel, cela pourra sembler une affaire politique, mais rappelez-vous qu'à cette époque la politique s'insinuait partout.

Un journaliste de *Libération*, le quotidien français, envoyé spécial en Afrique du Sud, m'a demandé si je pouvais lui ménager un entretien avec John. Je suis allée voir John et l'ai persuadé d'accéder à cette demande : je lui ai dit que *Libération* était un bon journal, je lui ai dit que les journalistes français, à l'inverse des journalistes sud-africains, ne se présenteraient jamais pour faire une interview sans s'y être préparés. C'était évidemment avant l'Internet et les journalistes ne pouvaient pas simplement copier les papiers les uns des autres.

L'entretien s'est tenu dans mon bureau sur le campus. J'avais jugé bon d'y assister au cas où ils auraient des difficultés à communiquer ; le français de John n'était pas bon.

Eh bien, il s'est révélé bien vite que le journaliste ne s'intéressait pas à John lui-même mais à ce que John pourrait lui dire sur Breyten Breytenbach, qui avait à ce moment-là des ennuis avec les autorités. On portait en France un vif intérêt à Breytenbach – personnage romantique qui avait vécu en France de nombreuses années, et qui avait des contacts dans les milieux intellectuels français.

John a répondu qu'il ne pouvait l'aider en rien : il avait lu Breytenbach mais cela n'allait pas plus loin, il ne le connaissait pas personnellement, ne l'avait jamais rencontré. Tout cela était vrai.

Mais le journaliste, habitué à la vie littéraire en France, où les mœurs sont beaucoup plus incestueuses, n'a pas voulu le croire. Pourquoi un écrivain refuserait-il de parler d'un autre issu de la même petite tribu, la tribu afrikaner, à moins qu'ils aient des raisons personnelles de s'en vouloir, ou de l'animosité de nature politique ?

Il a donc insisté auprès de John, et John s'efforçait de lui expliquer combien il est difficile d'apprécier de l'extérieur la stature de Breytenbach comme poète afrikaans, car sa poésie avait ses racines profondes dans le *volksmond*, la langue du peuple.

« Voulez-vous parler de ses poèmes en dialecte ? » a dit le journaliste. Et puis, comme John ne comprenait pas, il a ajouté, de façon extrêmement désobligeante : « On ne saurait écrire de la grande poésie dans un dialecte. »

Cette remarque a mis John en colère pour de bon. Mais quand il était en colère, au lieu d'élever la voix, il se montrait froid et se retranchait dans le silence, et le gars de *Libération* ne savait plus où il en était. Il ne comprenait rien à ce qui se passait.

Ensuite, une fois John parti, j'ai essayé d'expliquer que les Afrikaners avaient une réaction passionnelle si on portait insulte à leur langue, et que Breytenbach aurait probablement réagi comme John. Mais le journaliste n'a fait que hausser les épaules. On ne voit pas pourquoi on irait écrire dans un dialecte, a-t-il rétorqué, quand on a une langue connue dans le monde entier à sa disposition (en fait il n'a pas dit dialecte, il a dit un obscur dialecte, et il n'a pas dit une langue connue dans le monde entier, il a dit *une vraie langue**). C'est alors que je me suis rendu compte qu'il mettait John et Breytenbach dans le même sac, des hommes qui écrivaient en langue vernaculaire ou en dialecte.

Bon, John, bien sûr, n'écrivait pas du tout en afrikaans, il écrivait en anglais, en très bon anglais, et avait écrit toute sa vie en anglais. Mais, malgré cela, il a été piqué au vif par ce qu'il a ressenti comme une insulte portée à la dignité de l'afrikaans.

Il a traduit à partir de l'afrikaans, n'est-ce pas ? Je veux dire, il a traduit des écrivains afrikaans.

Oui. Je dirais qu'il savait bien l'afrikaans, mais tout comme il savait le français. C'est-à-dire qu'il maîtrisait mieux la langue écrite que la langue parlée. Je n'étais pas compétente pour juger de son afrikaans, mais c'est l'impression que j'avais.

Donc, nous avons affaire à un homme qui parlait la langue approximativement, qui se tenait à l'écart de l'Église officielle, cosmopolite dans ses points de vue, en politique – comment dire ? – il se posait en dissident, et pourtant il était prêt à assumer l'identité afrikaner. Comment expliquez-vous cela ?

À mon avis, dans une perspective historique, il lui semblait qu'il n'y avait pas moyen pour lui de se séparer des Afrikaners, s'il voulait conserver le respect de soi, même si cela le compromettait dans tout ce dont les Afrikaners étaient responsables, politiquement parlant.

N'y avait-il rien de positif, susceptible de le pousser à embrasser une identité afrikaner – rien sur le plan personnel, par exemple ?

Peut-être, mais je ne sais pas. Je n'ai jamais eu l'occasion de rencontrer sa famille. Il y aurait peut-être là une piste. Mais il était d'un naturel très prudent, une vraie tortue. Quand il sentait le danger, il se retirait dans sa carapace. Les Afrikaners lui avaient trop souvent infligé des rebuffades, des rebuffades et des humiliations – il suffit de lire son livre de souvenirs d'enfance pour le voir. Il n'allait pas prendre le risque de se faire à nouveau rejeter.

Il a donc préféré rester un outsider – en dehors du clan.

Je crois que c'est dans le rôle d'outsider qu'il était le plus à l'aise. Il n'avait pas l'instinct grégaire.

Vous dites qu'il ne vous a jamais présentée à sa famille. Vous ne trouvez pas cela étrange ?

Pas du tout. Sa mère était déjà morte lorsque nous nous sommes connus, son père n'était pas en bonne santé, son frère était parti pour l'étranger, il avait des rapports tendus avec le reste de la famille. Quant à moi, j'étais mariée, notre relation, tant qu'elle a duré, ne pouvait être que clandestine.

Mais nous parlions bien sûr de nos familles. Je dirais que ce qui distinguait sa famille, c'est que c'étaient des Afrikaners au niveau culturel, mais pas au niveau politique. Qu'est-ce que j'entends par là ? Pensez à ce qui s'est passé en Europe au dix-neuvième siècle Sur tout le continent, on voit les identités ethniques ou culturelles se transformer en identités politiques Le processus commence en Grèce, gagne l'ensemble des Balkans et l'Europe centrale. Cette vague déferle bientôt sur la colonie du Cap. Des créoles qui parlent le néerlandais commencent à se réinventer en nation afrikaner et à faire campagne pour obtenir leur indépendance nationale.

Eh bien, on ne sait comment, cette vague d'enthousiasme nationaliste n'a pas atteint la famille de John. Ou bien ils ont choisi de ne pas se laisser emporter par le courant.

Ils ont gardé leurs distances à cause de la politique associée à l'ardeur nationaliste – la politique anti-impérialiste, anti-anglaise ?

Oui. D'abord ils ont été troublés par l'hostilité exacerbée à tout ce qui était anglais, par la mystique de *Blut und Boden* ; puis, plus tard, ils ont refusé avec dégoût les mesures que les nationalistes ont reprises à l'extrême droite en Europe : le racisme scientifique, la culture sous haute surveillance, la militarisation de la jeunesse, une Église officielle et tout le reste.

Donc, en somme, vous voyez Coetzee comme un conservateur, un antirévolutionnaire.

Un conservateur culturellement parlant, certainement, comme l'étaient beaucoup de modernistes – je pense aux écrivains modernistes d'Europe qu'il prenait pour modèles. Il était profondément attaché à l'Afrique du Sud de sa jeunesse, une Afrique du Sud qui, en 1976, commençait déjà à avoir l'air d'un pays imaginaire. Pour preuve, je vous renvoie aux *Scènes de la vie d'un jeune garçon*, livre que j'ai déjà évoqué, où se fait sentir la nostalgie des relations de jadis entre Blancs et Coloureds. Pour des gens comme lui, le Parti national et sa politique d'apartheid ne représentaient pas le conservatisme rural mais au contraire une technique de réglementation sociale d'un nouveau genre. Il était totalement en faveur des anciens rapports sociaux, complexes, féodaux, dont s'offusquaient tant les maniaques de l'ordre qu'étaient les *dirigistes** de l'apartheid.

Vous est-il arrivé d'être en désaccord avec lui sur des questions politiques ?

Question difficile. Après tout, où s'arrête ce qui relève du caractère et où commence le politique ? Au niveau personnel, je le trouvais trop fataliste et, partant, trop passif. Est-ce que sa méfiance envers l'activisme politique s'exprimait par la passivité dans la conduite de sa vie, ou son fatalisme inné s'exprimait-il par la méfiance pour l'action politique ? Je ne saurais trancher. Mais c'est vrai, au niveau personnel il régnait entre nous une certaine tension. Je voulais que notre relation s'épanouisse, s'enrichisse, lui voulait qu'elle demeure la même, sans aucun changement. C'est ce qui a fini par causer notre rupture. Parce que, entre un homme et une femme, à mon avis, on ne peut faire du surplace. Soit on monte, soit on descend la pente.

Quand avez-vous rompu ?

En 1980. J'ai quitté Le Cap et suis rentrée en France.

Avez-vous eu d'autres contacts avec lui par la suite ?

Pendant quelque temps, il m'a écrit. Il m'envoyait ses livres. Puis il a cessé d'écrire. J'en ai conclu qu'il avait trouvé quelqu'un d'autre.

Et avec le recul, comment voyez-vous la relation que vous avez eue avec lui ?

Comment je vois notre relation ? John était le genre d'homme qui est persuadé qu'il connaîtra le comble de la félicité à l'unique condition de se trouver une maîtresse française qui lui récitera du Ronsard, lui jouera du Couperin au clavecin tout en l'initiant aux mystères de l'amour, à la française. J'exagère, bien sûr. Il reste que c'était un francophile convaincu.
Ai-je été la maîtresse française chimérique ? J'en doute fort. Avec le recul, aujourd'hui notre relation me paraît, en essence, comique. Comico-sentimentale. Fondée sur une prémisse comique. Pourtant il faut ajouter un élément que je ne dois pas minimiser, à savoir qu'il m'a aidée à me sortir d'un mauvais mariage, et je lui en suis jusqu'à ce jour reconnaissante.

Comico-sentimentale... Vous en faites quelque chose d'anodin. Est-ce que Coetzee ne vous a pas marquée plus profondément, et réciproquement ?

Je ne suis pas en mesure de juger la nature de la marque que j'ai laissée en lui. Mais je dirais qu'en général, si l'on n'a pas une forte présence, on ne laisse guère de marque sur les gens et John n'avait pas une forte présence. Ne prenez pas ma remarque pour une impertinence. Je sais qu'il avait beaucoup d'admirateurs ; ce n'est pas pour rien qu'il a reçu le prix Nobel ; et bien sûr vous ne seriez pas là aujourd'hui à faire ces recherches si vous ne pensiez pas que c'était un écrivain important.

Mais soyons sérieux un instant – durant tout le temps où j'étais avec lui, je n'ai jamais eu le sentiment que j'étais avec quelqu'un d'exceptionnel, avec un être humain vraiment exceptionnel. C'est une remarque sévère, je sais bien, mais, hélas, c'est vrai. Il ne m'a pas fait connaître cet éclair éblouissant qui soudain illuminerait le monde. Ou, s'il y a eu des éclairs, j'y suis restée aveugle.

Je trouvais John intelligent, il savait beaucoup de choses, et à bien des égards je l'admirais. En tant qu'écrivain, il savait ce qu'il faisait, il avait un certain style, et le style est le début de la distinction. Mais je n'ai pas perçu une sensibilité remarquable, pas de regard pénétrant pour lire la nature humaine. Ce n'était qu'un homme, un homme de son temps, avec du talent, doué même peut-être, mais franchement ce n'était pas un géant. Je regrette de vous décevoir. Vous vous ferez sûrement une autre image de lui auprès d'autres qui l'ont connu.

Passons à ses écrits : en critique objectif, comment jugez-vous ses livres ?

Je ne les ai pas tous lus. Après *Disgrâce*, j'ai cessé de m'y intéresser. En général, je dirais que son travail manque d'ambition. Il contrôle trop étroitement les éléments. On n'a jamais l'impression que l'écrivain fait violence au genre qu'il pratique pour dire ce qui n'a jamais été dit, ce qui pour moi confère de la grandeur à l'écriture. Je dirais : trop froid, trop léché. Trop facile. Trop dépourvu de passion. C'est tout.

Cet entretien s'est tenu à Paris, en janvier 2008.

Carnets
Fragments non datés

Fragment non daté

C'est un samedi après-midi d'hiver, moment rituellement consacré au match de rugby. Il prend le train pour Newlands assez tôt et ils arrivent à temps pour le lever de rideau à 14 h 15 qui sera suivi du match principal à 16 heures. Après quoi, ils reprendront le train pour rentrer.

Il va à Newlands avec son père parce que le sport – le rugby en hiver, le cricket en été – est le lien le plus fort qui reste entre eux, et parce que cela lui a fait un coup, comme un coup de couteau en plein cœur, le samedi qui a suivi son retour au pays, de voir son père enfiler son pardessus et, sans un mot, partir pour Newlands comme un enfant solitaire.

Son père n'a pas d'amis. Lui non plus, mais pour des raisons différentes. Plus jeune, il avait des amis ; mais ils sont à présent dispersés dans le monde entier, et on dirait qu'il ne sait plus s'y prendre, ou qu'il n'a plus la volonté de s'en faire de nouveaux. Ils en sont donc réduits à se retourner, lui vers son père et son père vers lui. De même qu'ils vivent ensemble, le samedi ils trouvent leur plaisir ensemble. C'est la loi de la famille.

À son retour, il a été surpris de voir que son père ne connaissait personne. Il avait toujours vu son père comme un homme sociable. Mais soit il se trompait, soit son père a changé. C'est peut-être tout simplement quelque chose qui arrive aux hommes en vieillissant : ils se replient sur eux-mêmes. Le samedi, les gradins de Newlands sont pleins de gens comme lui, des hommes tout seuls, en gabardine grise, au crépuscule de leur vie, qui ne parlent à personne comme si leur solitude était une maladie honteuse.

Son père et lui sont côte à côte sur les gradins nord et regardent le lever de rideau. L'ambiance dans le stade est à la mélancolie. C'est la dernière saison où le stade accueillera des matches de championnat. Avec l'arrivée tardive de la télévision dans le pays, l'intérêt pour le rugby joué en club s'est émoussé. Les hommes qui passaient leur samedi après-midi à Newlands préfèrent maintenant rester chez eux et regarder le match de la semaine sur le petit écran. Sur les milliers de places dans les gradins nord, c'est à peine s'il y a une douzaine de spectateurs. Les gradins côté voie ferrée sont totalement déserts. Sur les gradins sud il y a encore un groupe de Coloureds irréductibles qui viennent encourager l'équipe de l'université et les Villagers, et huer Stellenbosch et Van der Stel. Seule la grande tribune accueille un nombre respectable de spectateurs, un millier peut-être.

Il y a un quart de siècle, quand il était enfant, c'était différent. Lors d'un grand jour de championnat, le jour où Hamiltons rencontrait les Villagers, par exemple, ou quand UCT jouait contre Stellenbosch, on avait du mal à se procurer des places debout. Moins d'une heure après le coup de sifflet final, les camionnettes de l'*Argus*, le quotidien du soir, fonçaient dans les rues de la ville pour déposer des paquets du supplément sportif qui se vendait aux coins des rues ; on y trouvait les comptes rendus de témoins oculaires de tous les matches de première division, même ceux qui se jouaient loin, à Somerset West ou Stellenbosch, et les résultats des autres divisions 2A et 2B, 3A et 3B.

Ce temps n'est plus. Le championnat est à bout de souffle. Cela se sent aujourd'hui non seulement sur les gradins, mais même sur le terrain. L'écho des cris dans le vaste espace du stade vide démotive les équipes qui jouent sans y croire. Ils assistent à l'agonie d'un rituel, un vrai rituel petit-bourgeois sud-africain. Ses derniers adeptes sont rassemblés ici aujourd'hui : des vieillards tristes comme son père ; des fils maussades qui font leur devoir, comme lui.

Il se met à pleuvioter. Il ouvre un parapluie au-dessus de leurs têtes. Sur le terrain, trente jeunes gars s'agitent n'importe comment, essayant de se saisir du ballon humide.

En lever de rideau, Union en bleu ciel rencontre Gardens en bordeaux et noir. Union et Gardens sont en bas de liste dans le classement de première division et risquent d'être éliminés. Il n'en a pas toujours été ainsi. Jadis il fallait compter avec Gardens dans le rugby de la Province occidentale. À la maison, il y a un cadre avec une photo de l'équipe trois de Gardens telle qu'elle était en 1938 : son père est assis au premier rang, dans son maillot rayé lavé de frais avec l'écusson de Gardens, le col relevé coquettement sur ses oreilles. Sans des événements imprévus, la Seconde Guerre mondiale notamment, son père aurait peut-être – qui sait – été sélectionné pour l'équipe deux.

Si la fidélité au passé comptait encore pour quelque chose, son père encouragerait Gardens contre Union. Mais à la vérité, son père se moque bien de qui l'emportera, Gardens, Union, ou tartempion. En fait, il a peine à discerner ce qui lui tient à cœur, en matière de rugby ou d'autre chose. S'il parvenait à percer le mystère de ce que son père veut en ce monde, il serait peut-être meilleur fils.

Ils sont tous comme cela dans la famille de son père – il ne sait leur trouver la moindre passion. Ils semblent même indifférents à l'argent. Tout ce qu'ils souhaitent, c'est être en bons termes avec tout le monde et rire un peu de temps en temps.

Pour ce qui est de rire, il est bien le dernier compagnon qu'il faut à son père. Là, il arrive bon dernier de la classe. Un ténébreux : voilà comment le monde doit le voir, si toutefois le monde le voit. Un gars sinistre ; un éteignoir ; un encroûté.

Et puis il y a aussi la question de la musique de son père. Après que Mussolini a capitulé en 1944 et que les Allemands ont été repoussés vers le nord, les troupes des Alliés, y compris les Sud-Africains, qui occupaient l'Italie ont pu trouver un peu de détente et s'amuser. Parmi les distractions qu'on leur offrait, il y avait des places gratuites dans les grands opéras. Des jeunes gens d'Amérique, de Grande-Bretagne et des lointains dominions au-delà des mers se sont trouvés exposés à la

Tosca, au *Barbier de Séville* ou à *Lucia di Lammermoor*. Rares furent ceux qui y prirent goût, mais son père fut de ceux-là. Élevé sur la musique des ballades sentimentales irlandaises et anglaises, il a découvert avec délices la richesse de cette musique nouvelle pour lui, et a été sidéré par le spectacle. Il ne se lassait pas de retourner à l'Opéra.

Ainsi quand le caporal Coetzee est revenu en Afrique du Sud à la fin des hostilités, il a rapporté la passion qu'il venait de découvrir : l'opéra. Il chantait « La donna è mobile » dans son bain. « Figaro-ci, Figaro-là, Figaro, Figaro, Fi-i-i-garo ! » Il est parti acheter un phonographe, le premier qu'a eu la famille ; et il passait et repassait le 78 tours de Caruso qui chantait « Che gelida manina ». Quand sont arrivés les 33 tours, il a acheté un meilleur électrophone, et un album de la Tebaldi qui chantait les arias que le public aimait.

C'est ainsi que, durant son adolescence, il y avait à la maison deux écoles de musique vocale qui se faisaient la guerre : l'école italienne, pour le goût de son père, illustrée par la Tebaldi et Tito Gobbi de toute leur voix ; et l'école allemande, pour lui, qui commençait par Bach. Tout l'après-midi du dimanche, on ne s'entendait plus dans la maison ; on n'entendait que les chœurs de la *Messe en si mineur* ; puis le soir, quand on avait enfin fait taire Bach, son père se versait un brandy, mettait Renata Tebaldi, et s'asseyait pour écouter de vraies mélodies, du vrai chant.

À cause de la sensualité décadente qui s'en dégageait – c'est ainsi qu'il percevait cette musique à l'âge de seize ans –, il avait résolu qu'il haïrait et mépriserait à jamais l'opéra italien. Le fait qu'il pourrait le mépriser simplement parce que son père aimait cette musique et ces voix, qu'il aurait résolu de mépriser et de haïr tout ce qui pourrait plaire à son père, était une possibilité qu'il se refusait à envisager.

Un jour où il n'y avait personne d'autre à la maison, il a sorti le disque de la Tebaldi de sa pochette et il en a rayé la surface avec une lame de rasoir, en appuyant bien fort.

Le dimanche soir, son père a mis le disque. L'aiguille sautait à chaque révolution. « Qui a fait ça ? » a-t-il demandé. Mais personne, semblait-il, n'était responsable. C'était arrivé tout seul.

Ainsi a fini la Tebaldi ; dès lors, Bach pouvait régner sans partage.

Cette méchanceté mesquine lui a laissé depuis vingt ans d'amers remords qui, loin de s'atténuer avec le temps, se sont au contraire faits plus cuisants. L'une de ses premières préoccupations à son retour au pays a été de courir les magasins de disques pour trouver l'album de la Tebaldi. Il a cherché en vain, mais il est tombé sur un autre disque qui réunissait quelques-unes de ces arias. Il l'a rapporté à la maison, l'a joué d'un bout à l'autre, espérant faire sortir son père de sa chambre, comme un chasseur essaie d'attirer les oiseaux de son flûtiau. Mais son père n'a pas manifesté le moindre intérêt.

« Tu ne reconnais pas cette voix ? »

Son père a fait non de la tête.

« C'est Renata Tebaldi. Tu ne te rappelles pas comme tu aimais Tebaldi autrefois ? »

Il ne voulait pas s'avouer vaincu. Il continuait d'espérer qu'un jour, alors qu'il ne serait pas à la maison, son père mettrait le nouveau disque impeccable, se verserait un verre de brandy, s'installerait dans son fauteuil, et se laisserait transporter à Rome ou à Milan ou ailleurs, là où ses oreilles de jeune homme s'étaient ouvertes à la beauté sensuelle de la voix humaine. Il voulait que le cœur de son père se gonfle de la joie connue jadis ; ne serait-ce que pour une heure, il voulait qu'il retrouve cette jeunesse perdue, qu'il oublie son existence actuelle d'homme écrasé, humilié. Mais plus que tout il voulait que son père lui pardonne. *Pardonne-moi !* avait-il envie de lui dire. *Te pardonner ? Grands dieux, qu'y a-t-il à pardonner ?* Sur quoi, s'il arrivait à en trouver le courage, il ferait enfin des aveux complets : *Pardonne-moi d'avoir méchamment, avec préméditation, rayé ton disque de la Tebaldi. Et pour bien d'autres choses encore, tant de choses qu'il me faudrait toute la journée pour les énumérer. Pour d'innombrables mesquineries. Pour le cœur mesquin qui a conçu ces méchancetés. En somme, pour tout ce que j'ai fait depuis le jour où je suis né, si bien que j'ai réussi à faire de ta vie un supplice.*

Mais non, aucun indice, pas le moindre, que, durant ses absences, la voix de la Tebaldi, libérée, avait pris son envol. On aurait dit que la Tebaldi avait perdu son charme, ou bien que son père se livrait à un horrible petit jeu. *Ma vie, un supplice ? Qu'est-ce qui te donne à penser que ma vie a été un supplice ? Qu'est-ce qui te donne à penser qu'il était en ton pouvoir de faire de ma vie un supplice ?*

De temps en temps il se passait le disque de Tebaldi pour lui seul ; et, comme il l'écoutait, quelque chose au fond de lui semblait changer. Comme il était arrivé à son père en 1944, son cœur s'est mis à vibrer à l'unisson du cœur de Mimi. De même que cette voix en montant peu à peu en un arc majestueux avait dû parler à l'âme de son père, voilà qu'elle parlait à son âme aussi, l'enjoignant de la rejoindre dans son envol infini.

Alors, comment a-t-il fait fausse route durant toutes ces années ? Pourquoi n'a-t-il pas écouté Verdi, Puccini ? A-t-il été sourd ? Ou bien la vérité est-elle pire encore : a-t-il, jeune comme il l'était, parfaitement entendu et reconnu l'appel de la Tebaldi et, minaudant, les lèvres serrées (« ça, jamais »), s'est-il refusé à y répondre ? *À bas la Tebaldi, à bas l'Italie, à bas la chair !* Et si son père devait être emporté dans ce grand naufrage, eh bien soit !

Ce qui se passe chez son père, il n'en a pas la moindre idée. Son père ne parle jamais de lui-même, ne tient pas de journal, n'écrit jamais de lettre. À une seule occasion, par hasard, la porte s'est entrouverte un tout petit peu. Dans l'édition du week-end de l'*Argus*, dans le supplément « L'Art de vivre », il est tombé sur un questionnaire auquel son père avait répondu et qu'il avait laissé traîner. « Index de satisfaction : cochez oui ou non. » À la troisième question « Avez-vous connu beaucoup de gens du sexe opposé ? », son père avait coché la case NON. Question numéro quatre : « Vos relations avec le sexe opposé ont-elles été une source de satisfaction ? » De nouveau, réponse NON.

Le score de son père est de 6 sur 20. D'après l'auteur du questionnaire, un certain Ray Schwarz, docteur en médecine, Ph.D., auteur de *Comment réussir dans la vie et en amour*, guide de l'épanouissement personnel, et gros succès de librairie, un score de 15 ou plus indique que l'on a eu une vie tout à fait satisfaisante. En revanche, un score au-dessous de 10 devrait vous inciter à avoir une attitude plus positive: s'inscrire à un club de rencontres ou de danse serait un pas dans la bonne direction.

Thème à développer: son père, pourquoi il vit avec lui. La réaction des femmes dans sa vie (incompréhension).

Fragment non daté

À la radio, on dénonce les terroristes communistes et leurs dupes et acolytes au Conseil mondial des Églises. Ces dénonciations peuvent se faire en des termes qui varient de jour en jour, mais toujours sur le même ton autoritaire. Ce ton lui est familier depuis ses années d'écolier à Worcester où, une fois par semaine, tous les élèves, des plus jeunes aux plus vieux, étaient rassemblés dans le préau pour la séance de lavage de cerveau. Familier au point que dès que commence la harangue il est pris d'un dégoût viscéral et se précipite pour tourner le bouton.

Il est le produit d'une enfance meurtrie, il y a longtemps qu'il l'a compris; mais ce qui le surprend le plus, c'est que le gros des dégâts ne s'est pas fait en privé, à la maison, mais en dehors, à l'école.

Il a lu un peu ce qui s'est écrit sur la théorie de l'éducation; dans les ouvrages pédagogiques de l'école hollandaise calviniste il commence à percevoir ce qui sous-tendait la forme d'instruction qu'il a subie. Le but de l'éducation, disent Abraham Kuyper et ses disciples, est de former l'enfant pour en faire un fidèle, un citoyen et un futur parent. C'est le mot *former* qui le gêne. Durant ses années d'écolier à Worcester, ses instituteurs, eux-mêmes formés par les tenants de Kuyper, avaient œuvré sans relâche pour le former, lui et les autres petits garçons dont ils avaient la charge – former comme un artisan donne forme à un pot d'argile ; et lui, avec les moyens dérisoires dont il disposait, avec maladresse, leur avait résisté – il avait résisté alors comme il leur résiste aujourd'hui.

Mais pourquoi avait-il résisté avec tant d'obstination ? D'où lui venait cette résistance, ce refus d'accepter que le but ultime de l'éducation devait être de le former selon une image déterminée d'avance, alors qu'autrement il resterait informe et embourbé dans un état de nature, privé de salut, sauvage ? Il ne saurait y avoir qu'une seule réponse : le noyau de sa résistance, la contre-théorie qu'il opposait à leur kuyperisme, avait dû lui venir de sa mère. D'une manière ou d'une autre, soit parce qu'elle avait été élevée comme la fille de la fille d'un missionnaire évangélique, soit, plus vraisemblablement, parce que durant l'unique année qu'elle avait passée dans le supérieur, année qui s'était soldée par rien de plus qu'un diplôme pour enseigner dans le primaire, elle avait au passage entrevu une alternative à l'idéal de l'éducateur et de sa tâche, et ensuite avait communiqué cet idéal à ses enfants. La tâche de l'éducateur, selon sa mère devrait être de reconnaître et de cultiver les talents naturels de l'enfant, les talents innés qui font de lui un être unique. Si l'on se représente l'enfant comme une plante, l'éducateur devrait nourrir les racines de la plante et la regarder pousser en la surveillant, plutôt que de tailler les branches pour lui donner forme, comme les kuyperistes le préconisent.

Mais quelles raisons a-t-il de penser qu'en l'élevant – lui et son frère – sa mère a observé quelque théorie ? Pourquoi la vérité ne serait-elle pas que sa mère les a laissés grandir embourbés dans la sauvagerie simplement parce que elle-même avait grandi en petite sauvage – elle et ses frères et sœurs à la ferme du Cap-Oriental où ils étaient nés ? Il trouve la réponse dans les noms qu'il tire du fond de sa mémoire : Montessori, Rudolf Steiner. Ces noms ne signifiaient rien pour lui quand il les entendait, enfant. Mais maintenant, au cours de ses lectures sur la pédagogie, il les retrouve. Montessori, la méthode Montessori : voilà donc pourquoi on lui donnait des cubes pour jouer, des cubes de bois qu'il a commencé par jeter et éparpiller dans la pièce, pensant qu'ils étaient faits pour ça, puis il les a empilés les uns sur les autres jusqu'à ce que la tour (toujours une tour !) s'effondre, et qu'il se mette à pousser des hurlements de frustration.

Des cubes pour construire des châteaux, et de la pâte à modeler pour faire des animaux (il a commencé par essayer de mâchouiller la pâte) ; et ensuite, prématurément, un jeu de Meccano avec des plaques, des tiges, des boulons, des poulies et des manivelles.

Mon petit architecte ; *mon petit ingénieur*. Sa mère a quitté ce monde avant qu'il n'y ait plus l'ombre d'un doute qu'il ne serait ni l'un ni l'autre, et que les cubes et le Meccano n'avaient pas eu l'effet magique escompté, ni peut-être la pâte à modeler (*mon petit sculpteur*). Sa mère s'est-elle jamais posé la question : *était-ce une grosse erreur, cette méthode Montessori ?* Et quand elle voyait les choses en noir, se disait-elle : *j'aurais dû les laisser le former, ces calvinistes, je n'aurais jamais dû être derrière lui quand il leur résistait ?*

S'ils avaient réussi à le former, ces instituteurs de Worcester, il est plus que probable qu'il aurait fini par rejoindre leurs rangs, pour aller et venir entre les rangées de ces élèves silencieux dont il frapperait les pupitres de la règle qu'il avait à la main pour qu'ils sachent bien qui commandait. Et puis il aurait fini par avoir une famille à la Kuyper qu'il retrouverait le soir, avec une femme bien formée, obéissante, et des enfants bien formés et obéissants – une famille, un foyer dans une communauté au sein de la patrie. Au lieu de quoi, qu'est-ce qu'il a ? Un père dont il s'occupe, un père qui ne sait pas trop se débrouiller seul, qui fume un peu en douce, qui boit un peu en douce, et qui voit leur vie domestique d'un tout autre œil que lui : par exemple, il se dit que c'est à lui, pas de chance pour un père, qu'échoit le rôle de s'occuper de son fils, son fils adulte, puisque le fils ne sait guère se débrouiller tout seul, ce qui n'est que trop évident à en juger par son passé récent.

À développer : sa théorie de l'éducation qu'il s'est forgée tout seul, et qui a ses racines chez (a) Platon et (b) Freud, les éléments qui la composent, (a) le statut de disciple (l'élève qui aspire à être comme le maître) et (b) l'idéalisme éthique (le maître qui s'efforce d'être digne de l'élève), ses périls, (a) la vanité (le maître qui prend plaisir à être adoré de l'élève) et (b) le sexe (le sexe comme raccourci pour arriver à la connaissance).
Son incompétence avérée dans les choses du cœur ; le transfert qui se fait dans la salle de classe et ses échecs répétés à dominer le phénomène.

Fragment non daté

Son père a un emploi de comptable dans une entreprise qui importe et vend des pièces détachées pour des voitures japonaises. Comme la plupart des pièces sont fabriquées non pas au Japon, mais à Taïwan, en Corée du Sud et même en Thaïlande, on ne peut pas dire qu'elles sont authentiques. D'autre part, comme elles n'arrivent pas dans des emballages de contrefaçon au nom du fabricant, mais affichent (en petits caractères) leur pays d'origine, ce ne sont pas non plus des pièces piratées.
Les propriétaires de l'entreprise sont deux frères, maintenant d'âge mûr, dont l'anglais est marqué d'inflexions d'Europe de l'Est et qui font semblant de ne rien connaître de l'afrikaans alors qu'en fait ils sont nés à Port Elizabeth et comprennent parfaitement bien l'afrikaans qui se parle dans la rue. Ils sont cinq employés : trois au comptoir, préposés à la vente, un comptable qui a son assistante. Le comptable et son assistante travaillent dans un petit box en bois aux parois de verre qui les isole de l'activité environnante. Quant aux vendeurs, ils passent leur temps à aller et venir entre le comptoir et les longs rayonnages de pièces détachées qui s'enfoncent jusqu'au fin fond du magasin. Le premier vendeur, Cedric, est chez eux depuis le début. La pièce peut être aussi ésotérique que possible – gaine de montage de ventilateur d'un trois roues Suzuki de 1968, pied de bielle pour un camion Impact de cinq tonnes –, Cedric saura où la trouver.
Une fois par an, on fait l'inventaire : l'achat et la vente

de toutes les pièces sont dûment enregistrés, jusqu'au moindre boulon, au moindre écrou. C'est un travail de Romain : la plupart des magasins seraient fermés pendant l'opération. Mais Acme (pièces détachées automobiles) s'est acquis la clientèle considérable qu'il a aujourd'hui, disent les frères, en restant ouvert de huit heures du matin à cinq heures du soir, cinq jours par semaine et de huit heures à treize heures le samedi, quoi qu'il arrive, sauf le jour de Noël et le 1er janvier. Il faut donc que l'inventaire se fasse après la fermeture.

En tant que comptable, son père est la cheville ouvrière de l'opération. Pendant l'inventaire, il sacrifie sa pause déjeuner et travaille tard le soir. Il travaille seul, il n'a personne pour l'aider : Mme Noerdien, l'aide-comptable, ni même les vendeurs ne sont partants pour faire des heures supplémentaires et prendre le train tard le soir pour rentrer chez eux. C'est trop dangereux de prendre le train après la tombée de la nuit, disent-ils : trop de voyageurs se font attaquer et détrousser. Donc, après la fermeture, il ne reste sur place que les frères dans leur bureau et son père dans son box, attelés aux factures et aux livres de comptes.

« Si j'avais Mme Noerdien ne serait-ce qu'une heure de plus tous les jours, dit son père, on en finirait en un rien de temps. Je lui lirais les chiffres et elle vérifierait. Mais tout seul, je n'en viens pas à bout. »

Son père n'a pas de formation de comptable ; mais au cours des années où il avait son cabinet d'avocat, il a acquis au moins des rudiments de comptabilité. Il est le comptable des frères depuis douze ans, depuis qu'il a abandonné sa pratique juridique. Il est à supposer que les frères n'ignorent rien des hauts et des bas de sa carrière passée – Le Cap n'est pas une bien grande ville. Ils sont au courant, et on peut présumer qu'ils le surveillent de près au cas où, bien qu'il ne soit pas loin de la retraite, il lui viendrait à l'idée d'essayer de les rouler.

« Si tu pouvais apporter les livres de comptes à la maison, je pourrais te donner un coup de main. »

Son père secoue la tête, et il se doute pourquoi. Son père parle des livres de comptes d'un ton confidentiel comme s'il s'agissait de livres saints, et comme si tenir ces livres était une fonction sacerdotale. Il laisse entendre que tenir les livres est autre chose que d'appliquer des formules arithmétiques élémentaires à des colonnes de chiffres.

« Je ne crois pas pouvoir apporter les livres à la maison, finit-il par dire. Pas par le train. Les frères ne me le permettraient pas, à aucun prix. »

Il voit bien pourquoi. Qu'arriverait-il à Acme si son père se faisait tabasser et si les livres sacrés étaient volés ?

« Alors, si tu veux, je peux venir en ville à la fermeture et prendre le relais de Mme Noerdien. On pourrait s'y mettre ensemble de cinq à huit, par exemple. »

Son père se tait.

« Je t'aiderai à vérifier les comptes. S'il y a quoi que soit de confidentiel, je te promets que je fermerai les yeux. »

La première fois qu'il arrive pour prêter main-forte, Mme Noerdien et les vendeurs sont partis. Son père le présente aux frères. « Mon fils John, qui s'est offert pour m'aider à faire les vérifications. »

Il leur serre la main : M. Rodney Silverman, M. Barrett Silverman.

« Je ne suis pas sûr que nous puissions vous payer, John », dit M. Rodney. Il se tourne vers son frère : « À ton avis, Barrett, qu'est-ce qui coûte le plus cher, un titulaire d'un doctorat ou un expert-comptable ? On va peut-être devoir prendre un emprunt. »

Et tous de rire de la bonne blague. Ils lui offrent un taux de rémunération. Exactement ce qu'il touchait quand il était étudiant, il y a seize ans, pour mettre sur fiches les données du recensement municipal.

Il s'installe avec son père dans le box de verre du comptable. Leur tâche est simple. Ils doivent vérifier systématiquement, dossier après dossier de factures, s'assurer que les sommes ont été transcrites correctement dans les livres de comptes et dans le carnet de banque, les cocher une à une au crayon rouge, vérifier le total en bas de page.

Ils se mettent au travail et avancent bien. Une fois sur mille ils trouvent une erreur, une broutille, cinq cents de trop, cinq cents de moins. Pour le reste, les livres sont tenus de façon exemplaire. De même que les ecclésiastiques défroqués font les meilleurs correcteurs d'épreuves, les avocats rayés du barreau semblent faire de bons comptables – avocats rayés du barreau, assistés s'il le faut de leurs fils bardés de diplômes et sous-employés.

Le lendemain, il est pris sous une averse en se rendant à Acme. Il arrive trempé. La vitre du box est embuée ; il entre sans frapper. Son père est à son bureau, le nez dans ses livres. Il y a quelqu'un d'autre dans le box, une femme, jeune, des yeux de gazelle, des formes doucement galbées, en train d'enfiler son imperméable.

Il s'immobilise, fasciné.

Son père se lève. « Madame Noerdien, voici mon fils, John. »

Mme Noerdien évite son regard, ne lui tend pas la main. « Je m'en vais maintenant », dit-elle d'une voix basse, s'adressant non pas à lui mais à son père.

Une heure plus tard, les frères à leur tour les quittent. Son père branche la bouilloire et fait du café. Une page après l'autre, de colonne en colonne de chiffres, ils travaillent sans relâche, jusqu'à dix heures, jusqu'à ce que les yeux de son père papillotent d'épuisement.

La pluie a cessé. Ils descendent Riebeck Street pour aller jusqu'à la gare : deux hommes, plus ou moins sains de corps, courent moins de danger la nuit qu'un homme seul, et beaucoup moins qu'une femme seule.

« Ça fait combien de temps que Mme Noerdien travaille pour toi ? »

« Elle a commencé en février dernier. »

Il attend qu'il en dise plus long, mais son père ne dit rien de plus. Il aurait beaucoup de choses à demander. Par exemple : comment Mme Noerdien, qui porte un foulard et est sans doute musulmane, en est-elle venue à travailler pour des Juifs, dans une entreprise où aucun homme de sa famille n'est là pour veiller sur elle d'un œil protecteur ?

« Elle fait bien son travail ? Elle est efficace ? »

« Elle est excellente. Très méticuleuse. »

À nouveau, il en attend davantage. À nouveau, il reste sur sa faim.

La question qu'il ne peut poser est celle-ci : qu'est-ce que ça fait au cœur d'un homme seul comme toi d'être assis des jours d'affilée, dans un box pas plus grand qu'une cellule de prison, à côté d'une femme comme Mme Noerdien qui est non seulement une collaboratrice efficace et méticuleuse, mais aussi très féminine ?

Car c'est l'impression que lui a laissée le bref instant où il l'a frôlée. Il la qualifie de féminine, faute d'avoir un meilleur mot à sa disposition : la féminité, forme raréfiée, sublimée de la femelle, au point de n'en être que l'esprit éthéré. Avec Mme Noerdien, comment un homme, comment même M. Noerdien, pourrait-il parcourir l'espace qui sépare le zénith de la féminité du corps terrestre de la femelle ? Dormir avec un être pareil, étreindre un tel corps, le sentir, le goûter – qu'est-ce que cela ferait à un homme ? Et se trouver à côté d'elle, percevoir ses moindres mouvements : est-ce que la triste réponse de son père au questionnaire du Dr Schwarz – « Vos relations avec le sexe opposé ont-elles été une source de satisfaction ? » « Non » – a quelque chose à voir avec le fait qu'à l'hiver de sa vie il se trouve face à face avec une beauté qu'il n'a jamais connue et qu'il ne peut espérer posséder jamais ?

Question : Pourquoi dire que son père est amoureux de Mme Noerdien alors que lui-même vient de tomber amoureux d'elle ?

Fragment non daté

Une idée pour une histoire.

Un homme, un écrivain, tient un journal. Il y note ses pensées, ses idées, les incidents significatifs.

Les choses tournent mal dans sa vie. « Mauvaise

journée », écrit-il dans son journal, sans autre commentaire. « Mauvaise journée », écrit-il de jour en jour.

Se lassant de qualifier chaque jour de mauvaise journée, il décide de marquer simplement les mauvais jours d'un astérisque, comme d'autres (les femmes) marquent d'une croix rouge les jours où elles saignent, ou comme d'autres (les hommes, les coureurs) marquent d'un X les jours où ils ont ajouté une bonne fortune à leur palmarès.

Les mauvaises journées s'accumulent ; les astérisques se multiplient comme une plaie de mouches.

La poésie, s'il pouvait écrire de la poésie, lui permettrait peut-être d'aller aux racines de son mal-être, ce mal-être qui fleurit sous forme d'astérisques. Mais la source de son inspiration poétique semble s'être tarie.

On peut se rabattre sur la prose. En théorie, la prose a les mêmes vertus purificatrices que la poésie. Mais il a des doutes. Selon l'expérience qu'il a de la prose, elle exige beaucoup plus de mots que la poésie. Il est inutile de s'embarquer dans de la prose si on n'est pas sûr que l'on sera vivant le lendemain pour poursuivre la tâche.

Il se livre à ce petit jeu de penser à la poésie, de penser à la prose – c'est un moyen d'éviter d'écrire.

Sur les dernières pages de son journal, il fait des listes. À l'une de ces listes, il a donné le titre : *Comment mettre fin à ses jours*. La colonne de gauche s'intitule *Méthodes*, celle de droite *Inconvénients*. Une des façons de mettre fin à ses jours qu'il a indiquées dans sa liste, celle qui aurait sa préférence, après mûre réflexion, est la noyade, c'est-à-dire aller à Fish Hoek de nuit, se garer non loin de l'extrémité déserte de la plage, se déshabiller dans la voiture, enfiler un caleçon de bain (pourquoi ?), traverser la plage et entrer dans l'eau (il faudrait que ce soit une nuit où brillerait la lune), prendre les vagues de front et foncer dans le noir à pleine brasse, nager jusqu'à la limite de ses forces et laisser le reste au destin.

Tous ses rapports avec le monde semblent se produire à travers quelque membrane. Cette membrane empêche toute forme de fertilisation. Métaphore intéressante, gros potentiel, mais il ne voit pas où cela peut le mener.

Fragment non daté

Son père a grandi dans une ferme du Karoo ; il buvait de l'eau d'un puits artésien, riche en fluor. Le fluor a bruni l'émail de ses dents, les a rendues dures comme pierre. Il se vantait de n'avoir jamais eu besoin de voir un dentiste. Puis, au milieu de sa vie, ses dents ont commencé à pourrir, l'une après l'autre, et il a dû se les faire toutes arracher.

Maintenant, à soixante-cinq ans, ce sont les gencives qui lui causent des ennuis, avec des abcès qui ne veulent pas guérir. L'infection gagne la gorge. Il lui est douloureux d'avaler et de parler.

Il commence par aller chez un dentiste, puis il voit un médecin, un oto-rhino qui l'envoie passer des radios. Les radios révèlent une tumeur cancéreuse au larynx. On lui conseille de se faire opérer d'urgence.

Il va voir son père dans la salle pour hommes à l'hôpital de Groote Schuur. Il porte le pyjama fourni par l'hôpital, il a un regard effaré. Dans la veste trop grande pour lui, il a l'air d'un oiseau, rien que la peau et les os.

« C'est une opération banale. Tu seras sorti d'ici dans quelques jours », dit-il pour le rassurer.

« Tu vas expliquer la situation aux frères ? » murmure son père avec une lenteur pénible.

« Je vais leur téléphoner. »

« Mme Noerdien est très capable. »

« Je suis sûr que Mme Noerdien est très capable. Je suis sûr qu'elle va se débrouiller jusqu'à ton retour. »

Il n'y a rien de plus à dire. Il pourrait tendre le bras, prendre la main de son père, la tenir dans la sienne, pour le réconforter, pour lui faire sentir qu'il n'est pas seul, qu'il est aimé avec tendresse. Mais il n'en fait rien. Sauf avec les petits enfants, les enfants qui n'ont pas encore l'âge d'être formés, il n'est pas dans les habitudes de la famille de tendre le bras et de se toucher l'un l'autre. Mais ce n'est pas tout. Si, dans cette occasion exceptionnelle, il oubliait les habitudes familiales pour saisir la main de son père, y aurait-il quelque vérité dans son geste ? Son père est-il véritablement aimé avec tendresse ? Est-il vrai qu'il ne soit pas seul ?

Il fait à pied la longue distance de l'hôpital à Main Road, puis jusqu'à Newlands. Le vent de sud-est souffle et hurle à ses oreilles, arrachant des déchets aux caniveaux. Il marche vite, sentant la vigueur de ses jambes, les battements réguliers de son cœur. Il a encore l'air de l'hôpital dans les poumons, il faut qu'il l'expire, qu'il s'en débarrasse.

Quand il arrive dans la salle le lendemain, son père est couché à plat, la poitrine et la gorge enveloppées d'un pansement d'où sortent des tubes. Il a l'air d'un cadavre, un cadavre de vieillard.

Il s'attendait à ce spectacle. Il a fallu enlever le larynx

où il y avait une tumeur, on n'a pas pu l'éviter, dit le chirurgien. Son père ne pourra plus parler normalement. Cependant, le moment venu, lorsque la plaie sera cicatrisée, on l'équipera d'une prothèse qui lui permettra plus ou moins de communiquer oralement. Il est plus urgent de s'assurer que le cancer ne s'est pas étendu, ce qui implique d'autres examens et un traitement de radiothérapie.

« Est-ce que mon père est au courant de la situation ? Est-ce qu'il sait ce qui l'attend ? »

« J'ai essayé de l'en informer, dit le chirurgien, mais je ne sais pas trop ce qu'il a enregistré. Il est en état de choc. Mais bien sûr, c'était prévisible. »

Il se penche sur la silhouette dans le lit. « J'ai téléphoné à Acme. J'ai parlé aux frères et leur ai expliqué la situation. »

Son père ouvre les yeux. En général, il est sceptique sur la capacité des orbes oculaires d'exprimer des sentiments nuancés, mais ce qu'il voit là le bouleverse. Le regard de son père exprime une indifférence totale : indifférence pour lui, indifférence pour Acme Auto, indifférence à tout sauf au sort de son âme à la perspective de l'éternité.

« Les frères t'adressent leurs meilleurs vœux de prompt rétablissement. Ils te font dire de ne pas t'inquiéter, Mme Noerdien fera face jusqu'à ce que tu sois prêt à revenir. »

C'est vrai. Les frères, ou celui auquel il a parlé, n'auraient pas pu montrer plus de sollicitude. Leur comptable n'est peut-être pas l'un des leurs dans la foi, mais les frères ne sont pas des hommes froids. « Une perle rare » – c'est ce que le frère au bout du fil a dit de son père. « Votre père est une perle rare, il pourra toujours reprendre son poste. »

Pure fiction, d'un bout à l'autre, évidemment. Son père ne retournera jamais travailler. Dans une semaine ou deux, on le renverra chez lui, guéri, ou en partie guéri, pour entrer dans la phase suivante et la phase finale de sa vie, durant laquelle il dépendra pour son pain de chaque jour du Fonds de solidarité de l'industrie automobile, ou du Service des retraites de l'État sud-africain, et des membres de sa famille qui vivent encore.

« Est-ce que je peux t'apporter quelque chose ? »

De la main gauche, son père fait de petits gestes comme s'il griffonnait. Il remarque qu'il a les ongles sales. « Tu veux écrire ? » Il sort son calepin, l'ouvre à une page destinée aux numéros de téléphone et le lui tend avec un stylo.

Les doigts cessent de gigoter, le regard se perd dans le vague.

« Je ne comprends pas ce que tu veux dire. Essaie encore de me dire ce que tu veux. »

Son père secoue lentement la tête, de gauche à droite.

Sur les tables de nuit à côté des autres lits dans la salle, il y a des fleurs, des magazines, sur certaines des cadres avec des photos. Sur celle de son père, rien, un verre d'eau, c'est tout.

« Il faut que je parte. J'ai un cours à faire. »

À un kiosque dans le hall d'entrée, il achète un paquet de bonbons et retourne au chevet de son père. « Tiens, je t'ai acheté ça. Tu pourras les sucer si tu as la bouche sèche. »

Deux semaines plus tard, une ambulance ramène son père à la maison. Il arrive à marcher péniblement en s appuyant sur une canne. Il se traîne de la porte d'entrée jusqu'à sa chambre où il s'enferme.

L'un des ambulanciers lui tend une feuille d'instructions polycopiées avec le titre *Laryngectomie – Soins à donner aux patients*, ainsi qu'une carte qui donne les heures d'ouverture du service. Il jette un coup d'œil à la feuille. Il y figure un croquis d'une tête humaine avec un cercle noir dans le bas de la gorge. *Soins de la plaie*, est-il indiqué.

Il a un mouvement de recul. « Je ne peux pas faire ça », dit-il. Les ambulanciers se regardent, haussent les épaules. Ils ne sont pas chargés de soigner la plaie, de s'occuper du malade. Leur boulot, c'est de transporter le ou la malade à son domicile, ensuite c'est l'affaire du malade, ou de la famille du malade, ou alors ce n'est l'affaire de personne.

Auparavant, lui, John n'avait pas assez à faire. Maintenant cela va changer. Il va être occupé à plein temps pour s'acquitter de ce qu'il a sur les bras, et au-delà. Il va falloir qu'il renonce à ses projets personnels pour devenir infirmier. L'alternative s'il refuse de faire l'infirmier, c'est d'annoncer à son père : *Je ne peux pas faire face à la situation. Je ne peux pas envisager de te soigner nuit et jour. Je vais t'abandonner. Au revoir.* C'est l'un ou l'autre. Il n'y a pas de troisième solution.

Note de l'auteur

Je remercie Marilia Bandeira de son aide en portugais (Brésil) ainsi que les ayants droit de Samuel Beckett qui ont autorisé ma citation (incorrecte d'ailleurs) tirée d'*En attendant Godot*.

Table

Carnets (1972-1975).................... 7

Julia................................ 25

Margot.............................. 107

Adriana 187

Martin.............................. 245

Sophie.............................. 263

Carnets: fragments non datés 291

Du même auteur
Prix Nobel de littérature

Au cœur de ce pays
roman, 1981 (Maurice Nadaud) et 2006

Michael K, sa vie, son temps
roman, 1985
et « Points », n° P719
Booker Prize
prix Femina étranger, 1985

En attendant les barbares
roman, 1987
et « Points », n° P720

Terres de crépuscule
nouvelles, 1987
et « Points », n° P1369

Foe
roman, 1988
et « Points », n° P1097

L'Âge de fer
roman, 1992
et « Points », n° P1036

Le Maître de Pétersbourg
roman, 1995
et « Points », n° P1186

Scènes de la vie d'un jeune garçon
récit, 1999
et « Points », n° P947

Disgrâce
roman, 2001
et « Points », n° P1035
Booker Prize
Commonwealth Prize
National Book Critics Circle Award
prix du Meilleur Livre étranger, 2002
prix Amphi

Vers l'âge d'homme
récit, 2003
et « Points », n° P1266

Elizabeth Costello
roman, 2004
et « Points », n° P1454

L'Homme ralenti
roman, 2006
et « Points », n° P1809

Doubler le cap
essais et entretiens, 2007

Journal d'une année noire
roman, 2008
et « Points », n° P2273

À PARAÎTRE

Essais littéraires
2000-2005

RÉALISATION : PAO ÉDITIONS DU SEUIL
IMPRESSION : CPI FIRMIN-DIDOT AU MESNIL-SUR-L'ESTRÉE
DÉPÔT LÉGAL : OCTOBRE 2010. N° 100029-5 (102484)
IMPRIMÉ EN FRANCE